陆 地 著

美丽／的／南方

广西人民出版社

图书在版编目（CIP）数据

美丽的南方／陆地著.—南宁：广西人民出版社，2012.6（2016.6重印）

ISBN 978-7-219-07436-7

Ⅰ.①美… Ⅱ.①陆… Ⅲ.①长篇小说—中国—当代 Ⅳ.①I247.5

中国版本图书馆 CIP 数据核字（2012）第 124324 号

策　　划　韦向克
责任编辑　张聘梅

出版发行　广西人民出版社
社　　址　广西南宁市桂春路 6 号
邮　　编　530028
印　　刷　广西民族印刷包装集团有限公司
开　　本　787mm×1092mm　1/16
印　　张　18
字　　数　253 千字
版　　次　2012 年 6 月　第 2 版
印　　次　2016 年 6 月　第 3 次印刷
书　　号　ISBN 978-7-219-07436-7/I · 1555
定　　价　50.00 元

一

大前天刮了一阵北风，把冬天刮来了。这两天，整天见不到太阳，在这山村里，不是老公鸡的叫唤，就分不清午前和午后。看"牛轮"的往往误了时刻，午晌了还不见敲梆子送牛上山。

天一阴下来，冷风就是作弄人，到处都冷飕飕的。有时天空飘着牛毛一样的雨雾，风大一点给刮跑了，风一静，这些雨丝就在树叶、草堆、牛背落下，积成一层湿湿的茸毛，树枝子上的蜘蛛网成了银色的网罩，远山和树林罩着轻纱似的烟雾，老不见消散。

在这样的季节，这样的天气，闲着没下地上山的农民，也许是没柴火烧，也许是嫌寂寞，都不肯在冰凉的屋里待，常常来到村边，找个背风地方，捡些枯干的树枝烧起火堆，几个人围拢来取暖、闲谈，消磨他们的冬日。

今天雨雾没有了，太阳却不肯露面，北风在摇曳着树梢，池塘掀起轻轻的涟漪。

现在，笃笃的梆声响了一阵，牛群一个一个地走出村口来了。看牛的人，披件蓑衣，提起装稀粥的竹筒，在牛群后面吆喝着。小牛犊欢天喜地绕着母牛身边蹦跳，一下子找它小同伴顶顶头，一下子又跑回来，窜到母牛腹下吃两口奶，然后哞一声又跑开去。

平日，这时候，小孩们都提着粪箕跟在牛屁股后面抢着捡牛粪。今天天气冷了些，没见有小孩出来，只有一个四十来岁的人，拿着粪箕慢吞吞地来了，不急不忙地拾着路边还冒热气的牛粪。粪太多了，粪箕装不完。他折下路边的树枝子往牛粪上先插个标，表示有了主，回头来再把它弄到粪堆去。

他把牛粪捡好了，顺便在村边巡游，捡些零星的猪粪。猪粪很有限，捡了半天，半个粪箕都不满。冷风越来越侵袭着他，清鼻涕总是止不住地往外流，心里却挺窝火，想找个地方歇一会散散心。

村头，有好几个人在快干到底了的鱼塘的围堤下，烧着树枝烤火。他们看到捡粪的人远远地来了。有人就说：

"你们猜，那人是谁。"

"闷葫芦嘛。"一个大麻子说。

"不是，不是。"一个小伙子心急口快地抢着说了。

"你们两个打赌好不好。"这人戴着一顶新的鸭舌帽，心事沉重，不耐烦似地插了一句。

"好。如果是韦廷忠就怎样？赌什么？"大麻子不服气急得不等人搭腔就大声嚷道，"廷忠，闷葫——"

大麻子转过头去对捡粪的人喊叫的时候，小伙子捡到一颗豆子大的石子往他衣领放下，他脖子一缩，把话咽住了。

"马仔，你搞什么鬼！"大麻子站起来，抖抖衣服，石子掉下来了。他拿小石子正要给马仔报复，马仔却跑开两步，见他把石头往火里丢了，才又坐回原地方来。麻子严肃地对着马仔说：

"好汉不吃眼前亏，你惹起老子生了气，可——"

"算了吧。"戴鸭舌帽的人不耐烦地把别人的话给堵住了。外号叫做"闷葫芦"的韦廷忠来到火堆近边，看了看这几个人，迟迟疑疑地把粪箕放在一边，挤进大家稍为让出的空位子蹲下，顺手拉过旁边的断砖头往屁股下垫着。这时他更是闷声不响伸两把手掌往火上烤了烤，用手背抹一下鼻子。大麻子望了望他说道：

"你怎么啦？跟这个天似的，又不晴又不雨。"

对方仍旧是不做声。

过一会，那位戴鸭舌帽的马殿邦问：

"昨晚听婶娘说，你们今早要上山搬茅草，这时候还不去？"

"她爱去，自己去。"廷忠一句话把别人的口都给堵了，不愿拉扯这不愉快的话头。

原来韦廷忠他家，割下两三车茅草在山上，照他的意思是打算用挑担挑回来的。老伴却嫌一担一担往回挑太费事，要他去跟旁人借辆牛车来拉两趟就完了。廷忠素性是宁愿自己吃点苦，也不肯向人赊借的人，为这事跟老婆闹不对劲，两口子又顶了嘴，茅草也不去挑了。此刻还窝一肚子闷气。

大麻子同相命的先生似的，端量廷忠一番，然后郑重其事地说道："你们两口子老是好两天、坏两天，结婚时没请先生合过命吧？准是一个火命，一个水命，水火相克！"

"你们两个是什么命？"廷忠顶了麻子一句。

"我？"麻子不禁红了脸，接着说道，"我们是请先生算过命的啵，我属火，她属木……"

"那，怎么也合不来呢？是火不够劲烧不着湿木头吧？"小伙子马仔对麻子打趣地问。

"我们吵嘴，不是为别的，只为少了一样东西。"大麻子说。

"什么东西？"马仔兴致勃勃地紧追着问。

"不是钱，就是银纸。"

"是呀！则丰讲得不错，有钱能使鬼推磨。"戴鸭舌帽的人这才又搭上一句。

"殿邦四叔，你家今年的花生收得可不少呵，两头猪又是那样肥，年三十晚就不愁了吧？"这位叫农则丰的麻子问。

"也不易呵！老人说的，'冬过就年，讲过就钱'。这几天也还发愁呢，新年姑爷要来拜年，还不得买他一二百斤糯米，做糍粑包粽子什么的。"

"反正蛇大窿大。有钱人过年，又是酒又是肉，没钱的人喝两碗粥，睡一觉，不也是过了。"

3

韦廷忠感伤地带点不平的口气说："能安稳地睡一觉当然不错啰。只怕欠上债，想睡也不行哩，还不是要躲到鸡叫才能回。"

"今年我看没哪个地主敢三十晚上门来拔锅了!"农则丰半担心半自慰地说。

马仔说："不敢？我看覃家老爷还在瞪着三角眼瞅人，威风得很哩。"

这几个人就这么你一言我一语、东拉西扯地闲聊，不觉火势慢慢减弱了。马仔拾起柴头往火堆上放，柴禾湿，冒着泡沫，火堆冒起一股浓烟，风轻轻掠过，把烟都往农则丰这边吹。韦廷忠歪过脖子往火堆吹了几口气，却吹不起火焰来。

"妈的，这风真捣乱! 老往我这边吹。"农则丰脱下他那顶破了有铜钱那么大洞眼的毡帽使劲地扇着。

"你这家伙，专往我这边扇!"马仔一边抗议，一边把头躲到后面去。

"一点点烟有什么关系嘛。人说，受得住烟气才养活得鸡呢!"马殿邦坐在背风的方向，抱着膝盖悠闲地说。

"你总是离不了风水鬼神的话。我就不怕烟，可是每年一片鸡毛也见不到。"韦廷忠又擤一下鼻子。

农则丰使劲地扇着，好像是跟火赌气。

"得啦，没了木柴，你再扇也扇不出火来的!"马殿邦言外之意是说："去捡些柴禾来添吧。"

"家骏，后生仔勤快点，捡柴禾去!"农则丰把帽子戴上，用胳膊推一推旁边的马仔。

"你为什么不去？你人也不老嘛，倒学起老爷来啦!"

"去吧!"

"去吧!"

"我去!"韦廷忠看他两人互相推了半天，都不愿动，说着，自己起身走了。

"呵！这才是——"马仔一边说，一边伸手去把韦廷忠垫坐的砖头拿过来垫高自己的坐凳。

马殿邦对这位堂侄瞪了一眼，对方不觉红了小半脸，不好意思起来。

马殿邦看着韦廷忠走到塘边的堤下的灌木丛去了，自己喃喃道：

"廷忠是个老好人！"

农则丰接着说："好人有什么用，'人直人穷，木直木穿空'。这世界做好人就要吃亏。"

"不能这样说。一个人没修阴功，是得不到好报的。"

"什么阴功不阴功。覃俊三害了多少人，还不是比我们好过。"

"还说呢，你这两天没听说，快来土改队了吗？人说：这趟再来工作队就彻底了。"

"什么彻底？"马仔很感兴趣地问。

"要彻底不容易呵，几十年的底子，同这张鱼塘似的，捉一两回就能把鱼捉净啦？"

农则丰这一说，大家都跟着看这张已经浅下去的鱼塘。塘里铜绿似的水面，有三五只鸭子，时时用头窜下水去寻食，尾巴往上直竖起来；塘中间放着几根树枝给鱼投宿。

大家沉默了。

风轻轻掠过，竹丛发出轧轧的声音，鸭子呷呷地叫起来，马仔伸一伸发麻的膝盖，只有他一个脸上烤得红红的，像才出土的红薯。则丰张开嘴巴打了一个呵欠，轻轻地对着戴鸭舌帽的问："四叔，你听到什么新闻吧？"

"就是听到嘛，听说这趟土地改革，真是要共产了，什么都得充公，我正愁呢。"

"什么都充公？不会吧，不就是分田吗？"

"只是分田一项倒还是——"

"难道老婆也充公？我不信。"

"老婆也充公，那才有戏唱呢！"马仔蛮有兴趣地说。

马殿邦却不做声，脸色同这天气似的显得愁云密布。

正在他们都没留意的时刻，一个六十多岁的老头来到火堆旁边。他拿着捞虾的网罩，腰上别一只竹笼，头戴一顶没帽檐的军帽，帽边边一层油腻腻的污泥挺显眼。他那细小而发皱的脸，好像给霜打落在地上的茄子，几根胡子像田里割剩的禾草，散乱地长在他嘴唇上面。他见到火，跟小孩见到糖似的，赶紧放下网罩，往火旁蹲下，用手抓起快烧完的木头拨灰。他的手和脚都叫冷风吹得发紫了。

"你们真懒呀！火都快灭了，不去捡点柴添上，烤北风吧。"老头对大家说。

这老头叫赵德诚，排行老三，乡邻们都叫他赵三伯。他有三个儿子。三小子前年参加清匪反霸工作，运动结束后就参军去了。老人家的生活靠老大老二两家轮流供养。老大开豆腐房，每年靠卖两趟猪，生活还过得去。老二有田有牛，年成好也能够吃喝。只是两个媳妇都挺会计算，谁也不愿白养这位肩不能挑、手不能提了的公公，轮到他在哪一家吃喝，哪一家的儿媳常常是指猫骂狗，老头只好装聋作哑，当着没听见。人虽然不能干重活，但是劳动惯了，白待不住，叫老二给买了四只母鸭来养，每天当做消遣，到附近的水洼地去捞些鱼虾来喂。母鸭下的蛋也舍不得吃，一个一个都存起来，逢到圩日拿去圩场卖，给自己换回一小壶酒，给孙子们带回些糖果。

"有人找去了。你可别把人家的座位占了呵。"农则丰说。

"谁的座位？"三伯问。

"看，不是来了吗？"

"呵，廷忠。他就是比你们勤快。"

"三伯今天捞多少？呵，不少。鲫鱼也给你抓到两条，不，三条！"

马仔把头凑到竹笼口去探了探，把竹笼摇两下。

韦廷忠抱回一大捆干枯的树枝和竹根，往火堆上架起来。一会，升起火

6

焰，火星噼噼啪啪往四下飞溅。

"廷忠，是你的座位，坐。"三伯让开地方来。

"三伯坐吧！你受冷了，快烤暖和暖和，今天格外冷呵。"韦廷忠说，勉强挤进来蹲下。

"'冷在三九，热在中伏'，正是冷的时候呢。宁愿这时候多冷点，要不，来年打春时候闹个倒春寒，耽误下种可就糟了。"

"是呀，要是打春时候冷得厉害了，还怕冻死牛呢。"

"三伯，你看明年的历书怎么讲？"韦廷忠问。

"历书嘛，说是明年雨水倒是不缺，就是虫多，牲畜也不旺。"

"你看那么多年的历书，灵验过没有？"农则丰怕对方听不清，特别提高嗓子叫唤。

赵三伯觉得对方顶撞了他，很不高兴地瞪他一眼说道："你要怎么灵法？你手头数钱还会错呢。"

农则丰红了小半脸，觉得怪不好意思的。小马还望他做鬼脸。

他们就这样谈一阵，又停一阵地，各人都有各人要想的心事。不多一会，上山打茅的，到田里挖莩荠、花生的人，有的挑着茅草，有的赶着牛车，也有挑着箩筐的，陆陆续续回村来了；往河边去的路上，姑娘和媳妇们开始出来挑水、洗菜。

"时候不早了吧？"

经过大家沉默一会之后，马殿邦恍惚地问一声。

"是不早了，我肚子就是时辰钟，它开始叫了。"农则丰又张开大嘴巴，打了个呵欠。

"聊天是最费工夫了！"廷忠说。好像后悔来这地方待了半天，耽误了自己的正经活。

"讲到这里，我倒想起一个故事。"赵三伯说。

"什么故事？给我们讲来听听。"马仔抢着说道。

"从前，"赵三伯说，"不记得什么朝什么代了，反正有那么一个专靠割草卖过活的人。一天，也是这样的坏天气，见不到日头，他老哥割草去了，遇上一个放鸭帮的人，他的一群鸭子在刚割完了稻子的田里寻食，自己没事干，披件蓑衣蹲在田头打盹。割草的来了，两人算是找到了伙伴，大家就对火抽烟，聊了起来。一个那样爱讲，一个那样爱听。纸烟卷了一支又一支，故事讲了一段又一段。最后，看鸭子的见鸭子吃得饱了，准备往回赶的时候，割草的人才发觉自己的两只筐子是空的，正想要开始割草的时候却觉得肚子饿得不行了。"

"三伯的故事可不少。"

"你们谁是割草的人呀？"马仔说着，猛然想起什么事，站起来要走。

"马仔，走啦？看，银英出来了！"农则丰指一指村口的路上。

那里出来一个十八九岁的姑娘，挑着水桶往河边走。

马仔给则丰这样一提，不好意思马上迎面走过去同银英碰头，于是又要坐下来。则丰却把他坐的砖头抽掉，马仔坐下时落了个空，屁股坐到地上，脚趾一撑，把火炭踢散了一地，马殿邦的鸭舌帽和赵三伯怀里扎的腰带，都落了小火炭，一股炭灰往大家脸上扑来。

"你们都没有个正经的，尽闹。"马殿邦赶紧打下帽上的炭火，站了起来，打算要走了。

"这样好的火不好好烤，多可惜！"赵三伯把柴头又架起来，伸着个脖子去吹火。

"我来吹，三伯！"廷忠见赵三伯气不够使，自己接过来吹了几口，火又燃起来，升起小小的火苗。

突然，村头的路上有个四十来岁的妇人，连走带跑地来了。神情很紧张，头巾落在肩上，衣服落满了米糠，喘着气，欲哭无泪地对着大家恳求道：

"伯伯，叔叔，我的老母牛掉下山岩去了。求求叔叔伯伯帮个忙去把它扛回来吧！"

大伙见她这样伤悲，一时也都愣住了。

"那样大的母牛！快下崽了是不是？"则丰朝着妇人问。

"是呀！老天爷真瞎了眼，专来找我作对。"

这妇人长得有男人高大，鬓发跟眉毛都修得挺齐整，脸面、嘴唇、鼻子长得调和匀整，讲话时，眼光总是灵活地盯着对方，仿佛是叫你有什么心事也瞒不过她似的。她丈夫叫苏民，在二十五年前就给反动政府杀害了。二十多年来她一个人带着一个七八岁的儿子、一个五十多岁的老婆婆维持着孤儿寡妇的生活。儿子苏新在解放前一年叫反动政府抓了壮丁出去，到现在也不知道是死是活。

"唉！"赵三伯看了妇人一眼，表示无限的同情，但又觉无能为力。

廷忠听了苏嫂不幸的消息，表示无限的关心，话也没说。

"那么大的母牛，怎么扛得动？"农则丰表现为难。

"远亲不如近邻，谁家有为难事，隔壁邻舍帮帮忙是应该的，反正力气是使不完。只是碰巧，我家的米没了，正要去磨房挑回来才能下锅呢。"马殿邦一边说，一边拔腿就要走。

"我才筛净了两斗，留过年吃的，今晚先拿我的煮一餐吧。明天我帮你去挑——"苏嫂说。

"不，不。我的米前天就磨出来了，放着不去取，碍地方，丁老桂叫今天一定得去挑回。真对不起你，苏嫂！"马殿邦走了。

"牛跌到什么地方？"韦廷忠异常关心地问。

"呵，廷忠，你帮苏嫂找两个人去一趟吧。哎！"赵三伯看着韦廷忠说。

"看'牛轮'的叫人回来说，跌进'羊谷'去了。"

"那，更难弄出来。"

韦廷忠望着苏嫂说："反正牛死了，不一定把它整只扛回吧。我看，再找几个人，带上木棒和箩筐去，剥开皮破了肚，把肉和皮拿回就成了。"

"也行，由你们帮我出主意去吧。只是牛肚子的崽好大了，丢了可惜，拿回不是能吃么。"

"何止能吃，还是补品哪！"赵三伯说，"牛是跌死的，不是得的瘟病，牛下水也不要丢了，拿回来大家还得吃一顿。"

"对啰。则丰兄弟你也去一个。"

"我也还有活没做完呢。"

"这时辰日头快落山了还能做什么工。去帮弄回来，我去打壶酒来等你们。"

"对啰，去吧。"赵三伯又催一句。

"我不喝酒也去。"马仔说，系系裤带。

"去就快走，找人、找家伙去。"韦廷忠把鞋后跟提上，招呼马仔同苏嫂往村里走。

"我也去。"农则丰说一声，跟廷忠一起走了。

赵三伯见火还旺，舍不得离开，一个人孤独地坐在那里。

老鸦飞回树上，村里升起蓝色的炊烟。看鸭群的把鸭赶回村了，河边传来空隆空隆的水磨声。

赵三伯抱着脑瓜顶着膝盖打盹，一个五六岁的小孩福生来找他爸爸才把他叫醒了。

"伯爷，我爸爸不在这吗？"福生一边拿起枝芦苇点燃，一边问。

"谁是你爸爸？"赵三伯揉揉眼睛，一时没认清是谁的小孩。

福生疑惑地瞅着他，也不回答，只管吹火玩。赵三伯细看了他才说：

"呵！廷忠的小孩。你爸爸帮人家扛牛去了。"

"牛不会走吗？扛它什么呀？"福生问。

"牛太冷啦，脚发麻啦，走不动。"

"我的脚为什么不麻呢？"

"你不懂。福生，我问你，你爸爸同妈妈打不打架？"

"吵嘴，不打架。"

赵三伯认真地端量福生的面相，又疑惑又纳闷：

10

"这孩子像谁呢？爸爸妈妈都不像。"

福生自己点燃着芦苇玩，不理睬人。

"唉！"赵三伯摇摇头感慨地叹口气。心想："为富不仁，这话不错呀，覃俊三尽干缺德事。"

这时，村头有人叫喊谁的名字，可是顶着风，听不清。一会，一个二十四五岁的妇女来了。人还没到，光听到她尖嗓子喊：

"福生，叫我快把喉咙喊哑了，你也没听见。我叫你干什么来的？"

她手上拿着一根细细的柳枝，要鞭打小孩似的。但她并没举手，直盯着福生，等他回答。这妇女长得细瘦而单薄，圆圆的脸上有点儿雀斑，怀五个月的孩子了，肚子已经挺得很显眼。

"爸爸不在这，找不见他。"

"你不能到别处去找吗？真是叫猫取火，见了火就忘了家。"

"爸爸扛牛去了。"福生说。

"什么？"

福生不做声。

赵三伯说："大娘，你不知道，苏嫂的母牛跌进'羊谷'岩，廷忠和则丰他们几个帮忙去了。"

"哼！"韦大娘用鼻子哼了一声，脸色显出妒意，"村里男人那样多，为什么单独挑到他？"

"也是廷忠自己好心，愿去帮人家的。"

"什么好心，还不是帮她才那么起劲吧。"

"大娘，不是这样说。苏嫂来找乡亲帮忙，大伙见她一个妇道人家有难事，能忍心不帮吗？"

"呵！人家有难事就该帮，自己家的活倒不该做了？走，跟我回去！"

韦大娘一把拎起福生，推着就走，还把小孩手上的芦苇抢过来掷了，福生哇一声哭起来。"哭，你敢哭！"大娘威胁着，福生马上把哭声咽住，抽抽噎噎地跟在后面。

"唉!"赵三伯又深深地叹了一声。心想:"莫非原先他俩的命没叫算命先生合过,现在才是捏不在一块吧?"

赵三伯拿起柴头拨开炭灰,火已经快熄了。天色已经不早,赵三伯也站立起来,伸伸发麻的腿,拿着鱼罩走了。

二

韦廷忠和农则丰从苏嫂家出来，已经半夜了。大半块下弦月挂在橄榄树梢，显得幽暗而冰冷，猫头鹰有时叫一两声，村头谁家的狗从梦中惊醒起来，叫了几声又静了。只有风掠过，树丛里发出音响。

农则丰连打了两个饱嗝，喷出一股酒气，向韦廷忠问道：

"你看出来没有？"

"看出什么？"韦廷忠两手笼在袖筒里，抱着根木杠，缩个脖子，不在意地应了一声。

"我看，苏嫂这只牛跌到那个地方，有点怪：岩边边上一棵草也没长，全是小石子，牛到那边去啃什么呀？"

"你这个家伙真尖，看得倒挺仔细！"

"莽张飞，粗中有细嘛。"农则丰得意地说。

韦廷忠没再搭腔。两人静静地走了几步，农则丰又放心不下似地说：

"是不是有人把牛推下岩去？"

"不会吧。谁能那样狠心，做出这么伤天害理的事。"

"都跟你这样老实当然不会啰。可是，人心隔肚皮，什么人没有。"

"把牛推下岩去，对他又有什么好处？"

"谁知道，说不定跟苏嫂有什么过不去的事嘛。再说，山上不是有几个家伙还不肯下来投降的吗？一条牛把它扛回山洞去，还不够吃他个把月。"

韦廷忠听农则丰这么一讲，觉得也有道理。两人沉默下来，走了几步，猛然，天空一颗流星掠过，农则丰吐了一口唾沫，说道：

"大吉利市！"

韦廷忠忍不住笑出声来。

"你笑什么？"

"你这个人也是这样信神信鬼的。"

"你不信？"

"没有你这样厉害！"

"你看，前面大榕树是鬼火不是？"农则丰拉了拉韦廷忠的衣角。

"什么鬼火，你多喝了两杯酒，眼睛发花啦，那是榨油房的灯嘛。"

"榨油房的灯？公鸡快要叫头遍了，他们还点着灯没睡？"

"谁知道他们搞什么鬼。"

"妈的，旧阵时，兴赌纸牌、抽鸦片烟什么的，还有个别玩头，而今玩什么呢？走，我们看看去！"

农则丰说罢，手脚灵快地拐过左边一条小路，往火光的地方走去。韦廷忠迟疑了一会也跟他去了。

他们走到榨油房跟前时候，农则丰的裤腿给倒在路边的竹枝子挂上，发出了响声，躺在榨油房门前的狗汪一声，惊叫起来，屋里的灯突然灭了。农则丰和韦廷忠怕狗追上来，赶紧转回头照着原路走。

"妈的，把裤腿挂破了一大块！"农则丰走回原路后，弯下腰摸了摸裤腿，不胜懊恼。

"你就爱管闲事，活该！我看，准是有人又从什么地方领来了耍风流的娘们。"

"恐怕不止是耍风流呢。"

"管他什么都好，反正我们管不着。"

"管不着也管一下，怕什么的。你就是那样怕事。"

韦廷忠不做声，沉默了一会，等到快要分手了才问道："明天你干什么去？"

农则丰说打算到圩上买一只猪崽来养，怕钱不够，不一定去。

"我说你有空就帮苏嫂把牛肉拿去圩上卖了吧。"

"你呢，为什么不帮她去？"

"我明天还得上山把茅草运回来。"

"我看看吧，她不一定要我帮忙。"

两人在塘边分了路，走回各人的家。

韦廷忠回到家，敲了半天门，没听到动静。歇了一会，再敲，仍旧没人答应。叫他实在不耐烦了，拿手上的木杠往门上擂了两下。

"妈!"屋里小孩叫了一声。

"福生，开门!"韦廷忠喊，随后自己叹了口气。

小孩把门开开伸出小脑瓜来，望着父亲说：

"爸爸，你哪里去啦，你没吃晚饭不饿吗？"

韦廷忠在朦胧的月色下，看到鸡笼的门没有关，拿块板把它堵住了。

"爸爸，我要屙尿!"

"有尿就屙嘛，还叫人。进来把门关上。"

韦廷忠说着进到屋里来，喝了两杯酒，口挺渴，就着从门口射进来的月光，往饭桌上找米汤稀粥喝，但是，瓦罐和鼎锅都是光光的，他愤愤地把舀饭的木瓢一扔，抱着福生往床上睡觉了。

"哪里游逛去啦？"韦大娘带着又是怀疑，又是嫉妒，又是责备的口气问。显然她并没有睡着。

"嘿，你没有死呀!"韦廷忠忍不住发了火。

"呵，原来你是咒我死，好让你跟人家——"

"得了吧，我做了什么啦？"

"自己做什么自己还不明白，哼!"

"你不要将心比心，以为别人也跟你一样。"

"跟我什么一样？我……"

"妈妈!"

"呜呜!"韦大娘抽抽噎噎地哭起来。"我跟你这个人过，算是前世没修好阴功呵……呜呜……"

"妈!"福生一边钻进被窝，一边叫唤。

"唉!"韦廷忠深深地叹了口气，不得已地躺下了。但是，不知是喝了酒兴奋的呢，还是平白受的窝囊气，闭不上眼。

福生很快就睡着了，发着轻轻的鼾声，月光透过破了的纸糊的窗棂，照到他的脸上；老鼠互相追逐，吱吱地在叫唤，从被窝上跑过。

"老鼠也会欺负人!"韦廷忠想。把脚蹬了两下，老鼠迅速地跑掉了。

夜十分深沉。

韦廷忠又翻了一个身，仍旧睡不着。

他今年才四十，看那样子却四十出头了。小时候，家有三亩好田，一年四季是长流水，种两造，不怕旱也不怕涝。家口又不多，只他一个儿子，一个姐姐，父母都是勤俭的人，吃穿总算过得去。廷忠八九岁的时候，还是上学读书的学生。十三岁那年，在他这村附近的山坳，发生抢劫牛帮的案件，政府限令乡长覃俊三追查缉破案。覃俊三派出爪牙四处侦察。开头说没找到什么踪影。过两天，忽然说在韦廷忠家的草垛里找出一条牛绳子，拿去叫失主验认，说就是他们拴牛用的。随即来了几个差人把父亲抓去，没有细问就坐了班房。母亲为了营救丈夫，到处求人写状纸、走衙门，但是，乡里能到官府走动的只有覃俊三一个人；这就叫你不得不求这位佛爷去了。覃俊三当廷忠母亲的面答应帮忙。两趟进城确实又写了状纸，叫廷忠母亲押了个手印才说帮递上去了。过了两个月，却没半点音讯。第二年木棉花又开了，正是要人耕种的时候，廷忠妈又去向乡长覃俊三苦苦哀求。乡长说："你不说我也知道你是少不了他，我也不是没帮助过你，你叫我写状纸我写了，你要我讲人情，我去了两趟；耽误了工夫不算，到城里吃喝费用也都是我自己掏出的荷包。我看呀，'衙门八字开，有理无钱莫进来'，舍不得钱，趁早别想他能出来啦!"

"我们家有没有钱谁还看不见呀！什么舍得舍不得的。"

"没有现款，你的田和牛不能换嘛。不说铜钱，金子都能换得来呀。"

"哎呀！我们四口人就靠两块田活命，要……"

"那，我可不管你们这些。不过，你看是要人好，还是要田，自己拿主意吧。案情可不轻哩。不是我，谁敢硬着头皮去碰。"

"但是，乡长，这可是冤枉的呀！"

"冤枉不冤枉，反正现在是看你愿不愿花钱了！"

廷忠妈听他这一说，心更乱，不知怎样好了。第二天，就有覃永秀来同她说好说歹，怂恿她把田典给覃俊三，讲明：钱无利，田无租。等她什么时候有钱，仍旧可以把田赎回来。廷忠妈急着要丈夫出狱，也就忍痛地把田典当给了覃俊三，得八十元银元交覃俊三去了结这冤枉案。自家只好耕种几亩靠天吃饭的旱地。廷忠也就在这年春季不再到学校去，同姐姐一起帮助母亲做些田间的零活。

覃俊三把钱花出去了，说是人清明前准能回来。谁知清明节前一天，覃俊三从城里回来说："本来县长答应放人了的，忽然上头来一道调令走了，新县长才上任，案子不能马上断，还得过些时候再说了。"这样，廷忠妈和他姐妹俩只好今天等明天盼的，四月观音诞，五月端午，七月中元节，一个节又一个节都过了，人却没见归来；再去找覃俊三，他就说："新的县长有新的规矩，你叫我白白去讲空人情能成吗？"最后，廷忠妈实在没法，去到班房同丈夫商议，把田契文书割断给了覃俊三，又得八十元交给他。到九月，人，总算出来了，但坐了快近一年的班房，身子很虚弱，接着得了病。请兼做郎中的乡长覃俊三开了几剂药，也没见好。拖到第二年正月，过了灯节就过世了。人病了半年，不能做工不说，还为他寻医问卦花不少钱。死时，棺材钱也拿不出，只好去同覃俊三家借利债，说明四分利息，到秋收本利还清。不想，那年正是大旱，旱地庄稼才得二三成收，借覃俊三的利债还不起，到十冬腊月时被逼得没办法，只好答应过了年就让廷忠到覃家去当牛倌顶利债；廷忠姐的婆家见他家

17

败下来了，就提早接过门去做童养媳。又过了一年，正是冬至那几天，廷忠妈一人上山打柴，半夜没见回，隔壁邻舍乡亲到处找去，终于在山洞口发现遭老虎害了。血流洒了一地。

从此，廷忠再没有自己的家。一年到头就跟覃俊三的几头牛过日子；每天还要割回一担青草，半夜又得起来给牲口添料。到十五岁那年，地主覃俊三就把他顶着一个长工，开始驾车、耕田。地主婆时常打骂，老说是她覃家修了阴功把他养大的，要不，早没了他的命了；说他不感恩知报，将来总会叫雷劈。廷忠心想：自己爹娘去世得早，又没叔伯姑舅依靠，孤苦伶仃。这么些年来，受了不少冤气，也只有忍受下来，老实干活，安分守己，免得东家辱骂就好。

到三十岁那年，覃俊三同他讲，说是他年纪不小了，打算给他找个人家成亲，反正他家没有什么人了，就在他家住下来。廷忠也没说什么，只由东家摆布吧。但是三四个年头过去了，东家也没再提起这件事。直到日本打来的那年，一天晚上，覃俊三叫他到厅堂去，说要替他成家的事，几年来一方面没找到合适的人，另一方面他年岁也还不老，所以也就没再同他提起。现在，看他一年比一年大了，不忍心看他当一辈子光棍，因此打算把丫头阿桂给他。不过，明年他家的田全都租出去了，廷忠他现在住的房屋要拆掉，另修一间新楼，好看守屋边的鱼塘。这样一来，他跟阿桂就得搬出去，另找屋子安家，田地倒是可以租给他种的。

廷忠心里像一锅滚水，乱极了，想不出一个头绪来，一时不知怎样回答东家的话，只有自己问自己："我一个人还顾不上，再多一个人怎么带呀？"

"就那么的吧，你这两天回自己的老屋去收拾收拾，我还帮你们择了个吉日，七月初五是日子了，你就把人接过去，两口子好成家立业。我覃家从来没亏待过下人，日后你们对我怎样，那就看你们的良心了。"

韦廷忠等东家把话说完，自己鼓起勇气正要说什么，覃俊三却拿起水烟袋咕嘟咕嘟地抽着，掀起白布帘子，走进寝室去了。廷忠感到：这件事情，他既说出了口，就跟木板上钉下了铁钉，不好动了。

当天晚上，正同现在一样，廷忠一夜也没睡成觉。心里老在想：

"阿桂？她还是一个十七八岁小姑娘，比我小十多岁。平日，她不是跟我多说两句话都怕东家看见吗？现在我们马上就要同在屋顶下成夫妇了，哪里去找话来说呢？……她不嫌我岁数大吗？……阿桂她……她自己能情愿？"

廷忠想到这，眼前出现着一个人影，这个人影是一个白白的圆脸，额前梳着稀稀的刘海，有一双黑黑的、不时偷偷地瞟人一眼的眸子，鼻子尖微微往上翘，身材又细又瘦……

"要跟她在一个屋子里过一辈子了！"廷忠翻来覆去地想……

这件事情对别人来说，应该是叫人喜出望外的吧。阿桂到底还是那么年轻好看，规规矩矩的姑娘啊；这消息传开出去的时候，还引起不少做母亲的人的羡慕和年轻小伙子们的嫉妒呢。只是，廷忠的心里却乱了两天，有如农具、种子都没准备好的农民，突然来了一场春雨，使人不好招架。直到他和阿桂成婚拜天地的那天，他的心情仍然是那么沉重。

他想到这上头，有一件多年来不敢认真去想的心事，今晚却给勾起来了。

三

那是廷忠他父亲还在世的时候。水田、牛车、耕牛都是自己家里的，一家人过着自给自足的日子。每天清早，廷忠把牛赶到河边的草坪放青，黄昏时候让牛到河里饮水，顺便割回一筐猪菜。春天来了，他就向学校请农忙假，到山里采蘑菇，挖竹笋；秋后，就在地里装野雉，在水坞里捞鱼虾。在他的小天地里是那样的满足，那样的乐趣。

就在那样的岁月当中，有一回，正是临近端午节，廷忠同则丰几个小伙伴到山里去烧草木灰，准备拿回家来滤成枧水，等过节时候蒸粽子。很巧，他们发现在一株野石榴的枝丫上有一窝野蜜蜂。大家高兴得不得了，都说端午节吃粽子不用买糖了。则丰没等大家商量好，拿起柴刀跑去树根就砍。树干一震动，蜜蜂飞开来。玉英躲不及，叫蜂蜇了，禁不住哇哇哭起来。别人立时折下树枝和蜂搏斗。廷忠却马上用火柴点上一把枯草跑到树根去烧起来。蜜蜂见了烟才飞散了。

火熄了，树丫上剩下猪肚子似的蜂巢。则丰头一个跑去把树丫砍了，拿下蜂蜜。大家又都高兴得不得了，玉英抹了眼泪，不觉笑了。

"哎呀！大家看，谁长了一只角啦！"则丰用着眼色，叫大家看玉英眼角上肿起的伤口。玉英被则丰这样奚落，又要哭的样子。

"给我！"廷忠伸手向则丰要过蜂巢来。

"为什么给你？是我砍下来的。"

"不是我把火烧了，你能砍得下来？"

"见者有份，谁也不能独占。"

20

"先拿来给玉英的伤口擦一擦嘛。"廷忠认真地说。

则丰再不做声。廷忠接过蜂巢来，挑出两只幼虫，把它往玉英的伤口涂抹。

"好一点了吧?"廷忠关心地问。

玉英默默地点了点头，深深地盯他一眼，好像是头一回认识似的。

从那以后，不论是春天挖竹笋、秋天采野石榴，还是冬天打柴禾，玉英同廷忠都是常常在一起。有时，玉英的柴禾打得少了，廷忠就分给她一部分；有时，廷忠的野石榴采得不多，玉英就分给他几只。有一回，廷忠放牧刚下崽的母牛，却跑去找蟋蟀去了。母牛闯进了菜园，把萝卜和茄子糟蹋了好大一片，回家来，经不起父亲的一顿打骂，逃了出来，躲到村头的土地庙里。黄昏时候，玉英出来挑水见了他，知道他还没吃晚饭，回家拿了几只蒸好的大红薯来给了他。

"有蜈蚣和长虫出来可不得了，走吧!"玉英等他吃完了红薯，催着他回家。

"呵哈，捉住你俩了!"突然，从墙边的缺口跳过来一个人，把他们都吓了一跳。这人显然是在墙外刚拉完屎，他一边系裤带，一边嬉皮笑脸地追问:

"你俩在搞什么鬼?"

"永秀!"玉英看出了这人，马上板起小脸蛋，镇定地说，"你不要乱嚷，人家廷忠叫他爸爸打了，不敢回家，你还不帮助人家，反倒来吓唬人!"

"呵!"这个叫永秀的人，幸灾乐祸地叹了一声，接着就说，"我知道了，原来你俩是一对儿。"

"什么一对两对的?"玉英厌恶地盯了永秀一眼。

"你们不是一对儿? 前回我在你水桶里喝口水，你为什么骂人哪?"

"你是真的喝水吗? 讨厌你!"

"讨厌你!"永秀学玉英的声调说了一句，随即哈哈地笑了两声，吹着口哨，跳出墙外，走了。

"往后他更要胡说八道了！"廷忠担心地说。

"他爱怎么说都好，我不怕！"玉英表现很坚决。

以后，村里的小伙伴，一见到玉英同廷忠在一块的时候，果然，在他俩后面"小两口"、"小一对"地叫起来，弄得廷忠有时只好避开，故意装听不见。

因为小伙伴们这样叫得多了，自然也就引动着做父母的人的心思。正是廷忠的父亲还没吃官司那年，玉英的母亲曾当廷忠姨妈的面流露过这样的意思：玉英是她的独生女，不想把她嫁得太远，如果廷忠的妈不嫌弃，把她同廷忠配成对，倒是好姻缘。随后廷忠的妈果然买了八封"玉袋糕"托个媒人去杨家拿过玉英的年庚八字来，请村里一位老先生合了合。算命的老先生说是玉英倒是个好命，只是同廷忠配对合不到一块。但是，这位算命先生平素的讲话不大灵。廷忠的妈爱听不听的，打算请别的先生另外合一次看再说。谁知不久，廷忠的父亲出了事坐了班房，这头婚议也就中断了。玉英的母亲后来只好接受了也是同村的苏家的聘礼，把她给了苏民。这之后，廷忠到地主覃俊三家做工，不同在自己的家那样自由了，同玉英就逐渐疏远起来。不过，只要遇见了，玉英总还是关心地问这问那。有时见他衣服烂了，就说："你衣服破成这样，都不补一补呀？"

或者就告诉他：

"你的脚裂了那么大的口呵！拿点猪油抹一抹吧。"

在这样的场合，廷忠只有苦笑，默默地盯了对方一眼，说不出什么话来。

玉英十七岁那年，苏伯娘因为苏民到城里上了中学，自己也上了年纪了，需要一个人帮着料理家务，同玉英的妈讲了两三回，玉英的妈也就同意了。正是玉英成婚那天，廷忠在山里给东家看几只羊，孤孤单单，觉得挺闷气，就在父亲的坟边，一个人伤心地哭了起来。

往后，年岁大了，加上地主给压下的劳动越来越沉，而且玉英既然嫁了苏民，各人有着各人的生计，这些童年的记忆，就同水洗过了似的，留在心上的不多了。但是，自从苏民干革命被反动派迫害而牺牲之后，玉英年轻守寡，还携带着孤儿苏新，度着清愁孤苦的岁月。这当中，她所需要帮着拉牛车、修房屋、整理农具什么的，廷忠能够帮忙的时候，常常不声不响地替她代劳，而廷忠的破衣服也有人给缝缝连连了。正因为这样，村里又有一番流言。

有一回，则丰同他去打茅，好心好意地同他说："廷忠，我看你就同苏嫂凑米下锅，两人一块过吧！"廷忠心上也动了一下，嘴里却说："不行。我拿什么东西养人家呵！"

"她那样能打会挑的人，还要你养活她？"则丰热情地鼓励着他。

"不行。"

"你这个人太老实了，有这样现成饭放着不吃，哪里去找。'人直人穷，木直木穿空'，要是我，我就不放过她。"

则丰这个主意，当时虽然没有被廷忠接受，可是，过后，廷忠倒是着实地把它盘算了好些时候，心想："照则丰的话好是好，只是，怎么好向她开口呢？人家的小孩都那么大了，家里还有个婆婆。她还有心再找个男人吗？"

正是廷忠为这件心事搅得挺不爽快的时候，东家覃俊三却向他提起阿桂的事情。这就给廷忠添了一层心事，一时想不开："东家为什么要把阿桂给我呢？她还是个小姑娘，跟她怎么过呢？如果命里该有个老婆，那，跟玉英凑米下锅，两人还能有商有量，还像对夫妇；要是同阿桂……两人在一起，能说什么呀！不答应吧，东家却是一口咬定了，不愿意也得愿意！怎么办呢？……"

廷忠虽然是这样矛盾、这样忧虑重重、这样不甘心，但是，自己又不敢违拗东家的决心，最后，只有答应了下来，照着东家的安排：同阿桂一起离开覃俊三的家，搬回自己已经破败、倾圮的老屋，算是成了家。然而，从一个长工变成一个佃户，命运并没有改变得好一些。他仍旧得租用覃家的田地、耕牛，仍旧给覃家做这个工干那个活的，仍旧没有摆脱了覃俊三的掌心。再说，两口子也不对劲：阿桂总是猜疑廷忠同苏嫂的来往。廷忠虽然不止一次发誓赌咒，阿桂却是那么执拗，那样不放心，看到丈夫跟人讲句话，都怕别人沾上了似的。弄得廷忠十分心烦。等到福生不到日月就生下来的时候，廷忠发生了猜疑。后来，偶然也听到风言风语：说是福生的鼻子同覃俊三的朝天鼻一个样……这就给廷忠增添了更多的疑惑和委屈。由于这种原因吧，两人的感情就越来越隔膜了。常常不是顶嘴就是吵架，很少能谈到一块。有时，两人闹得凶了，廷忠也曾忽然想离开这个家不管了，一个人逃到外乡去找个零活做，倒也清静自在。但是，回头一想：小孩，不管他怎样，到底是自己曾经从怀里把他抱大的。阿桂本人的命运同自己一样，也是从小就没了爹妈，是个无依无靠的孤儿；现在，身体又弱，性情又软，独立生活的能力比别人差，撇开她，又不忍心。廷忠想到这地步，往往如俗话说的，人穷志短，总也拿不出勇气来排除这些苦恼。往往是两人吵了一架，郁闷一两天，气消了，又照样过下去。

　　现在，鸡已经叫二遍了，廷忠又为这些闷气没合上眼皮。老鼠又出来，吱吱地乱叫，廷忠却没有再留心去赶它们。

四

一早，廷忠吃完稀粥，找出柴刀和扁担来，打算上山挑茅，顺便砍回山竹来编个鸡罩。他用手指试试刀刃，刀口钝了，舀了一碗水，找块磨刀石来，蹲在屋檐下磨刀。

韦大娘拿着牛鞭子进来，见丈夫不慌不忙地磨刀，就抱怨道：

"你尽干那些不管用的事，这时候磨刀干什么，又要去砍牛骨头吧。"

廷忠瞪了对方一眼，无可奈何地不做声。给石头滴了一滴水，又继续磨起来。

"去吧，我把牛车借来了。凑人家的牛车今天有空，把茅草都拉了回来，就省了一件事了，免得你来回跑他几天。"

廷忠头也没抬，给石头滴了一滴水，继续磨他的刀，仍旧不做声。

韦大娘看了他这个样子正要发火，但不知怎样，马上又压抑住了，改变了口气，温和地说：

"鞭子放在这里，去吧，牛和车都在谷场那边哪！"

韦大娘把牛鞭放在丈夫的身旁，重新理一理头巾，进屋去了。

现在，田野上正铺着一片橘色的阳光，河岸上的一带树林和村庄的当腰，横挂着一道淡淡的雾霭；这雾霭在阳光照射下闪现着一条虹彩。田野很寂静，彩色的野鸡跑到光秃秃的田边来寻食。

廷忠赶着牛车，往山上拉茅去了。这天气。出了太阳还是有点冷，廷忠坐在牛背上，两只手笼在袖子里，鞭子挟在腋窝，让牛慢吞吞地拉着走，等到发觉牛走得太慢了，才吆喝两声，可是，牛好像听不懂他的话，摆了摆耳朵驱赶着蝇子，仍然迈着它的方步，车轴发出单调的吱吱的声音。

牛车从西头沿着长长的村道，到了东头时候，村口出来两个人。一个是覃永秀，旁人却管他叫"花心萝卜"，是个讲话好听、干活稀松的人。解放前赶赌场时候，吸过烟毒，现在脸色还是瘦黄瘦黄的，好像老也睡不够的样子，他腰上别着一个竹笼，扛着一把锄头。另外一个叫苏绍昌，是这个乡的农会主任。他穿一身没洗过水的青色的土布衣服，提着一只篮子，篮盖下露出一截腊肉和一炷香。

"廷忠，上哪儿去？"花心萝卜紧跟上来就喊。

廷忠回头来看了看他们两个，说是到马鞍山拉茅。另外向苏绍昌看了看，问：

"苏主任穿那样整齐去哪里做客呀？"

"上那坪去一趟，今天是给老丈人迁坟。"苏绍昌说。

"正好我们同一段路。"花心萝卜说。

"你去哪儿？"廷忠这才问着花心萝卜。

"我去山上挖点冬笋。"

车突然停下来，牛张开两条后腿要拉屎。

花心萝卜趁势爬上车床上来了。

苏绍昌也想上车来坐，又怕车上尘土把新衣裳弄脏了，正犹豫，花心萝卜却伸开手来把他拉上去了。

"不是我自己家的牛，给你们拉坐，叫东家看到多不好呵！"廷忠对花心萝卜坐上车来，有点不高兴。

"什么人的牛呀，不是覃三叔家的吗？别担心，这牛还是我帮他老人家买下的呢。"

廷忠不再说什么。车子又发出单调的吱吱的声音，慢吞吞地移动。

"苏主任，你使用的牛多，比我们在行。你看这只牛怎样？自从我帮他老人家买回它来，他家就一年比一年兴旺，人家都说这牛是护家宝呢。"

"他的家是打那年移葬了祖公以后才发起来的，哪里是你买的这只牛，——你才买回几年？我说，人要想发家，离了风水八字是不行的。"

"风水八字固然要紧，有好风水八字，要是叫灾星进了门，也是会克扣掉的。"

"既然是这牛护了他的家，那他该领你的情啰！"

"他再领情也不能给我们全包下来嘛。其实……"花心萝卜讲到这里，忽然警觉地看了廷忠一眼，马上改了口气，"他家这几年开销大，也没有什么了。"

"开销再多也用不到他的零头。"

"你不能这样说。他老人家经常就爱周济孤儿寡妇的，这个来那个去，数目可也不少。"

"咄！咄！快点走！"廷忠扬着鞭子催着牛。

"反正我们不是他的管家，不知道他的底细。"苏绍昌冷淡地说。

田野上逐渐有人出现了。有挖花生的，有掘荸荠的，也有铲草皮灰的，有的却挑着青菜，挑着沉重的谷米，三个两个的往圩场的路上走。牛群也放出来了，牧场上牛群在那儿蠕动。

这时候，溪水边传来女子唱的山歌。

"听。谁唱的？多好！要是同旧时那样，兴赶歌圩，保管她能挑回一担彩头来。"花心萝卜说。

廷忠和苏绍昌都没做声。

歌声停了一下，又唱起来：

生不离来死不离，
生死我俩共堆泥；
一块石头丢落水，
石头浮面才分离。

27

"这歌子可是同一盆炭火似的，把人都弄得暖酥酥的。"花心萝卜贪馋地说。

"你猜是谁吧?"苏绍昌问。

"咄！咄！快点走!"廷忠又扬着鞭子赶着牛。

"猜不着。我们老了，这都是他们后生仔的事了。"

"我看你的心就没老。"

"你看，呵，是她! ……"

苏绍昌和廷忠顺着花心萝卜指的方向看去，果然见到溪水边的芦苇跑出一个十八九岁的姑娘，她一边赶着一只小黄牛，一边整理她的头巾。

"是银英吧!"苏绍昌瞪着眼看，认不清似地问道。

"就是她!"

"她一直也没回婆家不是?"

"可不是怎的，这一下子兴起自由来，正是'瞌睡碰上枕头'，正合适了。"

"这些'跳槽的马'可难驾辕呵。"

"'跳槽的马'不怕，抓住了缰口，它就乖乖地任你摆布了。要是没有性子的娘们，跟这只牛似的，慢吞吞的，走路都要你背着她走，那，宁愿打一辈子光棍还自在呢。"

"那，你现在是不是想——"

"别开玩笑了。人家早就有人盯着了。"

"谁? 是岭尾村的梁上燕老师? 那，不会成功，她不能要他。"

"为什么?"

"他，同米粉一个样，软得立不起来，银英这号女子不会要他的。"

"谁想，也是白想，再怎样自由也好，蒸发糕没有媒（酶），总是发不起来。"花心萝卜说。

"那好办。"苏绍昌说。一会，他想起什么事情，叫了一声："廷忠。"

"什么事？"廷忠答了一句，没有回过头来。

"你到底怎么搞的，老是这么闷声不响。"

"你要讲什么吧。"廷忠这才回过头来望了他们一眼，立时又"咄，咄，快！"赶着牛。

"你刚才听到我们的话了吧？"

"没有，没留心听。你们说了什么？——呵！吁——吁！"

廷忠跳下地来，把牛拉住了。

"怎么回事？"苏绍昌问。

"牛肚带断了！"廷忠回答，苦恼地把断了的两头带子拉拉看，试试它的韧性。带子已经霉烂了，使劲一拉就断。没有带子，车不能继续走了。廷忠把辕放下，把车往后一抬，让牛解放出来。车床突然倾斜，花心萝卜没留心，几乎要翻倒，不禁哎呀一声，惊叫起来，引得苏绍昌和廷忠都发笑了。

银英不知车子为什么突然在这地方停下，奔过来，看到他俩直笑，就问：

"你们笑什么？"

廷忠忍住了笑，抹了抹眼泪。见到银英，好像发现什么东西似的，高兴地说："呵！你来正好，正要找你了——"

"找我，干么？"银英严肃而戒备地反问。

花心萝卜尴尬地避开银英的眼光，苏绍昌却像初次看到银英似的，仔细地盯着她。

银英抹一抹给风吹乱了的刘海。她那又胖又圆的脸，像五月里的蜜桃，一双大眼睛，挺会传情表意，身体长得也挺丰满结实，有一股青春的吸人的魅力，叫人见了一回就不容易忘记。

"我正笑永秀，他坐牛车都坐不稳，还想骑马。"廷忠一边正在接绳子，一边同苏绍昌交换眼色。

苏绍昌带着微笑看花心萝卜。银英不知道他们讲的什么双关语，倒是认真地问：

"哪里来的马骑?"

"你手上不是。"苏绍昌说。顺手坐在车辕，卷起纸烟来抽。

"我手上怎的?"银英把右手一摆，那只最近才从城里买来的玉镯晃了一下，不觉红了半个脸。

"你手上的鞭子，不是能骑吗，小孩骑的木马，还没有你这条鞭子好呢。"

"三叔，你是个主任也没讲正经的。"银英撒娇地瞅了对方一眼。

"我这个主任呵!……"

"怎么的，不好呀?"银英马上逼着问。

苏绍昌苦笑。说不出话来。

"廷忠，怎么搞? 能接得成吗?"花心萝卜去解了小便回来问道。

廷忠搞了老半天，绳子都烂了，接不上，心里正发火，埋怨老婆没有好好地检查就借来了，弄得半路上出事。他只顾接着绳子了，没大留意对方的话。

银英见他不做声，凑上去看了看，说道:

"呵，我当做你要在这儿让牛吃饱了再走。原来是绳子断了。廷忠叔，别那样鼓起嘴巴不高兴了，我给你去拿一根绳子来。"

银英马上奔跑到牛群里去。她那根用红绒绳扎着的辫子在背后飘动，挺惹人注目。

"真是一匹野马。"苏绍昌目送着她的背影说。随即拍一下花心萝卜肩膀:"你这个人平时呱呱叫，这一下子嘴巴含着橄榄似的，讲不出话来了。"

"你看，谁来了!"花心萝卜很难为情，找到借口，把话岔开了。

前面大路上的山坡，果然来了一个妇女。等她走到近边，才认得出是岭尾村的赵佩珍。这人跟村里普通妇女不大一样:她不做田地里的活路，平日买回棉纱来织些土布，然后拿到圩场去卖;每年，秋收过后，外地的巫婆来村里给人求神问卦，她撂下买卖也不做了，帮巫婆挑篮子、提包袱什么的，做巫婆的跟班，在这方圆五六十里的村庄走动。解放后，乡里要组织妇女会，旁人还摸不着头脑，不敢出头露面来同公家人打交道，她因为见过世面，能说能讲，外地人讲的官话也好，白话也好，她都能夹七夹八听懂一点。终于给她当上了乡的妇女主任。

论岁数，她已经是三十七八，快近四十了。人却收拾得挺干净利索，眉毛和鬓角都是修饰得十分整齐。人家年轻的妇女才兴的绣花头巾和穿着镶花边的衣服，可是，在她身上却总也没缺过这些衣饰。她同巫婆们还学会嚼槟榔，嘴唇总是又湿又红。

现在，她还没走到车子跟前，远远地娇声娇气地向苏主任嚷开了，大家却没同她搭腔。花心萝卜低着声同苏绍昌说：

"看她又到城里浪去了。"

她拿着雨伞，挑着一只篮子，潇洒地走来。

"可把我累坏了。"她把篮子和伞放下，也坐到车辕上来。

花心萝卜听她说累，就特别留神盯着她两只发蓝的眼圈。

"干么那样看人，是不是——"她有点窘，脱下绣着壮锦的头巾抹抹脸。

"城里有什么新闻吧？"苏绍昌问。

"呵！苏主任打扮那样整齐，要做新姑爷似的。"这位妇女主任好像抓到了话题，放心谈笑起来。

"讲正经的吧。城里到底有什么新闻？"苏绍昌又带恳求的口气说话。

赵佩珍把眼前这几个人都瞟了一眼，对廷忠特别放心不下的样子，迟疑一阵才说话："城里来了工作队，不几天就会到区上来了。"

"来了工作队算什么新闻。"花心萝卜失望地说。

"噫，你没见到可不敢说。这帮工作队说是要来分田地的呢。跟以往清匪反霸来的那些可不是一路货。人家是北京来的，男男女女，衣服穿得挺新式，好些女的头发是卷的，跟马戏团的绵羊一个样，就是没有抹口红。"

赵佩珍要显示自己比旁人的见识广，口气很大，另外还给工作队添了好些花头的话。苏绍昌同花心萝卜交换了一下眼色，意思是说："果然来了！"

"你知道他们几时下来？"苏绍昌问，留神地等着回答。

这时，银英拿了绳子来了，听到苏绍昌同赵佩珍说话，一边把绳子交给廷忠，一边问他怎么回事。

"说是北京来了工作队，快到区上来了。"廷忠冷淡地回答，好像对赵佩珍的话不大相信。

"北京来的？那是什么样的人呀？"银英高兴起来，马上转向赵佩珍这一边来打听。

赵佩珍说她问是问过，但是，不知道哪一天下来，下来也不一定就到我们这个区。

"管他来不来。来了，你们两位主任可是要团团转了。米花糖多预备两块吧。廷忠，整好没有？你老是一个调门，不慌不忙的，太阳那么高了，我可上你的当了，不坐你这个车，我走路都早到了。"花心萝卜仍然抱着膝盖望着廷忠说风凉话。廷忠正在紧张地绑绳子。

"你还是走吧，一下子绑不好。"廷忠说。

赵佩珍站起来要走了。银英默默地盯她一眼，不问又安不下心来的样子，终于问她："工作队里有没有女的？讲的官话还是白话？"

"你问这干什么。人家女的同男的都混杂在一堆，弄不清。"

"那是'杂合烩'，才有味道哇。"花心萝卜插了一句。

"她们住的也不分男女吗？"银英惊奇地问。

赵佩珍把雨伞挑上篮子轻飘飘地走了。苏绍昌不安起来，皱着个眉头，望了望太阳，看时候不早了，也提起篮子要走。

"苏主任，快整好了，上车坐吧。"

"不，不，我赶快去，晚上还得回来同大伙商量农会的事。万一明后天人家工作队真是下来了，还不得腾屋子、要饭菜吃呀！"

苏绍昌走后，花心萝卜仍旧抱着膝盖不动，望着廷忠催道：

"廷忠，还不行呀？你总是慢吞吞的。"

"你要走就走嘛，也没拴你的腿！"廷忠头也没抬，只使劲绑着绳子。

银英放下鞭子，凑上去帮廷忠拉紧绳头。一会，绳子绑好了，她拿起鞭子又跑去田边帮廷忠把牛牵回来，看廷忠驾好车开动了，才跑开去，把零散的牛赶在一起，打算赶到山那边去。

牛车又单调地吱吱地继续开动。花心萝卜还是死皮赖脸地爬上车床去。廷忠没有理睬他，老半天两人都不做声。花心萝卜憋不住了，才问廷忠："昨天去扛回牛来，怎么招待？整个牛是不是全部都弄回了？"廷忠老实告诉他："牛肉全都要回来了，就是剩下牛头没法拿，丢下了。"

"丢在什么地方？"花心萝卜非常关心地问。

"告诉了你，冬笋你就挖不成了。咄，咄，快走！"廷忠看看太阳已经出来好高了，心里发了急，扬了两下鞭子。

"我倒不稀罕那些死牛肉。"

"你稀罕也还不是白费心机，过了一夜狼还不来啃光了。说不定还有人把骨头也搬走了呢。"

"一只牛头能有几两肉，谁会半夜三更去干这个？"

"没有人干？山上那几个家伙知道了，他们不来拿吗？不管它有几两肉，总比他们偷挖的芋头、红薯强。"

"我看他们几个自从则丰打了他一枪，现在怕不敢在附近待了。"

"你怎么知道？"

"我……唔，当然……我只是将心比心，要我就不敢。"

"他们要同你一样，就用不着上山了。我昨晚还同则丰纳闷，苏嫂的牛掉到这个山谷，挺奇怪。"

"算了吧，有什么奇怪，人有时还掉下崖呢，何况牲口。""这几个坏家伙，这回工作队一来，看他们是不是还'死鸡撑硬颈'，不肯下山。"

"你看刚才赵佩珍讲的工作队，会不会是真的？"

"她的话，你打他七折八扣就差不多。"

这时，山头和田野传来一阵一阵的山歌，有时是对唱，有时是几个人联

33

唱。廷忠仔细一听，当中有这样几句：

> 烧火不给火花飞，
>
> 恋情不让旁人知；
>
> 行路相逢不相问，
>
> 两家低头两家知。

廷忠觉得这首山歌又亲近又疏远，"什么时候，什么人唱过？"廷忠专心地追寻他的记忆。那是他还没有同韦大娘结婚，苏嫂已经寡居了几年的时候。有一次正是木棉花开得正盛的时节，苏嫂同则丰的老婆搭伙种玉米，见他一个人在附近看牛，她就唱起这首山歌，仿佛是故意唱给他听似的，使他纳闷了几天。可是，现在又是谁唱的呢？歌声是从几个挖荸荠的妇女唱出来的，不可能有苏嫂，她今天一定是去圩场卖牛肉。

"是什么人唱的呢？莫非是谁唱给他听的？"廷忠回头瞅了一下正在打盹的花心萝卜。

"永秀！"廷忠想来想去，才叫了一声。

花心萝卜揉了揉眼皮，惊慌地望了望他。廷忠把山歌告诉他，顺便好心地劝他找一个人成个家好了。

"一根木头是难烧着火的，一个人怎么也是孤寒。"廷忠最后说道。

"前两年倒是有这个打算，如今没有这份心机了！"

"怎么搞的？"

"如今虽然闹自由，不花钱。可是，不花钱的货，你能管得住她吗？我看，现在谁是谁的老婆都分不清了；成天男男女女混在一堆，白天黑夜地开会、打闹，嘿，什么戏唱不出来呵。"

"你不要乱讲。你看这一年多来，也没见闹过什么事嘛。"

"你就这样死心眼吧，好戏还在后头呐，你没听刚才赵佩珍讲的：这帮工作队来了，不知又闹出什么新花样了。听说前面五区闹得……"

"闹得怎样？"廷忠信以为真，急忙打断对方的话。

"反正讲多了你们又说我花——"花心萝卜想说又不好说出口，只改变口气说，"我是对谁也不能轻信：吃甘蔗，吃到一节剥一节，走一步再看一步。"

树林的雾霭已经消散了。大地上是一片温暖的阳光，马鞍山上的松树引起一缕蓝烟。廷忠看了看，心想："谁上山那样早？可别把松林烧了。"花心萝卜也瞪着眼狐疑地瞭望了好久，然后，要廷忠指给他苏嫂的牛跌倒的地方。"就在松树林上去一点。"廷忠告诉了他，他没再说什么。牛车继续走了一段路，花心萝卜就跳下车来，朝松树林的小道走去。

"怎么啦，不去挖冬笋啦？"廷忠问。

"你先走吧，我解个大便就来。"花心萝卜吞吞吐吐地，一边讲一边走，连头也不回，害怕人家拉住他似的。

"我看你想起那只牛头来了吧？咄，咄，快点走呵，快到了。早上没喝足水吧，走得那样慢！"

廷忠扬着鞭子吓唬着牛，牛摆了摆尾巴，快走几步，又照老样子慢吞吞的了，车子仍旧唱着吱吱哩哩的单调的歌声。廷忠伸一伸发麻的小腿，回头望了望，花心萝卜往右边路上走去了。

"一只牛头是比冬笋好多了，还不要费力气去挖。"廷忠心想，"反正苏嫂不打算来要了。我应该一早就来拿回去。茅草什么时候拿都可以的。都是她不通人情，一定要这样做，真是没法。但是，花心萝卜这么晏才去，保准他什么也拿不到了，那些烧炭的人还不早拿了？谁那样早就上去烧炭了呢？一担炭现在能换上五六十斤玉米。今天把茅拉回了，如果天不下雨，也去烧他几担炭，拿去城里卖了，买他四百来斤木薯、七八十斤玉米，加上自己还剩下百来十斤芋头，明年三四月春荒，马马虎虎能度得过去了。……现在离年廿晚，还有半个来月，元宝、蜡烛，这些年货少买点不打紧。就是这么一个年节，多少也得包几个粽子，做点米花糖，不然，小孩瞪着眼看人家咽口水……福生的衣服烂得不成样子，该给他缝一件新的了，但是这又得五六元人民币，哪里去找？一只猪现在至多七十来斤，要养到明年五月节再卖，就可以凑够买只小牛来养，碰上好运气，不发瘟，后年就能开犁。以后每年省下牛租，日子就好过些了。……但是，福生过了年就要上学，没一件衣裳……"

廷忠这样计算那样计算，这一头想通了，那一头又有问题，好像走到蒺藜地里，揪开了这个刺，又被那个刺挂上了，心里挺烦乱。

五

正是小鸡回窝的时候，树上的广播台传来农会的一个紧急通知，说是有要紧事，各家各户吃罢晚饭都到小学校去开会。

小学校是在村子的东头，原先是一间土地庙，二十五年前这里也闹过一次革命，泥菩萨给搬走了，这里改做民办的初级小学，增建了一排拿竹篱修起的校舍。天井里小孩们种着几盆万寿菊和一株石榴，教室的课桌和门窗破烂得很不像样，糊窗口的纸破了，风呼呼地直吹；农会和民兵常在这里开会，把桌子板凳弄得东倒西歪；墙上，还留下现眼的"寓兵于农、寓将于学"的反动政府骗人标语的痕迹。

天色已经黑了好久了，广播台虽然再三地叫喊紧急开会，人们还是稀稀拉拉地爱来不来，有的让小孩来顶数，有的来个老太婆；而这些老太婆比年轻人耐性还差，脚还没迈进门槛就唠叨："又是开什么会呵！人家正赶剥花生，明天赶圩去换回几斤盐，偏偏这个会那个会的老是开不完。真是饱人不知饿人饥。"

"可不是怎的，我也是要在今晚把一对竹篮编好，明天——"

"得了吧，我看谁在家也没闲着，快来快散倒是真的。"

"你说谁不早来？你们早来就开成会啦？我看，比我迟到的还多哩！"

人们你一言我一语嚷嚷吵吵。天气冷，有些人到门外拉回些树枝子来烧火。大家有了火烤，会开不开也不在乎了。

虽然人没到齐，但是再等也不会有人来了。农会主任苏绍昌给刚进来的民兵队长梁正拉到黑板旁边去咬耳朵。唧唧哝哝地讲了一阵。完了，苏绍昌才把桌上的煤油灯的灯芯捻亮一点。开始说："好了，开会吧，上头来了紧急通知——"

他的调调老是不高不低不冷不热的，引不起大家注意。有些人照样低着脑袋打盹，有些人继续开小会，悄声嘀咕。苏绍昌却不去计较这些，不管人家听不听，照是把话说完了就算。

"开这个会是因为不是明天就是后天，上头又有工作队下来。"苏绍昌继续讲，"这个工作队跟以往的可不一样，是打京里派下来的。我们一定得好好欢迎招待。怎么欢迎招待呢？"他自己反问了一句，顿一顿。

这一下子可是有人注意了，不少人抬起头望着这位主任。主任发觉别人盯着，不敢同谁的眼光相碰，直瞅着灯光，说："等明么工作队下村的时候，各家各户都要有人来学校操场站队欢迎；学校放假了，到时小孩子也来扭秧歌、烧鞭炮。"

苏绍昌本来准备要讲的还不止这些，可是，一站到讲坛上来，什么话都想不起来了，特别是刚才梁正告诉他的那些，更加记不住，只说出一个头，就把后面的给忘了，一大段尾巴给讲漏了。

"明天我还得去圩场买油盐呢。"廷忠坐在靠门的那一堆火的旁边，同马殿邦、农则丰他们谈论年关的事嘟哝着。

"管他那么多。人家真是要来帮助老百姓翻身，还在乎你欢迎不欢迎。"农则丰搓搓手，往火上烤了烤，"有烟吧，给卷一支。烟叶今年也贵了。"

马殿邦从口袋掏出纸烟来递给则丰。

"你不抽吗？"则丰把烟交回马殿邦，顺口问道。

"不抽。"马殿邦心不在焉地应了一句。之后，又猜疑地反问："工作队这下子来是不是——"

"各位父老兄弟，我补充个意见。"突然一声高嗓子，把唧唧喳喳的喧声压住了。

黑板前面站了一个高大个子，脸色黧黑，左边腮帮有一颗长着几根毛发的黑痣。他就是民兵队长梁正，外号叫"梁大炮"，早先在外边当过差，做过排长什么的。抗日胜利第二年才复员回家。刚解放时来了清匪反霸工作队，老乡们不十分明白政府底细，谣言很多，都不敢出头。梁大炮漂过江的人，懂得交际应酬，当上了民兵队长。

"刚才苏主任讲过，明儿后天工作队下来的事，大伙都听了。这个工作队的人马我在区上见过。同以往本地来的工作队可不一样，单拿讲话一门就叫我们这些土佬干瞪眼。所以我说，工作队来了，谁也不能乱说话。谁要乱讲了什么，扯起是非，自己担当。"梁正这一吓唬起了作用，人们都停了讲话，静听他的：

"我们民兵更是要守纪律，没有我同意不得单独行动。前次农则丰开枪打人的事，就是犯规矩的行动，往后……"

这时候，屋里掀起一片喧哗。

则丰嘟哝着说："我条卵规矩，谁要半夜三更来偷鸡摸狗，老子就不客气。"

梁大炮讲完了话，又坐回火旁边来烤一烤冷了的手。旁人对他爱理不理的，有的伸了懒腰打着呵欠，自言自语地说："该散了吧。"

苏绍昌摇了摇桌上的灯，把灯芯捻高了点。毫无目标地向大家问：

"谁还有话要讲吧，快一点。灯油……"

主任的话没完，突然有个人站了起来。大家一看，原来是妇女主任赵佩珍。她站起来，忸怩了半天，要说不说地用含笑的眼睛瞟了全场一眼，整理一番头巾，挽一下乱了的鬓发。

"快点吧，又不是要上轿，别打扮得那么整齐了！"谁在角落里说。

"苏主任和梁队长都讲了。我只说，妇女同志——笑什么？不是叫同志，难道跟旧时那样，称你们做太太、奶奶？现在告诉你们，你们又不信，过两天就见大世面了。人家工作队男男女女都不分。我们现在在一起开会，脸上还转不来，叫你怎么好？我现在做主任的告诉大家：这回京里来的工作队，男男女女是不分的都混在一起的，大伙千祈不要见怪。反正是时代潮流，将来我们自己也是一样。"

"你看见来了吗？"马仔大声问。

"我没见到还能胡造谣吗？你真是。"赵佩珍讲完这句话急忙坐了下来。

人们听了这个"新闻"不禁掀起了一片喧哗：有好奇的议论，有怀疑的猜想，苏绍昌就在人声嘈杂中宣布散会。完了，望着各人走出门槛的背影嚷道：

"大家记住呵，工作队到村时候每家都得来一个人欢迎。"

"民兵的要起带头作用，早点到。"梁大炮补充了一句。

人们一个个走了，只有花心萝卜舍不得离开这堆炭火似的，抱着膝盖不动。

韦廷忠开完会回到家，老伴正在鬼鬼祟祟地整理着箱子，见廷忠进来，不免慌乱起来，立即把箱盖扣上了。廷忠想问怎么回事，话到嘴边又咽回去了。韦大娘见丈夫没理会才宽了心。把手上拿的松明放在床边的石板上。解开衣扣，准备上床睡了。廷忠这才发现她肚子高起来似的，便拿关怀的目光瞅着她，两人眼光相遇，叫对方不好意思微微一笑，把脸转了过去。

"多久了？"廷忠问。

"快五个月了。"

"明年又多一个口！"

"生下来后把他送给人去吧。"

廷忠想了想，叹了一口气说：

"怎么说也是自己的血肉，就是苦一点，也要把他拉扯大来，要不，福生太孤单。"

"人家说，怀孩子操劳过重，怕……"

"看我们的命吧！"廷忠又叹息了一声。

"这时候你也信起命来了？"韦大娘笑着说。

廷忠却没做声，拉过被子躺下。

"刚才开会怎么讲的？是不是要来工作队？能真的要分田吗？"韦大娘转过身来注视着丈夫，就是要从他的眼色看出什么秘密似的。

"就是说是又要下来工作队了，分不分田没听他们讲。要是还让梁大炮、赵佩珍这帮人把持农会，就是真的要分田也分不到我们这些人的份上。"

"你说，来了工作队，对待地主老财能怎样？"

"谁知道，反正跟他们没沾亲带故，爱怎样就怎样，管他那么多。"

"对啰，以后我们可别管那些闲事。"

"看是什么闲事，不相干的谁管它。"

廷忠看松明还有大半截，把它吹灭了。韦大娘嘟嘟哝哝地说："松明也快点完了。年货一样也没办。今年好运气养得五只阉鸡，留下三只过年，明么捉两只大一点的连同一担柴禾挑去圩上卖了，买回斤把油和三四斤盐回来，要是老天保佑，天不下雨，山上的木炭能烧成了，换得钱买得十多二十斤糯米和几斤片糖回来包几只粽子、做些米花糖；要是炭烧不成，粽子、米花糖不做就算了。墙头上还有几条牛骨，记得明天顺便拿去圩上换回一包火柴。"这时，福生醒过来要屙尿，听见妈妈说要去赶圩，就嚷着要买鞭炮。

"盐都没有吃，你还要买炮仗！"韦大娘抱怨着。

"人家说工作队快来了，来了工作队，个个人都有饭吃有衣穿了。"福生说。

"你听谁讲的？"

"是赵三伯说的。"

"又是赵老头——他还讲了什么？"

"他说，将来地主的田地都得拿来分给穷人。"

"他怎么知道？你不要听他的话。小孩子以后不准乱说话，知道了吧？"

"不要这样吓唬他，小孩子知道什么，讲了一句错话也犯不了罪。"廷忠说。

"不管是犯不犯罪，反正不管什么人我们也别得罪就好。"

廷忠同平素一样，知道顶嘴不会得到什么结果，干脆不做声就算了。

一会，福生又睡了，发出轻轻的均匀的呼吸声。虽然是伸手不见五指的黑夜，但福生的那身破烂衣裳却在廷忠的眼前出现。他把给小孩缝套衣服的打算告诉了老伴。他说，就是木炭烧不成，多卖两只鸡凑合一下，不够也差不多

41

的。新年反正没有什么亲戚来，年卅晚有一只鸡就成了，姑妈要来也不是客人，有什么就吃什么，倒是好招待的。

韦大娘见到丈夫平素对待福生总是冷冷的不大关心，未免感到委屈，现在听到他这样细心地为福生计算这个计算那个的，不觉宽了一半个心。顺口就说："福生的衣服不用操心了，明天去圩上给他缝一套吧。"

"哪儿来的布？"廷忠不禁惊疑地打断她的话。

"管它哪里来，反正有布给你就是。"

"偷人家的还行吗？"

"看你嘴巴说的，什么偷来偷去。"

"我不懂你搞什么鬼。"廷忠觉得老婆总是爱接受人家的小恩小惠，心里是不高兴的，可是从来也没怎样明说。

韦大娘终于告诉丈夫：刚才他去开会的时候，覃俊三的小老婆过来，叫她明天去她家帮挑糯谷去磨坊，看见福生的衣服烂得真是"串得钱来包不了米"，就说："看你们小两口的日子还是过得不宽裕呵，跟我过去拿点东西回来过年吧。"韦大娘看东家一片好心，终于跟去了。她们悄悄地打后面的小门进去，覃俊三的小老婆叫韦大娘在厨房等着，自己进去一会，一手抱着一个小包袱，一手提着一只篮子出来，交给韦大娘说，包袱里是早先存下的三丈蓝靛染的土布，这几年，大家都兴穿洋布，留着也没用；叫韦大娘拿给福生做套衣服，余下的大人还够做件上衣；另外，里头还有个小包，包的是一副金耳环，一对玉镯。都是原先准备等韦大娘出嫁时候给她的，只因她过门那年，正巧这位东家奶奶病了，没有给成，后来事情多也就把它忘了。现在还是拣出来给了她，作为她做养女一场的纪念。篮里放的是两斤片糖，两块腊肉。还说，等糯米磨好回来再给十斤八斤做粽子、米花糖什么的。韦大娘还说，当时见东家奶奶这时候是那样真心实意的，不像旧时那么尖酸刻薄的样子，不好意思推托，只好把东西拿了回来。

"你就爱贪小便宜！"廷忠虽然不大高兴，也不过于严格责备，只是这么随便说了一句。

韦大娘见丈夫的口气是温和的也就没顶他的嘴。过了一会才又说道：

"三奶奶见我拿了东西要回的时候，她把我拉住，叫等一会。我以为她要干什么。"

"她要干什么？"廷忠问。

"她望了望我，想了一会，才小心地从怀里掏出一只刻着图章的金戒指，小声小气地跟我讲：'这是我的祖宗传下来的东西，祖父下葬时候也舍不得放在他的身边。现在碰上这个时势，怕将来——唔，你在我们家那么多年，我什么心眼你都知道了。除了你没有地方放了。你就帮我收起来吧。'说完，她就把它硬往我怀里塞，我本不想接过来，可也不好说。现在，我把它放在香炉里。过几天年三十晚，你要换新的炉灰，千祈别把它倒了。唔！你睡啦？"

"没有。"廷忠今天去松林烧了一天炭，疲倦得厉害，昏昏沉沉地瞌睡来了，不在意地随声应一句。

"没有？——你听到我同你讲些什么？"

廷忠没有做声，翻了半个身，把脸背过去，好像要回避对方的纠缠。韦大娘却向空出的空隙往他的背后挤了挤。

"你从他家拿出这些东西来，有人看到了吧？"廷忠带着忧虑的口气问。

"没有。谁也没有看见。大奶奶再三吩咐，不让告诉什么人呢。"

廷忠不哼气，静了一会。

"我看那些布不能给小孩做衣服。"廷忠想了半晌说。

"为什么？"

"工作队这两天就下来了。还不知道有什么事呢。"

"你就是前怕狼后怕虎的，又不是偷来骗到的，关旁人什么事？"

廷忠不好再说，屋里陷入寒冷的寂静。老鼠又猖狂地奔跑。

"腊肉放在什么地方，别叫老鼠拿去过年了。"廷忠问。

"放到坛里，把它盖严了。"韦大娘松了口气答道。

六

深夜。

参加会的人都回到了家，狗的吠声已经沉寂，夜已很深。花心萝卜离开了农会的火堆，悄悄地朝覃俊三的"近水楼台"的房子走去。那里，现在还有暗淡的亮光，风轻轻吹动，塘边的竹丛发出吱吱嘎嘎的声音；鱼受不住冷，偶然跃动，水里响了一声，花心萝卜的心不禁收缩一下，回头看了看，没见到有人跟来，才加快脚步，往覃俊三的后门溜进去。

这时候，覃俊三正在"近水楼台"的小楼上同三奶奶喝鸡汤，听到有人来，噗的一声把灯吹灭了。丫头阿珍摸着黑，上楼来悄悄地说："永秀来了。"

"叫他在厅里等，我就下去！"覃俊三说。

三姐划根洋火又点亮了灯，瞟了男人一眼，引着对方注意桌上没吃完的炖鸡。

"把它盖上，收起来。把灯熄了。"覃俊三说完就走下了楼。

覃永秀是覃俊三的堂侄，先前覃俊三当团总的时候，这个侄子一直是他的跟班。虽然这个侄子学了一套抽大烟、喝酒、赌钱的不正当嗜好，有时还连累到他，替他赔点小账，叫他厌烦。可是只要覃俊三有什么事，总也少不了这个侄子，花心萝卜也抓住了他的这点把柄，到十分困难的时候有这门奔头，生活总可以混得下去。因而得过且过，不肯找个正经的活来干，也不想找个女人来成家，今年已经三十五六的大岁数了，还是个光棍。

花心萝卜接过阿珍拿来的暗淡的豆油灯，凑到楼梯口去迎着覃俊三下来。

覃俊三的脸色在暗淡的灯影下更加显得忧郁、颓丧。但是，当他抬起眼皮，跟这侄子的眼光相遇的时候，却流露了他内心的无限的怨恨。"你们的会

44

开得那么晚？"他带着轻蔑而不耐烦的口气问。

花心萝卜把灯搁到茶几上，然后搓搓冰冷的手，迟疑了半天，才在覃俊三对面的椅子坐下。接着把刚才开会的情形添枝加叶地向覃俊三叙述一番。

"这样看来，他们都照着农会的话办，没有反对的了？"

"横直是没人做声，算是同意了吧。"

"廷忠也去了吗？"

"去是去了。这个人去了也是白去，从来不见他哼过半句话。聊起家常话倒没个完。"

覃俊三听到这，不觉一怔。眼睛转了一下，故意平静地问：

"有什么家常谈的？"

"再一个来月就要过年了，谁还不是发愁年关的事。"

覃俊三松了口气，问：

"你怎样？"

"我一个人好办！就是老母亲，哎！老脑筋总是不开窍，一定要买香、买蜡烛什么的，真难办！"

"在这里拿一点去吧。"覃俊三说。看了看对方的那件黄色的军用棉袄，肘子后头已经露出了大块棉絮。

"我们还有点布，你拿去做套衣服。阿珍！"覃俊三朝里屋喊。

阿珍应声进来，听完东家吩咐，就上楼去。一会，拿着一个布包来交给覃俊三。覃俊三叫她交给花心萝卜。她把东西搁在这个人旁边的茶几上。唯恐人家要吃掉她似的，马上转身走了。覃俊三叫她等一下。阿珍恐惧地回过头来，眼睛什么地方也不敢望，只盯着自己的脚背。她的脚，每天临上床睡觉时候才能洗。这时，她才切完一筐水浮莲，正要拿点猪油来涂抹脚上的裂口，花心萝卜就来了。现在她还是打着赤脚站在冰冷的地上。

"你去找个口袋给永秀装十来二十斤米拿回去。"覃俊三说。

"不用了吧，家里——"花心萝卜故意推让一下。

但是覃俊三并没有留心对方的话，当做没有听见似的。

"大伯没什么吩咐了吧？东西我可就拿了。"花心萝卜站起来，掂了掂米袋的重量。

"拿去吧。只要放聪明一点，好好干就行了。工作队下来以后，行动要加小心，多接近他们，有什么风声来说一下。"

覃俊三说完，看这个侄子二十来斤东西都扛不起，只好过去帮他将米袋送上肩，顺便咬着他耳朵说了一阵。

"唔，知道……对……就这样，来龙斗不过地头蛇，他能怎的。"花心萝卜断断续续地点头答应，最后勇敢地说了一句壮胆的话，就走了。

"走啦？"三姐下楼来，见覃俊三送花心萝卜出门才转回来，不耐烦地问道，"又来嘀咕什么老半天？"

"还不是那些事。"

"嘿！我看快过年了，少不了又来敲竹杠就是了。"

"不管怎么说，他也是我们的人，给他一点，也比将来叫别人分掉好。"

"将来人家到底怎么搞法还不知道呢，现在你就先送这个送那个的，不到人家共产，你倒是给这些宝贝分完了。再说，这些人你能担保他们一定替你卖命吗？"

覃俊三以为女人总是眼光短小，看不到远处，只好不同她计较。两人又回到楼上来继续没有吃完的夜宵。覃俊三近来总感到一股闷气，酒量增加了。现在，他把半瓶蛤蚧酒喝了，还叫三姐再去拿一瓶桂林三花。

"得了吧，公鸡都快叫了，今晚你还睡不睡啦？"三姐瞟了丈夫一眼，一边在收拾桌上的酒壶碗筷。

"今朝有酒今朝醉……"覃俊三带着微醉唱了一句半文半白的戏文。斜着眼睛瞧墙上那幅二十多年前上海五洲大药房印制的半裸体"美人"的广告画。

一会，覃俊三拿出砚台来，用嘴吹一吹上面的灰尘，把杯里的残酒倒上，三姐一边殷勤地帮他把墨磨起来，一边娇声娇气地问他是不是给岭尾村那梁家老婆子开服药方，她前天在磨坊那里答应过人家了。这时，覃俊三对三姐这种举动，特别感到腻味，好像没有听到对方讲的话。他阴沉地拔出干燥的毛笔来，蘸了蘸墨汁，沉吟了半天才在一张十行纸上写：

其多内兄大鉴：

三姐感到讨个没趣，缩回手站在旁边看。

"明天你过岭尾村去一趟吧。"覃俊三写了两行字后，抬起头来对着三姐说。

"不去。"对方撒娇地说了一句假话，"求你给开个药方也不肯，叫人见到梁老婆婆多不好意思。"

"你倒知道要救人，我们自己还顾不上呢。"覃俊三又继续写他的信。

"救人不救人倒是闲事，你的药方能不能治病我就信不着。只是我既然答应了人，这点面子你都不肯给……"三姐好像受着好大委屈，真是要淌出眼泪似的。

"那好办，给你开一个顺便拿去。可是她家什么人得的病呵？我只管开药，不管治病。明天一早就去吧。信要亲手交给其多内兄。"

"你要我去就硬着头皮去一回就是了。说本心话，我真不愿去见你那个外家！"

"为什么？"

"你还看不出来：从我来到你这个家，你的丈母娘、小舅子，哪一个把我当做人看待！"三姐眼圈子红了，真是要淌眼泪的样子。

"不当做人当做什么啦？"覃俊三一边从头再看看已经写完的信，一边漫不经心地说。

"都说我不是用花轿抬来的明媒正配，不——"

"算了吧，这时候还同自己人计较这些！"覃俊三用嘴唇舔了舔信口，把它封上了。

猛然，后门响着轻轻的叩门声，两人都屏着气听。

"什么人来？"覃俊三疑惑地自语。

"听！"三姐制止丈夫的话。

叩门声是砰、砰两声，停一下又砰、砰两声。

"大炮！"三姐透了口气说。

"是他？这么晚了还来？"覃俊三用询问的目光瞅着三姐。

三姐的脸红了一下，马上机灵地说："阿珍恐怕睡着了，我去给他开门。"随即她亲自下楼去。覃俊三听到两个声音在楼下唧唧咻咻了半天。果然是梁正跟着三姐上楼来了，他好像作了一番精神准备，镇静地对覃俊三说："来迟了，很抱歉。开完会时候打算就来的，可是散会出来前前后后都是人，怕给人见到，故意去榨油房坐一会，却遇上他们吃夜宵，叫他们拉住喝了两杯。很晚了，本来不想来，可是，事情搁在心里老放不下，还是来把它都说了。"

"你没有见到花心萝卜吧？"覃俊三问。

"没有。"梁大炮惊讶起来，"他……来过了吗？他说了什么？"

覃俊三正要说什么，发现三姐站在旁边，便说："睡去吧，没有你的事了。"

三姐不满地盯了丈夫一眼，同梁大炮交换着眼色，掀开右边的白布门帘进房去了。

覃俊三把他给何其多的信告诉梁大炮。

梁大炮恭敬地听着，耐心地等这位老爷把话都说完了，才把他近来打听到的消息讲出来。

"五区那边听说已经闹开了，搞得很惨，田地、鱼塘都分了。"

"要分，当然什么都想分了。恐怕不止田地、鱼塘呢。也好，让他分得越惨越不得人心。我们要想法叫他们分给穷鬼的东西，谁都不敢领，刮他们的胡子，使他站不住脚。拴起马尾巴，叫他自己打架。"覃俊三鼓起奸猾而凶残的目光，征询对方的意见。

"明后天工作队就下来了。"梁大炮表现不大有信心，避开正面附和对方的话。

"来了好嘛。来了就先给他们一个下马威！"

"不是说要欢迎他们吗，刚才已经布置好了的啵！"

"欢迎是一回事，给他下马威是另一回事。双管齐下。你也以为放鞭炮就真的是欢迎吗？嘿！"

"小的见识有限，老爷叫怎么做就怎么办吧。"

"你就带这封信去给其多，看他有什么吩咐。"

覃俊三把信给了梁大炮。

屋里十分寂静。桌上古老的座钟发出单调的声音，灯光很微弱。主人揭开灯罩，拿划过的火柴梗去挑了挑灯芯，灯花飞散起来，灯还是没见亮一点，覃俊三把灯摇了摇，发现没有油了。他见楼下还有亮，到楼梯口去叫了一声添油。一会，阿珍轻轻地拿着煤油进来给添上。三个人都没有谁做声。梁大炮第一次见到阿珍似的，贪婪地死盯着她胖胖的手，顺着手直瞅到她结实而丰满的胸脯。覃俊三看到梁大炮这神情，眼珠子转了一转，对阿珍端量了一下，眼光同梁大炮的碰上。梁大炮不禁红了半个脸。阿珍不知不觉地又轻手轻脚地下去了。覃俊三目送着她的背影在楼梯口消失了，才转回来对梁大炮说："时候不早了，就在这里过夜，明天天不亮就走。"梁大炮表示踌躇。"拿去！"覃俊三从抽屉里拿出一条钥匙来交给他说。

"不行。她不——"梁大炮迟疑不敢接，很不好意思似的。

覃俊三又抽出一支白朗宁来，一起给了梁大炮，说：

"这就得了吧，是你不敢，不是人家不——"

"那——"

"你以后只要好好干就行了。去吧！"

梁大炮到楼下去了。覃俊三拿起酒瓶喝了一口。三姐穿件粉红贴身的小衣，光着小腿，拖着一双花鞋出来，直盯着丈夫，满腔怨怒地说：

"我当你也同他去了呢！"

"你还没睡呵？！"

"不睡怎的？睡了，好让你们搞鬼不是？做这种没阴功的缺德事，看你们将来都不得好报应！"

七

三天逢一圩转眼又到了。这天廷忠挑一担木炭和两只阉鸡到圩场来巴望卖得一个好价钱，把年前要置备的东西能够买下来，来年一开春就忙着活路，没空赶圩了的。凑巧区上的土特产收购站收购木炭，给了好价钱；两只鸡却给城里跑生意的小贩抢购去了，价钱压得低还不算，秤头又是老秤，两只鸡少了六两。不卖吧，怕鸡捉过以后再拿回家变瘦；卖吧，又挺舍不得。最后，卖是卖了，心里挺不顺气，一天就同得了病似的。本来打算是要买回几斤盐的，可是廷忠觉得：今天圩场上的几担盐，价钱不止是高，盐巴也太白净了，这种盐咸味不够，吃起来耗费大；他拿手去摸了摸，也没买成。接着他转到猪行来，猪花价钱倒便宜，想买一只回家养；虽然饲料不足，两只猪养不起，不过这样小的猪崽眼前还不需要很多饲料。他一边盘算，一边在猪崽行挑来挑去。整个猪行的猪花他几乎看遍了，都不如意，不是这只的骨架小了，就是那只瞎了一个乳头，觉得这样的猪养了不长膘，踌躇了半天，结果，还是没有买成。末尾，圩场都快散完了，他才买了一对新的粪筐挑着回家。另外给福生买了一只泥塑的小公鸡和两斤萝卜。

现在，冬天的夕阳已经落到岭顶，天上是一片紫色的晚霞，人们的影子越来越长，越来越淡薄以至消失了。赶圩的人们三个两个地从圩场陆陆续续地往回走。有人挑着空的菜筐，有人扛着新买的木犁，有人挽着只篮子，里头是一些蜡烛、春联和门神，有的提着装小猫或者小鸭子的小竹笼；小孩们有的买了纸糊的狮子头，有的买到泥塑的小公鸡……一路上，人们大声地互相交谈圩场上的物价；小孩们一边走，一边玩弄新买到手的玩具。各人都带着暂时轻松的心情归家。

这是一片平坦的田野，从好远的山脚那边流下来的一条小河绕过这几个错落的村庄，一些高大的榕树、松柏、杧果和扁桃的乔木和果树，常年以葱茏浓绿的叶子缀成如画的风景。特别是将岭尾和长岭两个村子连成半个绿色圆周的橄榄林，在这夕阳斜晖的映照下，更是显示着它的丰饶、绮丽、优美和宁静。

附近村庄的人们，从四野慢慢地返回村里来了。村头村尾都出现着洗菜、挑水的妇女和姑娘，看牛的吆喝着牛群逐渐集合到村边的道上。

"老乡，到长岭村去的路打哪儿走呀？"

廷忠听到背后有人叫他。回头一看，后面跟来了十多个外地人。廷忠心想："这大概就是京里来的工作队了。"

这帮人是有点特别：有四五十岁的老头，也有二十来岁的学生；有鬈发的妇女，也有梳辫子的姑娘；有的穿棉袄、棉裤，有的却穿拉链子的、短秃秃的小外套。那个梳两条大辫子的姑娘，穿那么窄的裤子，跟竹筒似的，上身穿件红毛衣，脖子上缠着花格的围巾；另外有一位约莫有三四十岁的中年妇女，戴副白边的眼镜，头发鬈成一团，跟马戏团里的绵羊的毛一样。

廷忠把脚步放慢，等着他们。当中有两位姑娘抢先赶到跟前来。一位是穿浅灰布的干部服，肩上挂一只棕色的帆布挂包，人长得挺俊，身材苗条，秀美的眉毛覆盖着深沉而灵活的眼睛，鼻子不见得大，可也不显得细小，跟她线条分明的嘴唇和俏丽的脸颊配在一起，显得分外匀称、秀丽而典雅。在她旁边的就是穿红毛衣的姑娘，比起她来，这位姑娘长得是丰满、结实，却没有她那亲切和善的眼睛，看人总是流露出一种冷漠而傲慢的目光。

"老乡，去长岭——"穿灰色干部服的姑娘问，她对着廷忠就同遇到了熟人似的。

"跟我来吧！"廷忠简单地应了一声。

这位穿男装的姑娘仍旧紧走在廷忠的旁边，问这问那。后面工作队的人已经跟上来了，大家见到傅全昭同这位农民谈开了，一窝蜂似地聚拢来，一边走

51

一边听傅全昭叽里呱啦地同这位农民讲话。

廷忠看到旁边一个人提着一小罐煤油，把裤腿沾了一片，说道："同志，把油瓶放到我筐子来吧，看你裤子沾上油了！"

提油瓶的是丁牧，不大懂老乡的话，自作聪明地说：

"什么，我这个……不是装的开水，不能喝！"

这一下引起大家禁不住笑了起来。廷忠感到莫明其妙，心想："这帮人可是跟耍马戏的一样。"

全昭赶紧向两边把话给说明白了。

"呵！"丁牧感叹了一声，低头去看沾了油的裤腿，"老乡，你，赤诚之子，善良的公民呵！"

"大家听，我们的诗人要作诗了！"不知道是谁嚷起来。

全昭同丁牧拿了油瓶放到廷忠的空担子上去，然后，代丁牧向廷忠表示谢意。

"你不要说，这真是诗的境界啊！看吧，这一片绿色的橄榄林，这秀丽的河岸，这宁静的村庄，这柔和的田野，这金黄的竹林，这落日，这晚霞，这位朴实、单纯的农民，多美呀——"丁牧陶醉地赞叹起来。

他们就这样边说笑边走。再往前走了一段，那里路边有一株阔叶的大榕树，底下有几块发亮的石碑，过路人常在这地方歇脚。赵三伯和马仔本来已经歇了一会，见到后面来了这么一帮人，索性等着他们到来再走。赵三伯等到廷忠来到跟前才低声地问他，这些人是不是京城来的工作队。"是的吧，我也不明白。"廷忠答。赵老头把这些人一个一个都看了一眼。心想："我看这些人，有的官位不小，赵佩珍讲人家这个那个的，简直是放屁！"

马仔在这些人中发现一个又红又胖的女同志挺面熟，想了一下，认得她就是在清匪反霸时，来过他们长岭乡的。现在，她不等马仔认出来就先热情地叫他的名字。马仔这才大胆地端量了她一阵，记起了这位女同志就是李金秀。马仔觉得人家还记得自己，而且那样亲热，特别兴奋，急忙告诉她，目前乡里谁当的农会主席，谁当秘书，谁是妇女主任，武装队长又是哪一个。

"他们工作能行吗?"李金秀问。

"行不行，就是那么回事呗!"马仔冷冷地说了一句。

"反正，我看他们——"赵三伯插上一句，但又一言难尽似的，把话收住了。

"怎么样?"李金秀留心地问。

这时工作队的人都停止了说话，大家凑近来注意李金秀同这位老头的谈话。

"反正没有木柴就拿茅草来顶数，捉不到鱼，虾子也值钱了。"赵三伯幽默地说。

"他说什么?"大家都对着全昭和李金秀问。

全昭把赵三伯的话给翻译了一番。

一个四十来岁、长得圆胖圆胖的副教授徐图笑吟吟地说："这老头有味道!"

另一个鹰鼻子的黄怀白教授带着冷嘲的口气叹道："不堪设想!"

这时，赵银英从圩场攥上来。她穿一身新衣裳，上下身都是一色青色布料直贡呢，上衣裁得又窄又短，浑身那么丰满，显得有股粗野劲。衣领像千层糕似的，里边露出粉红、浅蓝、月白等三四件色布的领子，在右边的衣襟下吊着一大串闪亮的钥匙。头上包着一条织有壮锦花样的头巾。右肩让雨伞的把子挂上，两只手空着，显得潇洒自在。她没有走到，马仔就知道是她。刚才在圩场他就注意到她还没回，他才先出来，故意跟赵三伯慢慢走，等着她的。但是，现在人家来到跟前了，反而不敢在这些生人面前同人家说话。银英没有想到他会在这里，没有留心看他。一上来倒是先看到了李金秀。她立刻抢过去，把人家的手抓住，大声说：

"二姐，你来啦!"

"银英，你……"李金秀高兴地把她两只手拉过来，把她全身上下认真地打量了一番，然后望着她的眼睛说：

"打扮那么整齐，找到对象了吧？"

银英红了半脸，不觉遇上马仔的眼光，脸上红得更加厉害。

"你们都是到我们村里来的吗？"银英赶快把话岔开。

"是的。"全昭答道。

银英默默地细看了这位长得那么漂亮的美人儿，心里觉得说不出的舒畅，而且看她又是那样和善而容易亲近，不觉高兴起来。正想要跟她多讲几句，可一时又找不出话来问，只是用眼睛跟着大家笑笑。

那位穿红色毛衣的杨眉，她不爱理睬别人，只管同全昭两个人嘀嘀咕咕。

"你们谈的什么？"银英问。

"她说，你的头巾很好看。"全昭说。

"我们这些土东西有什么好，哪比得上她那条围脖美啊！"银英羡慕地直瞅着杨眉的花围巾。

看牛的小孩赵亚升和韦亚莲追捉一只蚱蜢跑到路边上来，终于把蚱蜢给逮住了。一位二十来岁的青年，同全昭一样是北大的学生冯辛伯，他对这两个小孩很感兴趣，拉着马仔一起，找亚升和亚莲玩去。亚升养着一只红嘴的八哥鸟，他每天都把鸟笼提到野地里来捉虫子喂它。上个月才把它的舌头剪了，现在正在教它讲话。

"有人养过会讲话的没有？"冯辛伯问。

马仔说："听说从前覃俊三家养过一只，说是会讲两三句话了，后来不知给谁的猫咬死了。覃俊三硬是赖说赵三伯的老花猫弄坏了鸟笼进去咬死的，逼着赵三伯赔他价值五担谷子的鸟笼，另外还说那只八哥鸟是红嘴黄冠，是稀奇罕见的珍禽，强迫赵三伯要买一头乳猪来祭奠。"

"覃俊三是谁？"冯辛伯问。

"是覃老爷。"亚莲说。

"他是大财主。"亚升说。

"是你们村里的吗?"

"是。唔,你们是不是到我们村来的?"

"是。"

亚升一听说是要到他村上来的工作队,不知怎么回事,拿起鸟笼就跑了。冯辛伯觉得奇怪,问了问亚莲,亚莲摇摇头。

"准是怕他妈妈骂,"亚莲说,"他妈常常打他骂他。"

"他爸爸呢?"冯辛伯问。

"他爸爸跑了,不敢回家。"

"为什么?"

"不知道。"亚莲眼睁睁地望着对方。

冯辛伯觉得有点纳闷。

从圩场到长岭村的十来里地总算是走到了,学校的屋顶已在村头的树林里露了出来,咚咚喳、咚咚喳的锣鼓声越来越响。"这就到了吗?"谁问了一句。大家见到这个屋顶,听到锣鼓响,又是兴奋又是失望地默默相看。

"到了。农会还叫大伙来等候迎接你们工作同志呢!"赵三伯说。

"是啵,杨眉,你把外套穿上吧。"

"又不是要递国书,那么讲究干吗?"一个穿着美国草绿色军用夹克的人鄙薄地说道。他叫王代宗,同杨眉都是燕京大学学生。平素跟一头公鹅一样,独来独去,说话也不管别人听了怎样,只顾讲他自己高兴的,爱说什么就说什么。

他们走上村头一个小土坡,面前就展现一片坪地。那里已经站着二三十个小孩和三四十个大人。几个青年人使劲擂着锣鼓,并没有注意工作队来到。

"工作队同志来了!大家站好,站好,欢迎!放炮!"苏绍昌紧张而急躁地四面招呼,带头拍手。

绕在竹竿上的炮仗噼噼啪啪地响了,小孩们都去抢没响的炮仗。

"欢迎工作队同志!"梁正举着拳头,大声地领着喊口号。

人们虽然也举起手,却没有都跟着喊,声音是稀稀落落,高低快慢都不一致。

"大家过来唱歌，快！"小学教师梁上燕傲慢而勉强地对着正在捡炮仗的小学生喊叫。小孩总算是聚拢来了，有的还回头去看地上正在冒烟的炮仗。

"大家唱个欢迎歌，齐——唱！"梁上燕煞有介事地指挥他的学生。

　　　欢迎……欢迎，

　　　欢迎同志到我村……

歌声一停，农会主任苏绍昌就过来请队长给大家讲讲话。

"老区，你讲一讲吧！"中队长张文向副队长区振民让了一下。

区振民腼腆地推让了。张文把皮挂包整了整，把吊在肩上的手枪交给李金秀拿。

"又不是大姑娘上轿，快点吧！"谁在后面压低嗓子说。张文没留心到人家说什么，只顾走上前两步，把面前的人扫了一眼，开口说道：

"各位父老姐妹们！你们这样热烈欢迎我们，我们实在不敢当。我们工作队来这地方不是来做客，而是来同大家认弟兄，大家齐心合力一起把封建地主打倒，把我们的穷根挖掉，实现耕者有其田。经验证明，我们贫雇农团结起来了，地主就能推倒。大家说，有决心吗？"

"有！"农则丰在人群里大声吼了一声，可是没人跟着附和。

"对呵！经验证明，贫雇农是一家人，要团结合作才能——"张文用很大的声音继续讲下去。听众对他讲的话都似懂不懂，有的只瞧着路上赶圩回来的人，有的老盯着这帮穿戴得花花绿绿的客人。

廷忠本来也停下来，躲在工作队同志的后边，不一会，就溜走了。

"你看怎样？"王代宗拉一拉教授黄怀白的袖子问。

"不堪设想！"黄怀白拿下他嘴巴含着的烟斗说道。

张文讲完了话，人们赶紧散开往家走。苏绍昌、梁正、赵佩珍他们叫来十多个人，抢着给工作队同志拿背包。

"队长，你们辛苦了，给我们拿吧!"

"不用，不用!"

"可以，可以，自己来，自己来!"

"给他们拿吧!"

"你们太客气了!"

"经验证明，群众的热情是高涨的!"张文对着副教授徐图赞叹起来。

"是的，是的，差不多!"徐图很有分寸地答道。

"你嫌弃我的手粗不是? 我可不封建啵!"赵佩珍半真半假地抢着区振民的背包，尖着嗓子嚷，故意让人听见。

工作队被接到农会办公地方来了。大家零散地坐在课桌上。苏绍昌、梁正分头去端开水、找茶碗来招待；赵佩珍抓住了李金秀，要她介绍认识这些女同志。苏绍昌发现烟没有拿来，赶快到事务员房子去拿两包廉价的卷烟，殷勤地招呼着大家抽烟、喝水。

"苏主任，这样的吧，我们老老实实讲话。"区振民拍拍对方的肩膀说，"我们这帮人今晚睡觉的地方都找好了吧?"

"那，有，有。这个不愁。同志们来帮助我们翻身，还能没地方睡觉! 只是，唔，地方可就没城里宽敞了。比北京，那，人家的茅房也比我们的堂屋好呢。委屈同志们了。"苏绍昌说，情绪特别兴奋。

"我看先让同志们吃了饭再说吧。"梁正对苏绍昌说。

张文说，他们在圩场都吃了米粉和粽子什么的，还饱着哩，晚上煮点稀饭就行了，不必准备什么饭菜了。

赵佩珍一边重新整理她的头巾，一边对李金秀说："李二姐来过这里就知道，我们这山角落能准备什么的，大家不嫌弃，吃饱就是了。"

"这里狗肉倒有，大家爱吃，过两天杀条狗来吃一餐怎样?"梁正说。

"对啰! 要吃狗肉找他，弄狗肉他拿手。"苏绍昌说。

丁牧对副队长说："我看先别谈狗肉吧！"

杨眉忍不住说："狗肉？我听到都恶心！"

"恶心？你可不知道，狗肉是天下的奇味！"黄怀白说。

"不堪设想！"冯辛伯学这位教授的口头语给他补充说了一句，引起大家哄堂大笑。

这时花心萝卜进来拉苏主任到一边去，嘀嘀咕咕说了什么。苏绍昌点点头。

"啰唆，就去！"苏绍昌不耐烦地说，花心萝卜急忙回去了。

大家停止了谈话，都瞅着这位主任，他转过脸来，显得挺不安。

作为本地干部的区振民说："苏主任，我看先找个地方叫我们住下。晚上，我们再把工作谈谈！"

梁正油滑地接过来说道："住的地方有，都准备好了。现在就走吧，喝了水再走。不忙，到这里就算是到自己的家了。"

"李二姐，女同志是不是分开住？好了。跟我来吧！东西我们拿吧，你们没走惯路，辛苦了！"赵佩珍抱着杨眉的挂包说道，"你这位同志长得那么白，准是北方人不是！我们这地方太阳好厉害的，将来不要把你晒黑了。"

八

　　工作队的男同志终于被安置在姓覃的族屋。这是全族人出钱出工合伙建筑起来的大屋，谁家娶媳妇的时候自己的房子不够，就到那里去住。仅做寝室，不起炉灶。原来是住了两三对新婚夫妇的，这两天工作队要来才腾出来了。主人对他们挺客气，给他们端水洗脸，帮他们安床铺、挂蚊帐什么的。隔房离舍的小孩都挤到门口来瞧，家里人叫都叫不回去。老太婆有的端着饭碗来女同志这里边吃边瞧，有的含着长长的竹竿烟袋，看看这个，问问那个。

　　"你们就是从京城来的吗？好远呵！家里人也让你们出来吗？"

　　"真是京里人，个个都长得神仙一样的。你好大岁数啦？有了婆家未曾？"含着烟袋的老婆子望了望全昭问。

　　"有啦。"全昭含笑着答道。

　　"他也一块来了吗，是哪一个？"

　　全昭脸红起来，摇了摇头。

　　"她骗你的，哪里有婆家了，你给她说媒吧！"李金秀说。

　　"我们这些土佬，给人家拿鞋子还嫌你手粗呢！"

　　"不见得这样：我家里也——"

　　全昭正说话，杨眉从外面进来对她说，丁牧找她要油瓶来了，急得全昭往外就跑。

　　她走出院子，发觉油瓶放到老乡担头上，进村时忘了拿，也忘了问他叫什么名，现在不好往哪家去找他要。"这老乡那样小气。人家的东西为什么不叫取回来就挑着走？我原先还以为他是好人哪！"全昭看看天又快黑下来了，竹梢上已经露着月芽，不觉焦急起来。

这时候，一个小女孩从河边挽着一篮白菜来到全昭跟前。全昭认得她就是刚才在路上捉蚱蜢的亚莲。她告诉全昭：帮她们挑油瓶的人是福生的爸，叫韦廷忠。

"你跟我来吧，我带你去他家。"亚莲说。

"他是个好人吗?"全昭跟着亚莲一边走，一边问。

"可好了，他从来不生气，不骂人。"

"你们村里谁最爱骂人呀?"

"覃老爷的大婆。我们都叫她母夜叉。唔，你叫什么，也叫二姐吗?"

"我叫傅全昭。"

"早先来过的工作队，女同志都叫大姐、二姐的，不叫名字。"

"那，叫我三姐吧!"

"呵! 三姐——这个不好。有人叫了。"

"谁?"

"覃老爷家的。"

"他家一共有几个女儿?"

"不是，是他的小老婆三奶奶。"

"你常见到她吗?"

"不常见到。她平日都在她家楼上陪覃老爷吹大烟、下棋。要进城了才出来。"

"她长得好看吗?"

"不懂。——哎呀! 她长得可白啦，跟这棵白菜一样。"

全昭没有再逗她说下去。两个人静静地走了一截路。

"到了，前面那间草房就是福生的家。"亚莲指了指门前有棵柚子树的茅屋，自己就拐进一条小巷走了。

全昭照着亚莲指的房子走去。现在，暮色已经深沉地笼罩了这个树木丛密的村庄，树上的鸟雀唧唧喳喳地找寻宿处。鸡子已回到窝里了，蝙蝠在眼前飞掠。

这时候，廷忠同老婆孩子正在凑着门口的亮光，埋头吃饭。三个人都端着满满的大碗稀粥围着当做饭桌的筛子坐着，面对一小碗盐炒的黄豆、一大碗用碎黄豆拌的生萝卜丝，和一小瓦罐盐。小孩一边吃，一边掏出刚捡来的没响的炮仗，放到筛子上玩弄。

"你还不快点吃，天黑了我可没油点灯给你吃饭。"韦大娘怒冲冲地瞪着福生。

"小孩子正要吃饭，不要这样凶他嘛!"廷忠看了老婆一眼，满不高兴。

"看你把他惯了，将来——"

"老乡，才吃饭吗?"全昭突然来到跟前，同他们打招呼。韦大娘的话给打断了。

"啊，同志，你请坐!"

廷忠把最后一口粥喝了，赶紧把自己坐的凳子让给客人。全昭站在门边留心地看了看。屋子又窄又暗，刚收回来的南瓜、萝卜和薯藤乱七八糟地摆满一地。一股猪菜的气味冲着鼻子。

韦大娘把碗筷和当做饭桌的筛子、箩筐收拾走了，堂屋腾出了一片空地。

"屋里坐吧!"廷忠又老老实实地对全昭说。

全昭不好意思马上开口就要油瓶，随即走进屋里来。

"同志是来要油瓶的吧?"廷忠说，"刚到村头时候，见大伙又是打锣又是打鼓的，忘把油瓶给了你们。正说吃罢饭就送过去的，麻烦你走来一趟。"

廷忠说完出到外屋去拿东西。

全昭心想："这人倒是挺老实啊。"

福生站到全昭身边来，好奇地直瞅着这位少见的女同志。

"你叫什么名字?"全昭弯着腰拉他的手问道。

"叫福生!"小孩低声说，眼睛不敢看人。

"几岁啦?"

"六岁!"

"上学了没有?"

福生摇摇头,两只手使劲地摆弄那只掉了扣子的扣眼。

廷忠从屋檐的锅灶上一手拿松明,一手提着油瓶进来。他把松明搁在墙壁的灯台上,提着油瓶对着客人说:"农会预备有油灯的,不必自己买来,工作队同志想得太周到了。"最后问住在谁家。全昭见他很想讲话,索性在小矮凳坐下来和他对话。

"你们这位苏主任倒是挺会讲话呵!"全昭说。

"不是哑巴谁不会讲。就看他讲的有没有信用。人要讲话没个准头,再讲千句万句还不是狗放屁!"

"他办事怎样,公道吧?"

"你讲苏绍昌吧?公不公道,他自己也做不了主!"

"他不是主任吗?"

"主任顶不了事。什么主意还不是那个梁队长出的。"

"我看他倒是挺能干似的。"

"他的外号叫'梁大炮'还是'大炮梁',反正是——"廷忠欲言又止,把话顿住了。

"你们村的地主多吧,都是哪些人?"全昭机灵地把话岔开了。

"地主是有。有佃户还能没有地主吗?"廷忠讲到这里,韦大娘端着一木盆的热水进来,盯了丈夫一眼,说道:"快点洗吧,等一下水冷了我可没有工夫侍候。"

廷忠一边问全昭洗了脸没有,一边把油瓶放在地上,就坐到用稻草编的草墩子上,用手巾抹了两下脸,然后把脚放进木盆去,把盆边的破布鞋打了打灰尘。福生给妈妈拉出屋外洗去了。

屋里静了一会。廷忠洗完脚,拖着那双没有后跟的破鞋又坐回床边来,全昭怕同志们等她焦急，站起来拿起油瓶要走。廷忠说外面天黑，小巷子弯弯曲曲的，不好走，狗也挺凶，一定要把全昭送了出来。

这新的环境引起全昭好大的兴趣，一路上，她向廷忠问这问那。问这地方过年的风俗，问他本人的生活，问这地区的橄榄、荸荠和菠萝的生产情况……问来问去绕了好大圈子又问起刚才廷忠没有谈下去的话题。但是，问到这些有关地主的事情，廷忠就吞吞吐吐，不大愿意讲下去。

"清匪反霸时你分得多少东西呵？"全昭问。

"没有。我什么也没有拿！"

"为什么？"

"拿那一点东西，穿不暖也吃不胖。自己要是只顾大吃懒做，光靠这点横财也不长久的。"

"你们村里当土匪的都回来了吧？"

"从全乡来说，还有几个没见回，本村嘛就姓赵家一个了。"

"他们躲在山上，哪来的东西吃呢？"

"谁知道啦！有时半夜三更下地里来偷红薯、芋头回去煨着吃呗。前个月还给民兵打了。"

"地主是不是同他们有勾通？"

"那可不知道，唔，这，我不知道。——他们在黑地干的坏事谁知道啦！"

"你们村里的地主，清匪反霸时候挨斗过没有？"

"斗不斗反正是清算了一下。"

"彻不彻底？"

"不知道。他们农会的知道，你同他们谈就明白了。"廷忠赶紧封口，不愿再往下讲。

全昭也不再做声。

廷忠边走边想："为什么她老问这些？是不是……唉，都是福生她娘惹的。要我就不愿沾那点小便宜，穷也穷得干净，吃粥屙硬屎。可……唉，对她真没

63

办法，怎么说也不听！……"廷忠越想越苦恼，越想越抱怨老伴，越抱怨越感到没话可说，只有自己叹气。

两人走过长长的一段橄榄林。那里长着古老的树木，枝叶森密，风一吹，格外阴森。猫头鹰突然叫了两声，叫人不寒而栗。正当他们走完这段橄榄树林，才要拐弯转过一个菜园的时候，一个人影迅速地溜过旁边的树丛去了，听到树枝折断的声音。狗连叫几声，却被主人制止了。

"谁?"全昭不禁害怕，赶紧挤到廷忠身边。

"不怕，大概是榨油房的人进村来买酒去消夜。"

"哎呀!"全昭突然惊叫一声。

"怎么啦?"

"踩到水里去啦。看它亮亮的，我当是块石头呢!"全昭懊恼而愉快地说。

"鞋子打湿了吧，乡下就是比不上城里方便呵。"

"不要紧。"全昭踩了踩脚。

"你方才说住马殿邦家是吗，拐个弯就到了。"

全昭说，女同志是住马殿邦家，男同志住覃家的族屋。

韦廷忠说："两个地方相隔不远。给你油瓶，我回了。"

"好，老乡，谢谢你!"全昭接过油瓶感激地说。

全昭回到住处，不见动静，料想大家准是到男同志的屋子开会去了。正要进屋取电筒赶去，看到床上有一个人蒙在湖水色缎面的被子里看书，床头上搁着用茶盅的底子当做烛台，上面点着一支僧帽牌的白蜡烛。蜡烛已经点了一小半了，烛泪溢流下来，结成冰溜似的。全昭推门带进来一股风，把烛光摇得直哆嗦。躺着的人把书放下，掀开被头诧异地问全昭到哪里去了。全昭这才看清这个人的脸。她，一位女画家兼诗人，或者说女诗人兼画家，总之，这两种才能她都有。是不是都很出色，因为都没见她的作品，所以谁也没个明确的概念。人们只是在需要叫她什么的时候就叫她什么。诗人，画家，对她来说，都无可无不可的。她自己说已经三十八岁了。二十年前，她的黄金时代，她的青春是在巴黎度过的。她学过音乐，在钢琴的键盘上曾经消磨过多少个宝贵的早晨呵！后来美术的魅力却迷惑着她。但不管她开始追求着音乐还是后来醉心于美术，她一直也没放弃文学的爱好。她说，巴黎的沙龙生活给她得到一种良好的教养。她说，一个人三天不读书，那，可就面目可憎了，哪里去找有教养的话来同别人交谈呢？所以，她离开书简直就不能生活，正如酒徒离了酒瓶过不了日子一样。现在，她重新再读着《简·爱》。

"钱大姐，你怎么啦？不舒服吧？"全昭坐到她的床边来，十分关心地问。

"没有什么，可能是今天路走多了一点，腰疼。"躺着的人说。接着她告诉全昭："杨眉、李金秀已经开会去了。其实，这样的会不去也不要紧的，就是要跟农会干部见面。刚才在村头那一幕不是已经表演得差不多了吗？我们中国人就是爱兴那些俗套。"全昭没跟她再说什么，正要拿起电筒就走。这位好心的钱大姐抬起头来，看到全昭的一只鞋子全是泥，不禁惊叫起来，一定不让全昭马上走，说是脚受凉就会感冒的，要全昭把脚洗了，换双干净的鞋子再去；说她的热水瓶里有水，刚才请老乡帮着烧的。

"村里的小巷子不好走吧？"钱江冷一边看全昭洗脚，一边说话，"这地方的老乡房子可是糟糕，简陋不堪。只是有一样，别处是不容易见到的，就是外边的风景挺美：地面上冒起那么挺拔秀丽的石山，冬天的河岸还是一条绿带似的，特别是这片橄榄林，比意大利达·芬奇的故乡——福罗伦萨的橄榄林还美。"这位钱大姐自己喃喃地说，陶醉于遥远的回忆。

"这个人怎么是这样的呢？"全昭听她梦幻的叹息，仿佛吃了一只走了味的橘子，胃口怪不好受。

全昭洗完了脚，到钱江冷床头取电筒。

"你要电筒吧？在我这儿。刚才一个什么虫子咬得人好心焦，我以为是臭虫；拿来照了半天也没找着。我是个神经质的人，有一点点不舒服就要失眠。"一边寻找电筒，一边唠叨。

全昭伸手接电筒，钱江冷把她的手拉住，认真地端量一阵，说道："真是还要去吗？你现在去，赶上人家散会了。坐下咱们聊聊算了。"

"聊什么呀？"全昭勉强地坐下，听她要谈什么。

"明后天有好天气，我给你画个像。你这个人拿这地方的山水做陪衬太美了。"钱江冷用着羡慕的目光欣赏着全昭面部秀美的线条。

"你这位画家把模特儿选错了。很抱歉，我从小就讨厌人家给照相。"

"那，要不是虚伪的谦虚就是真正的骄傲！"

"我不懂。"全昭心里好不自在，但是，改了口气接着说，"这里不单是风景美丽，就是姑娘们和农民也都挺可爱的。你们会画画、会作诗的人该多多描绘他们嘛！"

"哎哟！原来你还是一位宣传家哩！"钱江冷冷淡地说，把全昭的手松开了。

全昭不搭腔，拧亮了电筒射到对面墙上试着光圈。然后出了门，找张队长他们去了。

她感到脑子容纳了好些新鲜的印象，路上看到的风景，村头群众的欢迎，妇女主任赵佩珍的声音，民兵队长梁正的口号，廷忠一家人的生活，树林的猫头鹰和菜园旁边的人影，钱江冷的回忆和爱好……"这都太新鲜了，往后生活下去还会发现什么更新更多更有意义的东西呢？生活是丰富极了。跟一出戏剧的序幕开头就把人吸引住。我一定好好观察，好好学习……"全昭一边想一边走。当她到了男同志住的屋子时，看到大家都还聚在正厅开会。会议已经进行一个多钟头了。杨眉无精打采地坐在门槛上，埋进无边的遐想。全昭悄悄地在她身边坐下，轻声细气地问她，会上讨论些什么问题。杨眉听全昭问她，才醒过来似的，又兴奋又厌烦地说：

"谁知他们谈什么，懒得听。——你到哪儿去啦，以为你掉下鱼塘去了呢。"

"呵！傅同志来啦！"李金秀听到背后全昭的口音，马上转回头来说道，"正说要找你去呢！走错道了吧？"

"不。"全昭怕对方听不准，还摇了摇头，"同老乡扯了扯家常，多待了一会。唔，现在讲话的是谁?"全昭伸着脖子去瞅坐在桌子跟前讲着话的人。但视线给前面的人堵拦了，看不到是谁。

李金秀转回身来说:"妇女主任赵佩珍。听她尽扯些胡说八道。"

接着，李金秀把方才农会主任苏绍昌和民兵队长梁正介绍的这个乡的情况讲给全昭听:

"他们说，"李金秀气愤地说，"这乡是反霸时的重点，地主恶霸都给搞得差不多了，没多少油水了;剩下这几个地主，有的是守法地主，有的是开明士绅。听说这两天知道我们工作队要来，各人都准备拿房屋、田地的契据文书出来献交给农会。总之一句话，没有什么可斗争的了，土改容易解决。"

"那，多好。春节前我们可以回北京了。"杨眉高兴地说。

"好?我可不相信有那样好的地主。"李金秀顿了一下，又说，"民兵队长还说，这个乡虽然还有五六个土匪没下山，可是，自从上个月叫民兵打了一下，已经散了，不知窜到外地什么地方去了。——"

"嘘!别开小会!"冯辛伯听李金秀和全昭她们唧唧哝哝，制止了她们。

"小冯，你这样厉害呀?"杨眉反问。

"嘘——"谁又嘘了一声。

大家静了下来，回头去听妇女主任的讲话。

屋里灯光黯淡，天气有点冷，有的人蹲在床上打盹，有的老抽烟，有的打呵欠，有的拿电筒往墙上照看燕窝和梁柱上写的"×年×月×日×时谷旦"的字。

"……各位来了可就好啦，给我这个笨人开导开导。"妇女主任赵佩珍提高嗓子说话。

经她这一讲，大家才又重新把眼光集中到她身上。她，三十七八岁的人了，却做二十七八岁人的打扮。腰上缠着一条白净的带子，带子上还绣着星星点点的花边;眉毛修得又细又弯，脸上同没沾点灰尘的镜面似的，收拾得挺干净。

"话不讲不明，账不算不清。我不是怕得罪人，可是我这份公事呀，实在不好办。你们同志给评评看气不气人吧。"赵佩珍越说越认真起来，"这里长岭村两个年轻的妇女要离婚，跑去岭尾找我许愿，叫苦喊冤的，要我帮她们出主意，这是官司的事，我这个妇女主任怎能给断得了，是不是?"

赵佩珍越说，声音越高，口沫在灯光下闪飞，溅到旁边做记录的纸上。

"她可是挺会讲呵!"冯辛伯说。

"别开小会!"全昭故意把他原先的话，还给了他。

"嘿，你倒挺会报复!"小冯说。

"听她说吧。"李金秀说，对冯辛伯盯了一眼。

杨眉打了个呵欠。

"我断不了，"赵佩珍继续说她的话，"我当然只好带她们去区上找区妇联主任。是不是? 谁知道长岭村的人倒反造谣说，我赵佩珍带头引诱妇女去耍风流! 你看这工作我可做不了。"

"自己到底是不是耍风流嘛!"苏绍昌说。

"嘴巴是他自己的，我能禁得住他说话?"赵佩珍气呼呼地坐下，"反正坐得正不怕影儿歪，你们怎么说怎么好。"

"得了，不计较那些闲话吧。"苏绍昌说。

"对啰，苏主任说得对，闲话少说。我们现在同心合力来打倒地主，闹翻身要紧!"队长张文有意把话岔开了。

"我看，没有什么问题就不再扯了吧，大家劳累了，早点休息。"副教授徐图低声地对张文讲。

"再扯下去，可是……不堪设想。"黄怀白冷冷地冒了一句。

"也好。那就，会开到这里。苏主任，以后我们一起工作了，有什么问题改天再谈。"张文说。

人们一下子离开了座位，你一句我一句地喧哗起来。有的喊脚发麻，走不动了；有的打听大小便的地方；有的找蜡烛要火柴；有的找电筒。

区振民招呼着张文、李金秀和徐图又坐回桌边来开个小会，商量明天怎样着手开展工作。区振民的意见认为，这个乡的情况虽然农会主任介绍个大概，详细情况还得我们自己花一定时间亲自深入调查了解，掌握第一手材料，再研究怎样搞法。

"这和指挥作战一样，知己知彼，百战百胜。不掌握客观情况，单靠主观热情是不行的。"区振民说，结束他的意见。

张文马上接过来说："我不反对先了解情况。没有调查研究就没有发言权。问题是在于要向什么人去了解，到什么地方去调查。刚才农会主任他们的介绍，不就是一种调查吗？"

区振民反问："照你的意见，情况算是摸清了，不需要再进行了解了？"

"我认为刚才农会介绍的情况不能忽视。经验证明，他们都是经过清匪反霸考验，又是在这地方上土生土长的，他们对情况的了解，不能说不全面。再了解也不过补充些枝节，不会有根本的差别的。"

"我看，不能这样说。这个地方我来过——"李金秀说道。

"你来了几天啊！'来龙斗不过地头蛇'，你再有本事还能比人家本乡本村的熟悉呀！"张文执拗着他的观点。

"那还得看他是什么人。"李金秀也不肯让步。

"你说他们是什么人？"张文反问，瞪了对方一眼。

李金秀气得一时说不出话来。

"我刚才去一个老乡家，他——"全昭插话。原来她见李金秀留下没走，因李金秀没电筒，要等她一道走就没有同杨眉她们先回去。

大家听到她说话，都回头来瞧着她。

"你去一个老乡家？怎么样？"徐图觉得自己的学生主动向老乡做了访问，带着夸耀的神气问，引起大家注意。

"我看这个老乡，人挺老实，他同我谈起村子一些事情，跟刚才他们农会讲的，就不是那个样子。"全昭平静地说。

张文抢着说道："什么样子呢？一个人说话一个样，同一个模子打出来的饼还不能一样齐整呢。只要是大致不差就算好了。农村不是学校。经验证明，农村的封建色彩是浓厚的，这个村和那个村，这个姓跟那个姓的宗派纠纷，常常是动不动就械斗，出人命案双方仇恨很深。特别是壮族地区，民族偏见还存在。我们要是只听这个人说那个人讲就当真起来，那可是非犯大错误不可。"

"这样好了，"区振民不耐烦地最后说道，"明天我们分两个小组，一组在长岭，一组去岭尾，本着土改工作团拟定的方针、步骤，分头进行。老张带一个组，我带一个组。谁去岭尾，谁留在长岭，由老张同志决定。"

"那好商量。"张文说，"时间不早了，明天再决定吧。"

傅全昭同李金秀离开张文他们的住处出来，心里好纳闷。

李金秀也没做声。走过了打谷场之后，全昭才抑制不住疑惑地问道：

"我们的张队长怎么是这样？"

"你觉得他怎样？"李金秀谨慎地反问她。

"我看他很主观！"

"听说他在北方老解放区一直都是搞土改工作的，经验有一套。"

"是吗？反正我们是外行，全靠你们多帮助。"

"帮助什么呀，惭愧死了。不怕你笑话，解放前我还是被服厂的一个女工，什么也懂不得，现在——"

"现在已经是一个革命干部了！"

"傅同志，人家老老实实跟你讲话，你倒拿人来开心。"

"好，以后咱俩谈正经的吧。"

这时，快过半夜了。傅全昭和李金秀回到住处时，钱江冷和杨眉已经睡得很甜。不知是谁打着轻轻的均匀的鼾声。

"杨眉，怎么搞的，蒙着头睡觉。"全昭说。

金秀说："大伙太累了，让她们睡吧，别搅醒她们了。"

全昭和金秀没有再说话，轻轻地把被包卷打开，铺好铺盖，脱了衣服睡下了。吹灭了蜡烛以后，纸糊的小窗口射进寒冷的月光；风，吹来了一股凉气，屋后的竹竿唧唧喳喳地发响。

金秀的脑袋落到枕头不到五分钟就呼噜呼噜地打起鼾声。全昭十分羡慕她们那样好睡。自己极力排开各种各样的思想，机械地来回数着从一到一百的数目，可是，脑子仍然十分兴奋。实在睡不着，她只好拧开电筒照着读起《我们这里已是早晨》。

猛然，附近叭、叭、叭，一连响起三声枪响。宁静的夜一下子被撕裂了。狗，一个影响一个，掀起一片吠声。外面有着急促的人语和脚步的音响。全昭披了衣服坐起来找火柴点蜡烛。睡着的人都被惊醒起来了。金秀从枕头下取出用红绸包着的小手枪，把子弹推上膛；钱江冷直打战，讲不成话了；杨眉哇哇哭起来。

"杨眉，沉着点。还不知道怎么回事呢！把衣服穿好，小心着凉。"全昭耐心地安慰着杨眉，把衣服给她披上。

金秀跳下床来，叫大家别害怕。她自己打算出门去看动静。房东马殿邦拿着一支燃着的松明出来说，不必惊慌，说不定是小偷来"夜摸"，遇见民兵了。几个民兵都是小伙子，爱玩枪，恐怕是他们借故打打枪过瘾，不一定有什么事，叫李金秀先不要出门，有什么事农会和张队长他们会有人过来招呼的。

一会，区振民他们果然过来，在门外对着她们几个女同志说：不要惊慌。他们同民兵到村边警戒去了，叫她们把门关好，不要睡得太死，机灵一点。

"我可不敢再睡了！"钱江冷这才讲出话来，把衣扣扣好，将毛毯把全身裹住。

"呜！呜！"杨眉放声哭起来，哭得很伤心，叫人不好劝解。

"杨眉！"全昭摇了摇她的肩膀。

"杨同志，别怕……"金秀坐回床边来拉杨眉的手，好像要分给她一些勇气。

"呜，呜……我……真倒霉。我不转学去北京，在上海就不会来这个鬼地

71

方了！……呜，呜……"杨眉一边哭，一边自己埋怨。

"我看不会是什么了不起的事情。还是睡吧。"全昭说。

"对啰，不怕。门关好了吧?"马殿邦到门口去照看了一下，转回里屋去了。

夜又恢复了宁静，小窗口的月光却剩下上头一点点地方了。屋檐下的公鸡开始喔喔地啼叫。

杨眉再不敢一个人单独盖一床被子，要全昭跟她两人合在一张被窝睡，才止住哭泣，脱下衣服睡了。

九

　　早饭之前，张文和区振民商量的结果，由区振民率领黄怀白、钱江冷、王代宗、丁牧等一个小组，到岭尾村去；其余的人统统留在长岭作为中心小组，由张文领导开展工作。副教授徐图原来是队副，在小组里就没有再让他担任另外的职务。中队部宣布这个决定的时候，王代宗觉得把他跟杨眉分开了，有点不大痛快，可是，也没好意思提出来，后来知道岭尾村就在这村的后尾，过了一条小河，不要半个钟头就到，也不再讲什么了。

　　给区振民他们带路的是昨天在路上大家见到的马俊。他，人活泼，好说话，见工作同志同他谈话，一路上都很高兴。听他介绍，这个村不大，一共也不过三四十户人家。何家是大姓，其次是姓梁，另外有几家几户杂姓。村里在外面读书做官的人比别村都多，原因是姓何的一家地主，从他祖父起就在土司的衙门里掌管钱粮，后来他父亲、叔伯都读了洋学堂，有的做过县知事，有的当过审案子的法官什么的，儿子这一辈，老大是个带兵的团长，现在不知在台湾还是逃到缅甸什么地方去了。临解放时，还随同他的部队打这里逃走，有人说，到钦州被解放了，有人说，他们那一伙是从睦南关进越南地界去了；老二在外面读了书回家来就没做事，只蹲在家里收租子、放利债、贩卖大烟；一个人就讨了四个老婆，成天抽大烟、养画眉、斗鹌鹑过日子，到日本鬼子打来那年，得了肺病，大吐血死了；老三到过日本留学，一直都在外面当官，很少回到家来。因为何家几代都是在外头做大官，村里的人跟着出去当差做事的不少，现在有几个在香港、台湾还没回来。马仔讲到这，停了一下，大家也都没有做声。一会，有人问道：

"马同志，那姓何的，现在他家还有什么人？"

马仔听人家叫他同志，心里挺舒服，越发喜欢说话了。他说："那何家，自从二老爷得吐血症死去之后，他家就没什么男人了。女人也都常住在城里，每年冬天收租时候，才回来住个把两个月，把租收完又走了。只是老三，这位到过东洋留学的何其多，在临解放的前半年，突然回来了。从电船上运来好些箱柜，他家的几个看屋、养马的长工搬了一夜也没搬完，第二天早上人家见到码头上还有十来只藤匣木柜摞在那里。这位三老爷虽然把那样多的东西运回家来，但是，奇怪，他的老婆却住在城里，没有同他一起回来住。另外，他跟死去的二老爷不同，对待佃户和贫苦人家都好，谁家欠他的租谷、利债，要是实在有困难，还不上的，求他说一下，他都答应：'明年丰收了再给吧。'刚解放那时节，到处闹匪乱，县上和部队下来了工作队，搞清匪反霸。他自动地帮助工作队在这一带地方做清匪工作，叫一些散匪出来自新。后来搞退租退押的时候，本来他家应该只退五千斤谷就够了，他却把城里的铺头卖了，得万把斤谷的钱全部都交给农会了。正是这样，大家把他划为开明士绅。"

"他有多大年纪啦？"有人问。

"四五十岁了吧，样子倒不见老。照说我们村里覃俊三比他老样多了，可是，倒反叫他做内兄。"马仔说。

"我们又不是算命的，不管他的年庚八字了吧。"区振民说。

"除了他这一家，还有哪些地主？"谁问了一句。

"有。"马仔说，"也是姓何的，他们都是同一个祠堂，是'其'字一辈。因为刚解放时通匪，被镇压了。财产都叫大家给分了。"

大家给这一长串的谈话打开了新的境界，一时找不到话来说。继续走了一段路以后，马俊才又向大家介绍起来。

从他的话里，大家知道岭尾村的南头，沿着橄榄林一直走，不到三里地，就是右江。这是一条大河，从百色下南宁来的电船就从这里经过。河流到这地方，有一个大转弯，仿佛拉满的弓一样，形成一个半岛，岛上有个村子叫做灵湾。好多年以前就来了一个美国人在那里造了一座教堂，蒙骗村里的人去听教。另外还办了一间麻风医院，在这方圆一二百里的地方凡是得了麻风病的人都被收来医治。病情轻一点的人平日种着香蕉、橘子和菠萝，每年都有好多水果运到城里去卖。

黄怀白对这特别感兴趣，问："现在那个美国人还在吧？"

"在。听人说，他一年总是要去香港、广州一次两次，住上个把两个月才回来。"

"这地方还不简单哪！"钱江冷感叹了一声。

区振民看了看马仔，问："我看你就知道那么多了吧！还有没有啦？"

"想想看，你们要想知道什么的吧？"马仔认真地想起来。

"呵！有了。"过了一阵工夫，马仔兴奋地说道，"临解放那几天有过这样的事：有一天来了一架飞机，在我们这几个村子上绕来绕去。飞机飞得很低，翅膀都快碰到木棉树了，飞机上的人，我们都看得见。后来有人说，这架飞机飞到邻近一个什么地方落了下来。半夜里来了三个人在岭尾村等船去香港。那几天国民党的兵从这里败退，兵荒马乱。上边百色没有电船下来，何其多把那三个人收留到他的家住了十来半个月才坐木船走了。"

"这位老乡太好了，给我们讲了那样多的故事。"

"请马同志给我们唱支山歌听听好不好？"

"对，对。"

人们你一句我一句地嚷嚷。

马仔推托了半天，说是新的没学会，旧的都是一些老封建东西，不时兴了。

"不要唱新的，唱旧的更好，唱吧！"丁牧一听到要唱山歌就同酒鬼闻到酒味似的，兴致勃勃。

这时，田野里有的在挖荸荠，有的在刨花生，有的在冬耕。马仔远远地看到银英和廷忠夫妇三个人，在小山坡的一块地里刨花生，心里不禁怵动，终于

提高嗓子唱:

> 河边码头步步高啰, 妹呀妹,
>
> 天天呀, 见妹两三遭;
>
> 真心情话难开口啰, 妹呀妹,
>
> 石板呀, 破鱼难下刀。

"石板破鱼难下刀, 多形象的语言呵! 好, 劳动人民的想象力真丰富!"丁牧赞叹了一番, 立即拿出本子来记下。

"什么稀罕呵! 这样的山歌可多呢! 你要多少有多少。"马仔不在乎地说。

"听, 那边有个女的唱了!"钱江冷打断马仔的话, 大家都没做声。歌声在野地里飘扬开来:

> 山中只见藤缠树啰, 哥呀哥,
>
> 世上呀, 哪有树缠藤;
>
> 青藤不攀芙蓉树啰, 哥呀哥,
>
> 枉过呀, 一春又一春。

"嗨, 真不简单, 这不单是歌词好, 歌声也挺美!"钱江冷惊讶地赞赏起来。

王代宗问:"马同志, 唱歌的是谁呀?"

马仔故意装作没听见人家问他的话, 只管说:"这就到了, 何老爷家就在村头的荔枝园。同志们是不是先去见三老爷?"

区振民立时决断地说:"我们不见他, 先找民兵队长。"

"找梁大炮吧, 他家在西头, 走吧。"

区振民同丁牧交换一个眼色, 好像是说:"这小鬼有意思。"

马仔把工作队的人带到梁正的家以后, 仿佛有什么东西丢在路上, 急急忙忙往回走。他一路走，一路回味着刚才谁唱的山歌，嘴边不觉泛起一丝笑影，脚步举得格外轻快。

这地方，虽说是严冬，却不见冷，只要一出太阳，气候还是挺暖和。现在，湖水似的天空轻轻地飘着白云，小溪活泼地湍流；雀鸟尽情地歌唱、飞翔；田里是一片嫩绿的菜蔬；留着做年节供果的金黄色的柚子，点缀着葱绿的树。马仔生长在这样的天地，要他说出这地方有什么可爱，他可说不上来，但是要他一旦离开，他可就很踌躇了。前年清匪反霸结束的时候，工作队的同志动员过他出来参加工作，开头他是蛮高兴的，过两天正要走的时候，却犹豫起来了。这片乡土对他来说，仿佛是池塘对于鸭子、树林对于雀鸟一样。但是，旁人说，叫马仔留恋的还不是乡土而是人。这点，马仔自己嘴巴不敢承认，心里却是明白的。

现在，他往山坡地里仔细瞭望一阵，认得是银英跟廷忠夫妇三人，在那里刨花生没错。于是，想了想，鼓起勇气，绕着小道走到她身边的地头来了。廷忠他们都蹲在地里拿着小锄头刨土，仔细地寻找由于主人们的粗心而遗留下来的一颗两颗花生，马仔的来到并没被他们发觉。银英脖子后头那根拿红绒线扎起来的大辫子，把马仔的心触动了一下。

"捡到多少啦？"终于，马仔大声地问道。接着，他走到廷忠旁边，也蹲了下来，用他手上的扁担去刨了刨土，马上捡到一颗白壳的花生。自己给自己算卦："如果豆荚里两粒花生仁全是好的，我同她的事就成了!"许了这愿以后，他心跳得厉害，屏着气，仔细地剥开了豆荚，一看，原来是瞎的，一粒也没长成，不禁失望地把豆荚丢了。

"我说是谁呢，把我吓了一跳。"韦大娘果然是受惊了，自己都能听到心跳的声音。

"你自己做贼心虚，别人都没有被吓着。"马仔说着，盯了银英一眼。没有注意韦大娘窘惑的红脸，也没有发觉廷忠忧郁的神色。

银英同他的眼光碰着了，却没有同意他的眼光，只是问道：

"回来那么快，你把工作同志带到了吗？"

"放心！保证没有把他们带错路就是了。"

"我有什么放不放心的，你把他们带到哪里关我什么事？"

"那，你为什么要问？"

"唔。"银英给顶了一句，一时讲不出话来了。

过了一会，银英盯着对方尴尬的脸色问："问你，你到这里来干吗？"

"来看看我昨晚在这地里装的野鸡。"马仔煞有介事地回答。

"你真的在这块地边装野鸡？那，不早点来看，叫旁人见到都给拿走了。"廷忠说，很替他惋惜。

"你听他给你胡诌吧。"韦大娘意味深长地瞅了丈夫一眼，拿眼睛瞟着旁边的银英，顺手把她自己当做坐垫的一捆树叶往前挪动了几步。

大家一时都没做声。一只乌鸦飞来，停在地头的一株光秃秃的木棉树上，叫了两声又飞走了，鹞鹰在天空盘旋，吱吱哩哩地叫唤。

一会，马仔突然问道："昨天夜里你们听到打枪没有？那三声枪响到底是怎么回事？"

"又是他们几个民兵搞的什么名堂吧！——不知道。"廷忠说。

"枪声远，我看一定是山上那几个土匪闹的。几个该死的家伙还不肯下来自新，哪天给活捉就完蛋了。"马仔一边拿着扁担刨土，一边说，"呵！这块地方掉的不少呢！是殿邦四叔的地吧。"他将捡到的一把花生扔进廷忠的篮里去。

"人家有吃有穿的，才不在乎这一星半点东西呢。"

他们各人只顾留心各人挖起来的新土，注意看有没有要捡的。谈话是断断续续，有一句没二句的，过了一会，银英才问道：

"马仔，你听工作队说，山上那几个土匪要是给抓到了，能对他们怎样？"

"那还不简单，枪毙呗。"

"枪毙？"银英立时睁着眼，十分惊讶，"赵光甫要是死了，亚升可就可怜了。"

"活该。谁叫他当土匪!"

廷忠说:"赵光甫就是嘴巴馋害了他了。为了吃喝总是赊来借去的,赊欠太多,没有办法了,才跟人走上这条转不回头的单边路。照他人品说,倒不是做这行买卖的人。"

"那他为什么不出来自新?"马仔问。

"哎!嘴巴说倒容易,要真的出来了,你能保得住就没他的事了?"

"现在人民政府讲话一是一,二是二,不会假的。"马仔认真地说。

韦大娘听他们讲到这上头,拦着说: "真也好假也好,反正不关我们的事。"

"怎么不关我们的事?"银英停着手上的锄头,望着韦大娘说,"让他们老在山上抢人劫货,我们上山打茅也不放心呢。"

给银英这样一说,韦大娘也不再说什么。她方才被马仔无心说了一句做贼心虚的话以后,讲话就特别小心,不大爱搭腔,有时还用眼光警告着丈夫,叫他不要管闲事,免得招惹是非。巴望马仔快点走开就好了。但是,又矛盾,希望马仔多待一会,给她讲些工作队的事情。心想:"这回工作队来是不是真的要分田地?如果真分了田,地主老财他们能自各种地犁田吗?地主变穷了,三奶奶给的东西,会不会又来追回去?"韦大娘一边想心思一边刨地。刨了好大一片也没捡到一颗花生。

银英回过头来看到她刨起来的地方,有好多颗花生她都没捡到,不觉说道:

"怎么啦,你嫌刨得太多,不想要了不是?看你后边有好多颗你都没捡。"

"我以为是瞎了的,刚才在头前还捡得多一点,这一截人家捡得挺干净。帮人家刨了半天地,才得不到一斤花生,真是不上算,另外找地方刨红薯去吧。"韦大娘摇了摇篮子。

"前面苏绍昌的红薯地才挖不几天,没人刨过,去吧!"马仔说,随即站了起来,准备要走了。

"你自己走吧。没人陪你去看你装的野鸡。"

"你可是好厉害呵！"马仔说，摘下一张树叶，吹着口哨走了。银英盯着他的背影，直到被树丛遮住了，才又回头来注视刨起的地面。心想："这人就跟嫩姜似的，没有辣味。"

马仔走后，留下的三个人都没做声。随后，飘来两句山歌：

山上的老鹰叫着口渴呢，

林中的泉水却给树叶盖过了！

"银英，你听出是谁唱的吧？"廷忠带着笑，瞧了瞧银英。

"谁爱唱谁唱，什么口干颈渴的，干死了也没人理他。"银英说。

银英在解放那年的清明前后曾经嫁到那坡村一个姓周的家里，丈夫比她小两岁，虽说人长得又白净又清秀，而且在圩镇上还是个篮球队员，不过，不懂什么缘故，银英过门去才满三朝，就回娘家来了，就是逢年过节也不再回婆家去。意思倒不一定是不落夫家，实在是因为两人谈不来。不管怎样，她也不愿再同那个男人见面。她，人挺聪明，除了干农活，还会绣鞋、织绵，会编歌，每年附近的歌圩那里都能听到她的歌声。可就是谁也没得过她绣的荷包。

解放以后，听人说，往后结婚，由各人自愿，做父母的不得强迫了。这样，她更是放了心，不再为那个冤家牵肠挂肚的了。不过，人的心情总也没有平静的时候。这头心事放下了，另一头心事却又涌上来："到底找个什么人呢？"这苦恼老缠着她。她知道，也看得见，她的背后是有好多爱慕的眼光追随着她的。她自信要是在他们当中选择一个，比到田里摘只瓜还容易。正是这样，她就不焦急找个什么人拴住自己的手脚。

冬天的太阳过得特别快，一下子就从南边偷偷地溜到西边去了。山坡的牛群有的挺着鼓胀的肚皮在游荡，有的躺在草坪反刍。牧牛的人烧起野火，吹着口哨引风，火势迅速蔓延开来，空中飞舞着浓烟和草灰，鹞鹰在上面盘旋。

廷忠站起来伸伸腰，把篮子摇了摇，很失望。瞅着银英和韦大娘一眼，叹了叹气。停了一会，自己对自己喃喃道：

"刚才我们没有问马仔，工作队同他讲了什么话没有？"

银英听了带着询问的眼色看了看韦大娘问："昨晚不是有个女同志到你家去吗？你没有问她？"

"没有问到。"廷忠说。

"你真怕事，为什么不问问她。"

韦大娘说："不要说问人家了，倒反叫人考了呢。"

银英望着廷忠问："是吗，她问你什么？人家看见你还把她送出去好远呢。"

"就是问村里谁是地主恶霸，谁是坏人什么的。"

"你都说了谁？"韦大娘直瞅着丈夫问，意思是说："你真的告诉人家了吗？"

廷忠避开老婆的目光说："没有怎么说。"

"看你真是那么怕事。要是有人问到我，我一定把那些家伙的祖宗三代都给他诌一通。"银英说。

"同他们这些外地外村的人讲那些话有啥好处嘛。人家现在同你讲得再亲，三天两日还不是要走了，要是得罪了自己街邻近舍的，日后怎么好相见。"韦大娘担惊害怕地说。

"这话说在我们穷人里头倒还是个道理，要说在地主老爷他们那边，可不一定。他们哪个跟我们认过亲？我们的牛走过他们门口都说是踩脏了他的路呢。"

"当然啰，地主老财好比这地边的大树，能把它拔掉了好是好，免得它遮了日头，害了庄稼。只是，树根扎得太深啦，一时拔不倒。"

"看你倒是会打比呢。"韦大娘不满意地瞅了丈夫一眼。

"好了，你们在这刨吧，我去前面刨红薯去！"廷忠没有等韦大娘说完话，一个人走了。

一〇

工作队到村里来已经一星期了。

按照工作计划和步骤，张文作了这样的安排：开头一个星期是在群众中普遍地进行访贫问苦。从访贫问苦当中去寻找苦大仇深的对象，然后着重对他进行个别教育，启发他的阶级觉悟，再通过他去串联、带动其他广大农民起来斗争。但是，谁的苦最大，谁的仇最深呢？要说苦，看他们眼前的生活，都是半斤八两；要说仇，那就不易发现。几天来，工作队的同志所接触的，来回总是那几个漂江过海能说会道的人，这些人能够告诉工作同志的，总是这样一些话：

"我们村里的地主就是那两三家，已经斗的斗了，逃的逃了；除非是分他们的田地，别的再也挤不出什么脓来了。"

老实一点的农民，不管你问他什么话，总是摇头，迅速走开了，好像躲债的一样。客气一些的就说："这个，我不知道。"

面临着这样的情况，工作队的同志反应是各种多样的：

杨眉整天皱个眉头，撅个嘴巴，像谁弄坏了她一件心爱的宝贝似的，每天早晨照着镜子总是抱怨地说："这鬼地方的水把我的皮肤都给变粗了。"借口不懂话，没法接近这些农民，常常一个人拿本书，到村头的大榕树底下呆呆地坐着。书本也没解开她的烦闷，只有卖糖果的小贩摇着铃铛来了，她才活跃起来，虽然她才来不几天，可就跟卖糖果的小贩混得很熟，每一回小贩带来的一种鹅油酥饼，不管有多少，她全都把它买光。因此很快出了名，都说她是糖罐子。孩子们一听到卖糖的铃铛，就来喊："四姐，卖糖的来了！"她除了带着书本在村头等着糖果，还有一件事就是等待区上通讯员送来的信件。她盼望上海的家给她寄来奶粉、肉松、饼干和多种维他命，盼望北京的同学告诉她圣诞节学校里是不是还同往年一样热闹；她认为全昭同冯辛伯都故意疏远她，自己就索性不理人家。但，一个人又不堪寂寞，不好打发日子，正好王代宗每天过来向队长汇报，这才使她有个伙伴。有时，太阳要落山了，他俩还在小河边难舍难分地徘徊、流连，这样一来，村里便有人说长道短，流言也蔓延开来。

教授黄怀白到岭尾的第二天就去见了何其多。那天，何其多正在家里写春联。黄怀白到来的时候，他刚写完"知还庐"三个魏碑体的门首横额。

他桌上摊开一本并不太新的《新民主主义论》，中间还夹着一支红蓝铅笔。"解放前毛主席的著作真不容易看到，解放后的情形就完全不同了。"他对客人说。"这本书里指出我们新的国家的前途是明明白白的了。凡是不愿受外国人奴役的中国人，谁不赞成呢？"何其多一本正经地对着客人说。

"我这两天听说工作队同志要来了，"主人没等客人开口，继续说，"抽空叫家里的人把祖先留下的文书田契找了出来，清理了一下，正在列个清单，等诸位同志来了，就献交出来给农会，再过一两天就弄好了。分田还不马上进行吧？"何其多显示着大方而庄重，把话说完之后，带着探询的眼光留心对方的反应。

黄怀白给对方的风度和言辞所迷惑了。心想："此人倒还开明。"随口说道：

"何先生的学习精神可嘉。我们很惭愧，解放后会议多，教学也紧，学习上——"

"工作就是最好的学习呀！不错的，不错的。"

黄怀白重新认真地打量了对方一番。他上身穿的是一件米黄色咔叽布衬衫，外面披一件开胸的灰色的毛衣，嘴巴含着一只同黄怀白用的差不多的英国烟斗，拖着一双黑漆拖鞋；头发同花鸭子似的，夹杂着一小半的白发。眼睛特别机灵，时刻都在提防和猜测旁人的目光，只要叫他看了一眼，谁也瞒不过他似的。

何其多边说边对黄怀白看了看，很快得出这样的判断："这人未必是共产党的信徒！"态度马上也就和缓了下来。

"何先生能把田地献了出来，带个头，那，我们工作队倒是省力了。'识时务者为俊杰'，讲起来容易，做起来就不那么简单。何先生是——"

黄怀白说到这，何其多将含了好久的烟斗拔下来，抢着说道：

"那也是大势所趋，跟着大众走吧。我想，往后，国家变成了社会主义了，个人田地拿来做什么用呢？还能有失业饿饭的吗？"

"是的，那是不堪设想。"

何其多觉得对方这句话的意思很含混，眼睛贼溜溜地转了转，心想："工作队的人也不一定就是共产党的信徒！"

黄怀白自从访问了这位绅士之后，对当前土地改革运动产生一种看法。他认为：像何其多那样，认识到大势所趋，愿意把田地交出来的，一定不在少数。只要政府出一张布告：宣布没收地主的田地，分配给贫雇农就行了，为什么一定要发动群众斗争呢？

他虽然产生这样的思想，但是，总也不敢表露。他知道，他自己是法学专家，是教授，可是，现在他不是站在讲坛上，而是要从这场实际斗争中受群众的监督，实行思想改造。思想改造对他来说是"不堪设想"的，怎么好呢？几天来，不是到河边去捡小石子，就是同钱江冷谈论巴黎的沙龙，和纽约的摩天楼。但是不久，在这方面他嫌钱江冷谈来谈去尽在美术和音乐的圈子里转，太腻；在钱江冷那方面则发觉他庸俗，没有可谈的。后来，梁正从山里砍回一根龙骨树枝送给他做手杖，从此，他有事情做了。他听从老乡们的话，烧着一堆稻草，将树枝熏一下，把它压直，然后再把树皮剥光，变成一根同龙骨似的乳白色的棍棒，但是剥过皮的棍子，表皮挺毛，不光滑，而且那些节骨眼还是留着粗糙、锋棱的刀痕。他又听老乡讲的捡来好些碎磁片，仔细地把棍子的节眼一个一个地刮着，随后又划着一根一根的洋火燃烧棍子上每个节骨的刀痕，就跟一个雕刻家那样用心。说是要把它带回北京作纪念。

钱江冷也有她独特的趣味和消遣的办法：常常带着彩色的粉笔、讲义夹子和一只帆布的折凳，一个人到河边的磨房，或村头的榕树下，对着这一带的橄榄林、远山和河岸去画画。有时，在晚霞的映照里，老乡们挑着柴火回家，她硬要人家站在路边给她做模特儿。

副教授徐图听赵三伯告诉他，就在这个乡的南面有个小山叫"将台"，是壮族一位英雄侬智高誓师抵抗宋朝名将狄青来侵的地方。他特地跑去瞻仰了一趟。

诗人丁牧听到大家嚷，这地方冬天还那样暖和，带来的棉袄和皮衣变成了累赘，对人幽默地说：

"我们失去了一个冬天！"

引起杨眉一阵嘻笑。而这句"诗"就在工作队当中流行起来。

全昭见到这些情况，心里直纳闷。一天晌午，在油榨房附近遇见队长张文从岭尾村回来，她直率地劈头就说：

"队长，我看我们这些人不是来为老百姓的翻身做事，倒像是游山玩水来了，个个东游西荡的，想个办法吧。"

"别焦急，经验证明，急躁顶不了事。"张文不大在乎地说。

"不焦急也要有个不焦急的办法嘛！"

"怎么没有办法呢？不是说这个星期是访贫问苦吗？你个人访问了什么？你说说看！"张文就像老师考学生一样，留心地打量着这位敢于提出批评意见的女学生。他仿佛才发现她长得倒是挺文静，说话却那样锋利，不免诧异起来。

"原先不是分配我去做儿童工作吗？"全昭反问了一句。

"现在也没有人否认你做那个工作呀！你做得怎样了？了解到什么材料？说一说。唔，青年人敢于提意见好是好，可惜，往往把实际情况给忘了。这都是缺乏锻炼，经验证明——"

"我已经把这个村的小孩子组织了一个儿童团了。这两天正在教他们唱歌。"

"我说，同志，我们不是画眉鸟，光会唱歌不解决问题。"

"谁说光是教歌呀！"

全昭感到受了委屈，正要作分辩，对方马上截住，说道：

"我看是这样吧，我才同老区商量好了，明天开会，各人汇报几天来访贫问苦的情况。"

本来全昭想告诉他：这几天她拿《铁木儿及其伙伴》的故事讲给孩子们听，发动他们组织起来，协助贫雇农向地主恶霸作斗争，大部分的小孩都愿参加儿童团，愿意把村里的事情告诉她。但是，队长却表示不耐烦，把她扔下，自己走开了。"这人怎么这样主观呢？"全昭目送着这位队长走了好远，心里直纳闷。

全昭一肚子窝的气，没处说去。低下头来发现右边脚的鞋帮给老鼠啃了一个洞，袜子后跟也磨破了；裤脚管那天晚间溅上的泥浆还没有脱净。

"洗衣服去吧。工作问题明天开会好好提出来讨论。"这样决定后，脚步举得轻快起来。回到房间，关上门，把衣服换了。衣服太脏了，领子有一道显眼的污泥。她顺手用杨眉的小镜子照了照脸，觉得晒黑了。这对她来说，反而更加显得妩媚而端庄。但是，她自己好像生了谁的气似的，立即将镜倒转来，放回杨眉的床头去，抱起衣服就走。

出了门来，她眼里还显现着刚才镜里的面影。

"我怎么就老碰上那些个鬼呢？要是长个大麻脸就安静了！"她一边走，一边在想。

她今年七月二日才满二十岁，已经在北京大学读了四年级课程了。头一个学期学校的门警还不相信她是个大学生，每次都要细看了她的学生证然后才让她进门；这两年却长得特别快，不但长得健康、结实，而且显得苗条、标致。从来没见她用心打扮过，但是，她往往给第一次见面的人留下一个深刻的印

86

象。除了外表，还包含着她那典雅、端庄的风度，那亲切、真诚的情感，开朗、严正的思想，和那优美的谈吐。

正是她的这些优美条件，无形中给她添了不少麻烦。临来土改的那几天她整理书籍，发现几年来，她一共就接到二十三个人的信。

"这些个'鬼'真难缠，讨厌死了！"每次收到信，都叫她感到怨烦。

当然，写信的人有的是她的同学，有的是在校外一起搞社会活动时认识的同志。信写得总是火一般的热情。开头一封两封她还觉得新鲜，后来看得多了，再也没有意思了。只是临走时收到的那封倒是特别，里边什么话也没说，只给她开了一个治毒蛇咬伤的药方，说是南方农村多蛇，这个药方有特效。这人是谁呢，信上没有名字，从笔迹又辨别不出是哪一个熟人写的。

"世界上总还有只为别人的幸福，而不存私心的人呵！"

全昭一想到写这封信的怪人，心里就爽朗起来，觉得一个人能够关怀别人、急救别人的危难是最高尚的品德了。她觉得自己学医，正是符合这个理想。

"明年，我就是一个为人民解除疾病的大夫了！"她一边走，一边想。

这是从村边流过的小河。河水清澈像面镜子，两岸长着翠竹，有的竹子倾垂于水面，一只翡翠鸟站在竹枝上，等候着水里的游鱼。一会，敏捷地钻入水底，含着一条小鱼飞走了。河水缓缓地流动。阳光透过树丛映到河面上，像一匹金色的缎子。

全昭拿着几件衣服来到河边，跨上一块小石头上，蹲下来准备洗衣服。她俯向水面，又看到刚才镜子里见到的自己的容颜，她对自己凝视了一阵。"我这一辈子应该给人民做些什么有用的事业呢？"她深深地问着自己。几条小鱼从她脸上游过，当中一条使劲地摆着尾巴，翻了一个小浪，把端庄而秀美的面影弄乱了。她这才轻轻地将衣服浸到水里，开始她认为费时间的劳动。

不一会，杨眉和王代宗从岭尾村过来，他们到了河滩就不往前走了，两人在河滩上捡着晶莹如玉的卵石。

"我要捡一口袋拿回北京去养水仙花。"杨眉边捡边说。

"什么时候能回去呵，还早着哩。"王代宗冷言冷语地发感叹。

"你真是一个悲观主义者！"杨眉试探地瞟他一眼。

"我悲观，可没有哭过鼻子哩。"

杨眉不觉红起脸，不再说话。两人都埋在沉默里。

"你看！"王代宗叫杨眉看河岸上的几株木棉树。树上面是一群八哥鸟在歌唱。

王代宗见杨眉没理睬。停了一阵以后，才自己对自己喃喃道：

"我认为做人应该同木棉树一样，在什么树林里都比别的树长得高。"

"木棉树真是那样的吗？"杨眉这才好奇地问。

"是这样，一点不差。"

"你真有心机去注意这些东西。"

"这也是人生嘛！"

"什么人生？是你个人的人生观吧，个人英雄主义！"

"随你给扣什么帽子都好，我可不在乎。"

两人又谈不下去，各自想各人的心事去了。王代宗捡起一块小石片往河面打"漂漂"。

"一、二、三、四……"王代宗数着石片在水面飞漂的次数。

"来，咱俩比赛。谁赢谁请吃米粉。"杨眉也捡到石片，挽起袖子，等着王代宗捡来石片，两人准备往河面打去。

"我先来。"杨眉说，弯下腰来把石片轻轻打出去，眼睛盯着石片在水面跳跃，口里跟着数，"一——二——三——四——五！"

石片像青蛙一样在水面跳了五下，终于落进水里了。

"好，看你的了。"杨眉瞟了王代宗一眼。

王代宗不大用心地把石片扔了出去。杨眉数着："一——二——三，三下，你输了。"

"输了，有米粉吃还不好，你赢了的请客吧。"

"你不是要比木棉树吗？这下子怎么就甘心落后啦？"

"那，要看在什么情况下说话。"

全昭把衣服洗完了，觉得腿有点麻，站起来，跺跺脚。回头一瞧，见杨眉和王代宗两人的背影。心想："这两人怎么躲来这里玩呵！要不要惊动他们？"她又蹲下来，脱下鞋子做垫子坐，把两只脚放到水里去。她秀美的小腿像两支玉柱，在水里显得更加柔润、光洁。左边的腿肚有个小铜钱一样大小的伤痕。那是抗日战争时期敌人飞机的炸弹片给留下的仇恨。那时，她才是小学二年级的小孩，现在已经是快要离开大学的青年了。

她现在让清凉的水从脚上轻轻地流过，凝视着倒下水面上的那根竹子。好像在想："生命是那样容易过去的。"总之，她不觉沉浸于一种自己也说不清的遐想。等到她把视线收回来的时候，眼前就出现自己在水里的面影。她想起那些来信的语言，想起那个治毒蛇的药方，想起书本上讲的故事。……

"呵，我们发现奇迹了。你看，全昭也来这里！"王代宗回头走时，看见了全昭嚷开来，拉起杨眉的手，往全昭这边走来。

"全昭！"杨眉边走边喊。

一

一个清冷而明净的月夜。

月光透过薄云，大地呈现着柔媚的光辉。鸟儿已经回窝歇宿了，鱼儿潜在水底，昆虫们还在冬眠，田野那么恬静，没听到半点儿声音，也没见到一丝风儿的颤动。韦廷忠一个人拿着扁担和绳子踏着月光，顺着往河边的小道走，要去把泡在河里的两筐木薯捞回来。原来木薯有毒性，把它切片以后，先放到水里泡他十来八天，让毒性消失了，然后才能做吃食。廷忠他这两筐木薯泡在芦苇底好几天了，这几天忙着帮东家赶车拉茅，没空去取，今晚老婆又催，才赶来捞回去。

他走到了河滩，转到背一点的地方去解小便，仰望着天空，月亮窜出云层来了，周围有一道光带。"明天要翻风！"廷忠打心里给自己说了一句。

这时候，突然听到有谁在河边附近说话，不觉一惊。向周围张望了一下，月光朦朦胧胧看不清。细细一听，才听明白是一男一女在交谈，心想："一定是工作队的人，躲到这里来谈情了。难怪花心萝卜说，他们男男女女在一块，没有好事！"好奇心指使着这位老实人，他顺着这两人讲话的方向，悄悄地走去。

就在露出水面的几块石头上，坐着一男一女。各人抱着各人的膝盖，扣着脚丫。月亮和人影都倒映在水里，看得很清，廷忠怕他们发现自己，就在离他们不远的地方蹲下来，看他们到底是干什么的，用心细听他们的谈话。

"你说说，这些日子来你的感觉吧。"是男人的声音。

"你呢？你有什么感觉？"女的反问。

"我看，我们的队长就是个经验主义，加上主观。"

"表现在哪?"

"那还不多得很，我看他就没有认真依靠老实的贫雇农民。"

"你这话讲得就不具体，他不是口口声声说要依靠贫雇农嘛。"

"谁是可靠的贫雇农，要我指名道姓讲出来也还办不到。不过，我认为他现在只听一个赵佩珍、一个梁正的话就很危险。"

廷忠听到这，心里松了下来，又失望，又满足。心想："原来是人家谈正经事! ……他们把梁大炮的牛头马面也看出来了!"

两人沉默了一阵，一朵白云从月亮上面掠过。

"我们工作做不好，不能很好帮助真正的贫雇农民翻身，大家都得担当一份责任。我们每个团员本身也应该多想些办法，帮助领导上了解情况，使他改变主观的看法。"女的停了半天说道。

"也许你是对的。"男的说。

"难道你不是这样想吗?"女的立即反问。

他们准备要走了，穿上鞋子，收拾手巾、肥皂盒。男的先跳上岸，然后回头伸手去接女的。

"我自己来。"女的随声轻捷地跳了上来，掠了掠头发，说："我们待的时间太久了。"

"是呀，我们一举一动都得注意群众影响。敌人正在造谣，老乡们要误会我们来谈恋爱可就糟了。"

"这点，别的人都还好说通，就是杨眉，老告诉她，她老是满不在乎，近来她同王代宗就像年糕一样，老黏在一起。"

"好好帮助她，对她要多费点劲。"

他们一边走，一边还在谈。

廷忠怕给他们发现，躲到竹丛后面去，让他们走过了才出来，对他们背影仔细地端量了一阵，终于认出那女的正是曾经到他家去取油瓶的姑娘，男的就是人家叫他小冯的。

"原来人家是一片好心!"廷忠透了口气。

廷忠站在河滩望着这两位年轻人走远了,才带着松快的心情向泡木薯的地方走去。那是一丛芦苇覆盖着的河湾,月亮暗淡,看不清彻。廷忠挽上裤腿蹚进水里,河水有点凉,他哆嗦了一下,拿脚去探了探,碰到筐子了,才挽起袖子弯下腰去,把压在筐子上的石头搬开,然后把筐子捞上来。当他挑起担子正往回走的时候,背后有人走过河来,他回头看一眼,没看清是谁,后面的人却拉开发哑的嗓门叫喊:

"是廷忠吧,慢点走嘛!"

说话的人就是花心萝卜,他三步两步撵上了廷忠,身上散发着一股酒气。

"哪儿去啦?"廷忠问,没有回头来看他。

"到岭尾去了。"花心萝卜半醉半醒地答了一句。

"又同谁喝的? 那样够瘾。"

"我是今朝有酒今朝醉呀! 依哟嗨!"花心萝卜避开对方的询问,竟唱起戏文来了。

廷忠放开步子快跑,花心萝卜在后头叫:

"慢点走! 我告诉你一个新闻!"

廷忠连头也不回地越走越远了。

"这真是,龙游浅水遭虾戏,虎落平阳被犬欺……"花心萝卜高一步低一步地走,东一句西一句地唱。

廷忠回到家,见屋里亮着灯,"孩子怎么的啦?"心里惊疑不定,急忙把木薯放下,推开门进屋来。卧房里点着油灯,孩子他妈坐在床边守着躺在床上的福生。等丈夫走到身边了,她才转过头来,拿忧愁而疑惑的眼光默默地望着他。廷忠避开她的眼光,伸手去摸小孩的额角。"好烫!"随口说了一声,脸色沉下来望着老婆。

"又到哪里去啦?"韦大娘望了丈夫一眼,受压抑地问道。

"不是到河边捞木薯，能到哪里去了？"廷忠在床头坐下，把挽起的裤腿放下来。

韦大娘舀来一盆水，找出双鞋来，让廷忠洗脚。嘴里叨咕：

"叫我去，三趟都回来了，去挑一担木薯，要那么半天工夫呀？"

廷忠没搭理她的话，把脚放进木盆里，一边洗一边问：

"孩子吃了点东西没有？"

"尽说些胡话，还吃东西呢，就是这一阵才静了一点。"

两人都没有说话。小孩轻轻地打着呼噜。

"睡了。让他好好睡过这一晚，明天到榕树奶奶那里许个愿，保佑他病好了，我们给榕树奶奶挂个红吧！"韦大娘怀着虔诚的愿望说话。

"再过几天就过年了，买香的钱还不知在哪里呢，你许了愿怎么办？"廷忠拿起鞋子，拍了拍灰土，然后穿上。

韦大娘过来端起木盆，往门外倒了，回来把门关了。用探询的眼光瞅着丈夫。廷忠见对方这样看他，感到窘惑。

"你看工作队这回真是能分田吗？"韦大娘低着嗓子问。

"你问这个干吗？"廷忠有点诧异。

"随便问问呗。"韦大娘又不肯痛快地说。

两人再看看孩子睡得还安稳，才熄灯躺下了。

"刚才我在河边——"睡下一会，廷忠觉得心里有个什么东西，又同老婆扯起来。

"唔，碰上谁啦？"韦大娘急切地追问。

廷忠把刚才听到工作队同志的话告诉了她。韦大娘听了，心事更沉，不做声。

"你怎么啦，睡着了吗？"

"没有。"

两人又断了话，小孩翻了个身又睡了。

"这些日子来，我的右眼皮老跳，拿来那些东西总是在心头搁不下。你说会不会连累到我们?"停了一会，韦大娘憋不住，这才把话说了。

"你领了人家东西，你就给人家担待去，我不管。"

"我担待就担待，这些吃喝穿戴，拿来也不单归我个人，你爱管不管由你。"

"拿去退还她。反正她家的东西再宝贵，我也不愿沾光。"廷忠的口气很倔。

"妈，口渴!"小孩醒过来叫唤。

韦大娘划根火柴点上松明，起来把刚才泡的凉茶拿来，让孩子喝下。

"不行呀！还是很烫。"廷忠摸摸小孩的头，忧郁地说道。

"明天还是到神树去许个愿吧。"

一二

清早。

东边天泛起一片紫红的彩霞。

太阳像个火球出现在苍翠森密的橄榄树梢，村庄里散发着轻淡的烟雾。铺在地面、草坪和树叶上的薄霜逐渐消失了。到河边挑水的，上山打茅、割草的人们，陆陆续续地出现在村边的道上。

全昭坚持她的习惯，每天这个时候，总是到橄榄树覆盖着的村道来走一趟，呼吸新鲜空气，做几个体操动作，然后回到队上开始一天的工作。

现在她在村头的大榕树下停住了。那里有一个人在树根下磕头。她轻轻地走到他的跟前去。这树根上挂着大大小小的红布条、红纸头，上面大都写着类似这样的字眼：

×× 生于 ×× 年 × 月 × 日，诚心寄拜榕树奶奶做妈妈，

取名榕生。

树根上凌凌乱乱地插着些香梗。现在，有三炷香还燃着，细细的灰蓝色的香烟静静地飘散。跪着的人对着三炷香叩头合十，口里喃喃地说了几句什么话。

全昭不敢惊动他，躲在背后悄悄地瞅着。这人许了愿站起来了。回头见到有人在他后面，怪不好意思地拘束起来，眼睛看着地下，不敢看对方的脸。"就是他呀！"全昭想起，这人就是她头一次去拜访的人。

"怎么的啦？家里——"全昭关心地问。

"小孩病了。"廷忠认出她来，不那样拘束了。

"得的什么病知道吧？"

廷忠摇摇头，低声说："不知道！"拔开腿马上就要走。

"等一等，我跟你去看看。什么时候得的病？"全昭边走边问。

"昨晚，饭没有吃，天黑就躺下了。上半晚还睡得下，到鸡叫以后，一直就发热，闹得叫人没法，来给榕树奶奶许个愿，看看能快点好就好了。"廷忠表现很为难。

"你先别难过，有办法。"全昭说，"我是学医的，会看病。"

"你？你会——"廷忠掉过头来看了她一眼。

"是呀！"全昭以充满信心和乐观的眼光告诉对方。

全昭跟廷忠到了病人的床前。韦大娘正在吃饭，见人来了，放下碗筷，过来说："别动，才静了一会。"

这时，小孩眼睛眯着，满脸通红，嘴唇干燥。全昭轻轻地摸他的额头，低声说："温度挺高。"随即在床沿坐下来，从破烂的被窝底下摸到病人的手，把了把脉。廷忠两口互相看了一眼。

"脉搏跳得很快！"全昭把病人的手又放回被窝里，转向廷忠和韦大娘说。

廷忠赶紧问："什么病？"

韦大娘拉了丈夫袖子一下，叫他不要再问。

"你们等一等，我就来。"全昭说完转身就走。

韦大娘又坐回灶边吃她的粥。廷忠也端着个大海碗舀了稀粥，拌进一点盐花搅了搅，再拿一小块姜，点上盐吃起来。

"我看是灵验了，你点上香出门去不一会，孩子就不再说胡话了。神明保佑他吧，给他脱了这场灾难，我们给神树送个匾也行呀。"

"总是不走运，快到年了，不是这事就是那事的。"

两口子正说着话，全昭急急忙忙转回来了。她拿来体温计，叫廷忠帮她挪

96

动小孩，让她给量体温。

韦大娘见廷忠把小孩裤头解开，让全昭把体温计放进肛门去，马上扯住他的手，说：

"这是干什么呀！孩子才好些，把他闹坏了可……"

"大娘，你请放心，坏不了，这是给他探病嘛。"全昭一边说，一边操作。

"好。治坏了，向你要人！"

全昭又伸手去把着病人的脉搏，一边看着向杨眉拿来的手表的秒针，没同韦大娘说话，全昭把完脉以后，抽出体温计来，走到门口对着亮一瞧，脸色沉了下来，转向廷忠说：

"三十九度八。烧得厉害，这里没有药，我现在给你写张条子，你把小孩送到我们土改工作团的医务所去吧。"

韦大娘马上睁着眼睛问："怎么？拿人去给扎针抽血呀？不能去。人要有命，不吃药也会好，没有命什么药也是没用。"

廷忠不做声，拿不定主意。全昭看了看这位固执的母亲，耐心地说道：

"大娘，小孩的病挺沉，救人要紧，还是送去吧！"

"我们走不惯公家地方，再说，也没钱取药。"廷忠终于为难地说，随即拖出个小凳子来，让客人坐。

全昭没注意到廷忠对她客气，只往这破陋、凌乱的小屋扫了一眼，又默默地看了看这位忧郁焦虑的主人，忽然坚定地说：

"我带你去。你们收拾好，我回队上拿点东西就来。今天一定得去，不然来不及了。"她说完就走。

当她回到队上的时候，张文正在同黄怀白教授坐在堂屋等待什么人，见她来了，劈头就问：

"你飘浮到哪儿去啦？"

"给老乡的小孩看病。"

"嗬，你这位未来的大夫，人道主义的劲头倒挺足，别搞出事故来，庸医误人，造成坏影响，可就难挽救呢。"队长拿出支烟往桌面敲了敲，带着嘲讽的神气瞅着她。

"我不懂人道不人道，只觉得见病就医。"

"社会的病根铲除不掉，个人的病你能治得完呀？"

黄怀白点点头，顺口说："是呀，是呀！那是不堪设想。"

"那，你看社会的病根怎么个除法吧？"全昭打算同这位队长辩论一场似的，站在他们旁边。

"那就是我们现在要做的土地改革运动，从根本上推倒地主阶级，好像这烟头一样，把它灭掉。"张文把烟屁股往桌面狠狠地弄灭了。

全昭看他这神经质的动作，有点好笑，但是没有笑成，改变了口气说道：

"消灭一种制度容易，改造人的思想可就不简单。"

"这倒是真话。"黄怀白又感慨地帮一帮腔。

"我们现在对这个村里还分不清谁是改造对象啊，改造什么呀！"全昭意味深长地瞟了队长一眼。

"我这就要商量划阶级。"张文向教授看了一眼。

教授含着烟斗，不在意地点点头。

全昭听说现在就要划阶级，心想："现在群众还没有发动起来，情况掌握不准，谁好谁坏混在一起，分不清。凭什么给人家划阶级定成分呢？"想到这，她不得不说：

"我们在省里不是听了贺书记讲过了吗？划阶级是土改工作的成败关键，群众发动到什么程度才能划，这应该请示团部批准才行吧？"

"我说同志，要说诊断病我是比不上你，要讲土改这一套嘛，说句不客气的话，那倒是我的老本行。你说群众发动到什么程度？那不能用体温计量得出来的，思想发动哪有什么底？农民嘛，小私有者，到什么时候也还有思想问题。"

"是呀，是呀，那是不堪设想！"黄怀白从嘴里拔出烟斗，往桌边敲敲烟灰。

全昭觉得再谈下去没有什么结果，就改变了口气说："这以后再说吧，现在我请个假，把老乡的小孩送去医务所。同时顺便向团总支汇报工作。"说完拿起挂包走了。

张文望着她走远去的后影，然后摇摇头对着黄怀白说："少不更事，真是您老说的，不堪设想！"

黄怀白颇为得意地笑道："哈哈，队长倒记上我的口头禅了。"

全昭又到廷忠的家，同他两口子说好说歹，总算把廷忠说服了，愿背起孩子同她到医务所去。

医务所今天要给同志们打疟疾的防疫针，特别忙。全昭对大夫说小孩可能是肺炎，一定得请大夫给诊，打针她可以帮忙。

"那，请同志们稍候一会吧。"大夫对着护士说。

"来的时候我给他探过体温，三十九度八。"全昭帮廷忠把孩子抱到病床上对大夫说。

大夫不做声，仔细观察病人的脸色，叫他张开嘴巴看了看舌头，沉着而冷静地解开了他的衣扣放进听筒，完了，叫护士抽血检验。然后，向家长问病人的病情。

"是肺炎。"大夫对着全昭说，马上又转问廷忠，"你这个孩子得过麻疹没有？"

"麻疹？"廷忠不大懂大夫的话。

"大夫问，小孩出过麻未曾。"全昭解释了一下。

"唔，出过一回了。那是正要割早稻的时节——"

"反正今天不让病人回去了吧？"全昭问。

"病人要留下观察。"大夫说，马上转问护士，"体温多少？四十度！"

"小孩留下，大人呢？"全昭问。

"大人不方便先回去也行，给病人安个床位。"大夫交代了护士就去招呼打针的事去了。

全昭拉廷忠到门外来，告诉他小孩病情重，大夫还要观察，今晚不能带回家了，问他有什么意见。廷忠犹疑了半天，不知说什么好。

"你要放心不下，你就留下来吧，我给你找个地方住。"全昭说。

廷忠说："反正也得要回去告诉孩子他娘，来的时候，她就不大情愿，现在把小孩撂下，她会闹翻天的。"

全昭同意他暂时回去，晚上再来。

他们两人走到土改团部的住地，全昭邀他到团部去喝了水再回，他很拘谨，说什么也不敢进去。

全昭亲切地望着他说道："那，你回头就到这儿来找我吧，我帮你找个地方住。"

这时候，有个同志站在团部门口留心地注视着他们。当全昭向团部门口走的时候，正遇上这个人的目光，两人不觉互相点了点头，都不做声。

这人有三十来岁，眼光显得深沉而亲切，眉毛特别粗，厚厚的嘴唇，额角突出，头发散乱，好像总也没梳过似的。这些一下子都给全昭留下了深刻的印象。"他也是工作团的吗？我怎么没有见过？"她自己问着自己，极力从记忆中去寻找这个人，可是想不起来。

团部里，副团长俞任远教授正坐在屋檐下的一张太师椅上晒着太阳看书，留在团部做秘书的几位教授、艺术家就在堂屋下围棋。全昭不觉皱了眉头，心想：

"这算什么帮助农民翻身，算什么自我思想改造！倒像是来休养了。"

俞任远发觉有人走到身边，抬起他的金丝眼镜看了一下。

"呵！我们的女战士归来了。怎样，这一仗打得顺利吗？"

俞任远是全昭那个大学的副教务长，哲学家、康德的信徒。五十多岁，瘦长，皮肤细薄而透亮，稀稀的头发，像只丹顶鹤。表面上对学习新事物倒是挺肯用功，每次会议，都埋着头做详细的记录，有时会后还找别人来查对笔记。他一到县城就在图书馆找到了这个县的"县志"。现在，他正在逐章逐段地披

100

阅。据他说，这就是做学问、研究问题的方法。凭这份资料就可以了解这个地方过去的面貌，不然，单凭眼前的访问，那只是个别的零碎的现象，不能作科学分析的依据。

"你现在看什么?"全昭问。

俞任远不做声，把书合起来让全昭看封面。

"还是抱着一本县志不放呀?"

"说起来你们都太年轻了。"俞任远感慨地说了一句，翻开手上的书本。

全昭不做声，心想："这些先生怎么都是这个样子呢?"

"同你们学医看病是一样的道理，诊断前首先必须问病历；我们做理论研究工作就得要了解过去的历史情况。"

全昭忍不住说道："但是我懂得，大夫看病，主要是把当时的病症诊断出来。"

"总之，病历你不能不问。"俞任远胜利地望着她。

全昭撅着嘴走了。俞任远从眼镜下瞅着她的背影，摇摇头，又翻开手上的书本。

下午，全昭帮医务所给同志们打针。有的人到乡下去没有在家，到吃晚饭时候还稀稀拉拉地打不完。

吃罢晚饭，医务所又催着大家，没有打针的都要打。全昭吃完饭洗了碗，抬头又遇见今天在团部门口的那对眼睛，这个人那样地注视着她。

"你还没有打针。"全昭可找到一句话来说了。

"我怕痛。"这人笑了笑。

"打针也算痛呀? 去吧，我给你打!"

这人终于跟她到医务所来。他默默地瞅着这位未来的大夫敏捷而灵巧地把注射液装进注射器。完了，她拿起注射器对他说道：

"来吧，挽起袖子!"

这人顺从地伸出胳膊来，背过脸去，不敢看。

"行了，不痛吧？"全昭敏捷地抽出了针头，瞟了对方一眼。

这人拉下袖子，腮边露着笑纹，不做声，转过身来就要走。全昭却叫住了他："别忙走，还有事呢！"

"这样麻烦呀。"

"填张卡片——我替你填吧，你——"全昭拿着笔望着对方。

"我叫杜为人。"

"几岁？"

"三十一。"

"还有，唔，好了。还要打两次，一星期一次，记着，今天是二月三号，打第二次应该是十号。"

"好麻烦呀，还要挨两针。"杜为人说完就走了。

"他是干什么的？"全昭看着他走出去以后，才向旁边的通讯员问。

"你还不知道？是第三中队的杜队长嘛。"

"他怎么那样怕痛呀？"

"你问他去呗！"

通讯员这句话，叫全昭怪不好意思地脸红了。

土改团的河对面是个小圩镇，两边的交通靠着小木船来回摆渡。圩镇上有卖米粉的，有卖纸烟杂货的，有卖甘蔗、香蕉的，也有理发店、银行和邮电局什么的，颇为热闹。土改团的同志，吃过晚饭经常过河这边来走走。现在，全昭要回队上去了，她最后一个赶上这一趟渡船。船上坐着十来个人，她扫视了一眼，看到杜为人也在那里。正好在他对面有个同志让出个空位来，她坐下后船就开动了。她和对面的杜为人眼光相碰，都好像有话要讲，但谁也不知从何谈起。一会，杜为人才盯着她问：

"这么晚了还赶回队上去吗？"

"要回去。路不太远，今晚有月亮。"全昭说。

"小孩的病怎么啦？"

"肺炎。"

两人又没有话说了。

船上，有人顺手拿着手巾往河里洗脸，有人赞叹这碧玉似的清水。

"你们中队工作进展得挺顺利吧？"杜为人终于又找到话来问。

"不见得。你们三队怎样？划阶级了吗？"

"没有。还早哩，群众还躲开我们呢，依靠谁划阶级呀？"

"可不是怎的！可是，我们的队长却主张这两天就要划了。今天我想来找郑团长谈谈，他又下队去了。"

"群众发动不充分可不敢划，特别是斗争对象，划了就得斗，要是斗错了，伤害自己人就不好。"

"我们也这样说了，可是我们张队长就是那样主观，不肯接受意见。"

"现在还没划吧？明后天省委贺书记就下来了，大概要开个干部会，布置下一步工作。"

"那就好了，我真是担心我们的工作走弯路。"

"喂，到了，上吧！"艄公叫了一声，船上的人纷纷站立起来，跳上了岸。

"再见！"全昭上了岸，回头看了杜为人一眼。

"再见！"杜为人深切地回应了她的目光，"你没有带电筒吧？"

"不要紧，月亮快出来了！"全昭说完，转身就走。

一三

全昭回到队上时，已经是晚上九点多钟了。队里继续白天没有开完的会，满满地坐着一屋子人。岭尾村小组的同志也来了。会议显然是已经开了一个时候，可是，大家都对着堂屋当中一盏煤油灯发愣，空气很闷。做记录的人，拿着支火柴梗悠闲地在剔牙。张文正在发窘，见全昭来了，便找到了打开僵局的话题：

"好了，取经的回来了。别的同志再想一想。现在让全昭同志先说说，请吧。"

"说什么呀？"全昭在钱江冷旁边坐下，睁着窘惑的目光瞅大家。

队长拿着家长的架子盯着全昭，用讽刺的口吻问："你不是到团部取经去的吗？"

"谁取什么经去啦？人家是帮老乡送他小孩去看病的。"

"见到郑团长了吧？"区振民关心地问。

全昭把团部的情况说了说。张文听完后，得意地说道：

"我不是说嘛，团部是个空家伙，经验证明，不到下层来是解决不了问题的。"

大家你看我我看你，都不做声。有的编辫子，有的剪指甲，有的张开大口打呵欠，有的掏耳朵。黄怀白含着烟斗，好像他不是在参加会议，而是在没有人的客厅里沉思。区振民拿左手轻轻地摸着眉，正在考虑问题。

"会议讨论什么问题？"全昭悄悄地问着身边的钱江冷。

"就是讨论要不要马上划阶级定成分的事。白天已经开了一天了，来回就

104

是这么几句话，烦死了。"钱江冷说完，张着嘴巴打呵欠。

全昭看了看钱江冷说："你累了吧？"

"没有什么，"钱江冷不好意思地摇摇头，"不过，我看这样开下去真是既浪费了生命也耗费了灯油。"

"谁有意见的再说一说嘛。"张文向大家恳求似地说道。

大家仍然不做声。

"大家都没有意见，我看就这样办。"张文又接着说，"为了争取时间，在清明前把土地分到农户，我们明天就开始划阶级定成分，不要拖拖拉拉了。各人都应该积极起来，掀起一个高潮。经验证明，搞群众运动冷冷清清是搞不起来的。"

区振民望了望张文，欲言又止。张文却问他："怎么，老区你有什么意见吧？"

区振民终于说："这样吧，长岭村的先试试看，我们岭尾那边，慢两天再搞，看团部有什么指示。"

"我刚才听三中队的杜队长说，团部最近可能要开会布置下一步工作。"全昭接着说道。

"布置不布置，反正土地是要分，阶级是要划的。好嘛，你们岭尾村慢两天也行，不勉强你们。大家都对人民负责，对党负责。"张文不大愉快，说道，"没意见，就这样办。散会。"

会议结束后，各人都走了。黄怀白一个人呆呆地坐在桌子旁边，重新装上烟丝含着烟斗，沉闷而苦恼地在想什么。副教授徐图见他神气不正常，便问他有什么心事。他说接到儿子一封信，叫他向学校坦白交代解放前同美国司徒雷教授的关系。不然，他就要大义灭亲，向团组织揭发他过去的事。

徐图不哼气，在他旁边坐下来，审视着他。

"其实，我同他也没特别关系，所作所为，有目共睹。要说我们有什么特别来往，那真是，哎，不堪设想！"黄怀白装得挺坦然却掩盖不了内心的焦虑。

"既然令郎提出来，那倒是个值得重视的事。"徐图说。

"是呀，我现在正在反省，过去的糊涂事可能是做了一些的，那是旧社会嘛，哎，不堪设想！现在是，十一点了吧？太晚了。我还要过岭尾去。"

徐图要留他住一宿，他怎么也不肯，一定要回，凄凄惶惶地情绪不佳。

"我送送你！"

两位教授静悄悄地往河边的村道走。月亮被云彩遮着，四周很静。

"革命对每个人的要求都是严格的，特别是我们这些受过资产阶级思想熏染得较深的人，真是非要脱胎换骨不可。"徐图一边走一边谈他自己这些日子来的感想。

"是呀，我们这些人，哎，不堪设想。"

"你老兄好像伤感起来了，消极是要不得的，从积极方面去多想才对。"

"事情不容你不这样呀，我们这些人就如同一幅油画，要把它原来画的刮掉，另外画上新的东西，那是办不到的了。"

"我看还不是这样，'哀莫大于心死'，只要自己下决心，什么都可以改变的。"徐图怀着信心鼓励着对方。

黄怀白不做声。

两位教授就这样各有各的心事，慢慢地往河边走去。

就在他们思索着新的思想道路的时候，在杨眉和全昭的屋子里，留下了女画家钱江冷。她说她怕走夜路，她说，从理智上说，她是不相信有鬼的，可是，在黑夜里特别是到荒郊野岭的地方，看见树影摇动，听见鸟叫虫鸣，精神就不由得紧张起来。抗日战争时期她在桂林乡下，有一回，也是赶夜路，听见一个什么怪声音，可把她吓得直哆嗦，路都不会走了。今晚虽然有月亮，而且还有几个同志做伴，她也不敢回了。这时，她同杨眉拿着灯到锅灶上去检查她们开会前就炖起来的排骨萝卜汤。

这是钱江冷最近的一个新发现，她发现这地方盛产萝卜，一角钱能买十来斤，猪排骨也不贵，每天晚上炖他一小锅排骨萝卜汤，尽可以弥补伙食中的营养不足了。

"确实不坏，味道挺鲜。"杨眉舀了一盅，喝了一口，赞美起来。

"不坏吧，你们都不会想办法，只会穷叫唤，什么缺少维他命C要得夜盲症啦！不要说你这位学医的大夫研究过什么营养学，还不如我画画的呢！"钱江冷好像完成了一幅杰作，挺得意。一边舀汤一边夸耀着自己。

全昭凑着床边桌上的灯光，专心阅读团总支发给的文件，没有留心她俩讲些什么。

一会，钱江冷端来热气腾腾的一碗汤，放在她面前说道：

"这碗给你！——别那么用功，把脑汁都绞干啦，脸上很快会出现皱纹的。"

"钱大姐，你——"全昭抬起头来，抱歉地望着对方。

钱江冷自己端着一碗坐在条凳上。她额角冒着点点汗珠，脸上显得红润一些。

"快成了老太婆了，还说什么大姐小姐的。"钱江冷嘴里虽这样讲，眼睛却似乎在问："是吗，我还显得年轻吗？"

"你就不显得老嘛。"杨眉凑到床边来坐下，细细端详这女画家。

钱江冷好像没有听到杨眉的话，低着头喝汤。

"人家本来就不老嘛！"全昭用眼睛盯了杨眉一眼。

杨眉觉得自己的话是说得过分了，有点不好意思；但是又不服气，瞅了钱江冷一眼，好像是说："难道不是这样吗？"

大家都没话说，各人喝各人的。屋外静极了，月光斜照到窗户上。

"人要老起来可快了，不注意，一下子就老了！"钱江冷把汤喝了一大半，用她随身带着的银勺子去捞一块排骨，细细地嚼起来。

"你今年四十几了？"杨眉问。

"三十八。"钱江冷马上声明，唯恐人家给她的岁数加码似的。

全昭又盯了杨眉一眼，杨眉吐了一下舌头。

"当初，我有你们这样年纪的时候，已经到法国去了。"钱江冷声音很低，自己跟自己说似的，眼神定定地瞅着油灯，埋在遥远的回忆里。

灯里的油已经不多，灯芯露在上面。全昭喝完了汤，拿油瓶来添上油。火苗又旺起来。

"我的兴趣太广了，没有专心。写诗，画画，弹琴，哪一样也学不精。"钱江冷继续在叹息。

"兴趣广还不好？像我这样，自己就不知喜欢什么好，糊里糊涂的。"杨眉说，默默地观察着这位女画家，为之羡慕的样子。

"你说没有专心，是自己不专，还是旁人捣乱呀？"全昭瞅着画家问。

"两方面都有。这是人生的陷阱，不小心就会陷进去了。特别是像你们这样，正当充满着芳香的青春，更应该警惕呀！"

"警惕什么？"杨眉瞪着两只单纯而天真的眼睛，"现在新社会了，周围都是革命同志，还有谁存心要害人的？"

"你真单纯得可爱呵，——唔，明早我给你画个头像！"钱江冷拉着杨眉两只手，仔细地盯着她的眼睛，好像新发现什么奇迹的样子。

"你还没有给我画呢。"全昭说。

"是呀！都得画。你们两人各有各的美。我说，要画画，对你应该是用紫色；画她，就该用粉红。是音乐的话，你就是一支深沉的抒情曲，杨眉却是一支交响乐。对不对？"

"嗨哟，你们还没睡呀！"门突然闯开，李金秀进来，看见她们几个，不禁诧异地嚷起来。

杨眉去端来一碗萝卜汤递给李金秀。

"你们谈的什么，那么热闹？"李金秀一边喝一边问。

"随便闲扯。你们又讨论了什么？明天我们长岭真的先划阶级了吗？"全昭问。

李金秀说，他们又同张队长谈了一阵，他还是坚持先走一步。理由是，群众运动也是在发展的，不能用老办法去硬套。

"那，他为什么老是说，经验证明、经验证明的?"杨眉说。

"是啰。"全昭说，"反正是我们不懂，你们都有经验，知道行不行。"

"睡了吧，工作总是谈不完的。"钱江冷又打呵欠，"杨眉，你同我出去一下，你们上厕所吗？一块去吧！"

杨眉拿着电筒同钱江冷出去了。李金秀把碗放下，望了望全昭，全昭早已用期待的眼光默默地看着她，意思是说："工作怎么办呵?"

李金秀说："团部刚来通知，说明天有省委检查工作组的同志要来我们这里了解情况。"

"明天就来吗？那好极了!"全昭情不自禁地拍起手来。

第二天，果然有省土地改革委员会的一个同志来到长岭，他叫韩光，是省"土委"的一位科长。北京来的土改工作团的同志到达南宁时他曾去接过头，有些同志都认得他是韩科长。他是个三十来岁的人，长得高大，一脸的络腮胡子。一来到村里，就找这个谈找那个问；见到老乡，不管老爷爷、老奶奶，大人和小孩也都找话同他们扯谈，好像他是这村的老姑爷，挺熟乎也挺亲切。但是，他发现也还有少数人躲躲闪闪，只说两三句见面话就断了头，再也接不下去了。"这里头有问题。"他想了一下，最后，自言自语地断言，"群众还没有发动起来。"

晚上，工作队开了一个会。由张文向韩光汇报，说是这个村的农户，百分之九十三点四都已经逐家逐户地访问到了，情况基本上摸得差不多，访贫问苦这一步算是提前完成了任务。现在正要开始转入第二步，划阶级定成分。张文讲了个把钟，罗列了令人厌烦的百分比，讲得眉飞色舞，自以为他的中队工作走到前头，这位从上级领导机关来的同志听了一定会感到满意。别的同志却用询问的眼光等待回答，意思是说："你看，这样行吗？"

韩光一尊佛像似的，不动声色，过了约莫五分钟，韩光才说："访贫问苦的目的，不是同新姑爷拜亲戚似的，认一下人，寒暄两句就算数了，主要是从里头去发现值得依靠又可以依靠的贫雇农。"

"那当然嘛，这十天来，我们不都是这样做的吗？你们大家都说说吧！"张文失望地扫了大家一眼。

大家都没哼声。

韩光看了看这个尴尬的场面，只好说自己才来一天，情况还不了解，不好说什么，待两天看看再说。会议就这样不冷不热地结束了。

散了会出来，小冯紧追在全昭后头，憋着一口气不说话。全昭回过头问：

"小冯，你要干什么？"

"你还看不出来吗？韩科长没有点头！"

"你打算怎么着吧？"

"我要找他去！"

"现在都快半夜了。你还——"

"我去看看情况。"小冯撂下全昭自己走了。

一早，小冯来找韩光谈他昨晚没找到机会谈的话。他说每天去访贫问苦，问来问去，都是那么几句话，深入不下去，不知怎办好。韩光也正在想这个问题，见这位青年人主动来找他商量，像走路碰到伙伴，不觉高兴起来，认真地端量着这位大学生。他长得英俊，眼睛流露着坚定而乐观；一身穿着北京蓝布做的学生服，给人留下朴实、艰苦的印象。

"你会犁田吧？"韩光想了想，突然问道。

冯辛伯摇了摇头。

"你坐下吧。"韩光自己还继续在想什么问题，没有敞开谈下去。

冯辛伯在他旁边坐下。弄不清这位科长是什么意思。

"你没有劳动过吗？"韩光又问。

"没有。"冯辛伯摇了摇头。

"我想，同老乡们一起劳动去！"韩光说，看了看这位青年人。

冯辛伯摸不着头脑，搭不上腔。

"你不是说老乡们不肯讲心里话吗？我们同他们一块到地里去干活，慢慢扯起家常来，搞熟了，他们就会把话告诉你了。你们谈恋爱是不是也这样？两人有了感情，什么话也肯讲了，对不对？"

冯辛伯含笑点了点头。

"对！我们走吧，你同我去。我们跟老乡到地里去帮他干活，能干多少是多少。"

出到村口，他们就赶上农则丰两口子。他一手抱着一条扁担，一手拿着一把柴刀，老婆挑着一对筐子，一头坐着两三岁的小孩，一头放着一小鼎锅稀粥和两把小镢头。韩光问他们到哪里去干活，农则丰说："还有一块荸荠没有挖，要在年前挖出来，不然立春一到就长芽了；顺便砍回担把柴禾，防备过年下雨没有烧的。"韩光和冯辛伯同农则丰一边谈一边走，不觉就到田头了。韩光向则丰要柴刀帮他砍柴禾去。开头，则丰不大肯给，后来见韩光是一番诚意，只好给了。韩光拿了刀和扁担，叫冯辛伯帮则丰看小孩，自己一个人就到附近小树林去了。

则丰向冯辛伯打听："你们这位同志才来的吧？没见过。"

"他是省里来的韩科长，跟县长平起平坐。"冯辛伯这样告诉他。

"是一个县长呀？"则丰诧异地和老婆交换眼色。

冯辛伯走去田边摘回几朵野花来逗小孩玩，教小孩唱《东方红》。

"你们不在学校读书，都来我们这地方干什么呀？"则丰想起什么事情来问道。

"来帮助你们翻身嘛。"冯辛伯不假思索地说了，但马上又觉得不妥帖，赶紧补上一句，"同时，也是来向你们学习。"

"是毛主席派来的吗？"

"唔——是的，是的！"

大约过了两个钟点，韩光挑回一担柴禾来了。则丰两口子都惊奇地瞅着他，好像新发现似的。"是一个县长呵！"则丰心想。韩光把柴禾放下，掏出手绢抹汗，坐在扁担上。则丰看了看他，说道：

"辛苦啦！口干吧，喝碗粥！"

韩光就这样同农则丰开始谈起来。从这地方过年的风俗谈起，谈到他家的情况，谈到一般穷苦人家过年时候的艰难困苦。

"年关年关，真是跟过关一样难呵！"则丰深深地叹气。

"穷苦人家才是这样，地主老财倒是巴不得盼到过年过节吃喝玩乐呢。"韩光说。

"那还用讲。"

"你们村里老财多吧？"

"有是有几个的——村里没有地主，田里也没有蚂蟥了。"

"覃家怎样？是大财主不是？"冯辛伯插上来问。

"要说他家的底细，韦廷忠最清楚，他两口子都是从他家出来的。"则丰说着把挖起来的荸荠往筐里扔，然后抬起头望了望太阳。

现在太阳已经从正南转到西南角了，小孩嚷着要吃粥。则丰老婆舀了一碗给他。

"廷忠就是——"

冯辛伯还没有把话说完，则丰就接过来说：

"喏，就是你们那位女同志带他把小孩去治病的那个。"

"啊，知道了！"

冯辛伯说着，把廷忠的情况对韩光说了说。

"他是个老实人，不做声，大伙都管他叫闷葫芦。"

"除了他，还有旁人知道覃家的底子的吗？"

"有是有，都是他一家子的人，谁敢讲他的二话。"

"你说人家廷忠的老婆就肯讲他的啦？"则丰的老婆这才插了一句，瞪了丈夫一眼。

韩光留心观察这两口子，觉得里头大有文章。但是，怕问得急了，反而把话头堵死了，不好再问。等到他们吃晌午饭的时候，才又拐弯抹角地把话引到覃家的事上来。

"覃俊三没得罪什么人吧？"韩光问。

"地主老财不得罪人就同狗不吃屎一样了。不得罪人哪能成了地主老财？"

"你们村里谁同他过不去的？"

"苏伯娘就是一家，不过，这已是二三十年的陈年旧账了。当时她儿子也同你们一样，闹共产。覃俊三就凭他当的团总那个狮子头，耍起威风，把人家害成孤儿寡妇。"

"苏伯娘？她儿子叫什么？"冯辛伯问，掏出笔记本记下。

"苏民！"

"你别逞能干，好像什么都懂，人家工作同志还不会自己去打听呀！挖吧，今天又挖不完了。"则丰老婆见冯辛伯要记笔记，马上制止丈夫再说下去。

韩光同小冯交换了一个眼色便没有再紧问下去，用旁的话岔开了。

晚上，韩光问冯辛伯有什么感想，冯辛伯说："收获很大，十天来老觉得这地方像个迷宫，现在可找到一条通往迷宫的线索了。"韩光说："一条线索还不够，还得找。用这个方式去找，到田头，到地里，到山上，到劳动中去找，不能只满足于登门拜访。"

小冯听到韩光这样一说，好像是找见了钥匙，高兴地跑去告诉全昭，两人都高兴得不得了。全昭知道苏伯娘明天要去地里刨花生，他们就决定明天跟她到地里去。

一会，冯辛伯借了两把刨花生用的小锄头回来，张文见到他，劈头就问："我的老弟，你这是想干什么呀？你一个大学生也想到地里捡洋捞？"

小冯又好笑又好气地说不上话来，和站在旁边的韩光交换了目光。韩光幽默地说："他这是给贫雇农挖穷根！"

"我真不懂你们在耍什么花招！"张文愤愤地说，"时间宝贵得很，别浪费

113

年月了！你们这都是脱裤子放屁。"说完他就走开了。

小冯眼睁睁地望着韩光。韩光说："不管他，照你的主意做去吧！明天——"

"明天，我们帮苏伯娘刨花生去。"小冯说。

"要得!"韩光仔细地端量了他一眼，点了点头。

全昭拿来一把锄头，见到冯辛伯就问："小冯，锄头找到了吗?"

"借到了，喏!"小冯举起锄头给对方看。

一四

麻子畲的黄昏。

落日慢慢地隐没于远山的后面，西边天出现一片紫红的彩霞，鸟儿飞回村边的树林来了，玉带般的江面，远远地漂来三五片白帆，看牛的敲着木梆，往村道驱赶着牛群，一切都呈现着村野冬日的宁静。

小学校的草坪上，今天顿然热闹起来。土改团要在这段访贫问苦工作中，进行一次小结，休整一下，讨论下一步棋怎么个走法。整团的人马除了留少数人在村里继续工作外，大部分都回到这里来了。虽说大家才分开了两个来星期，却像隔了十年似的，感到特别亲热。我说你晒黑了，你说我变胖了。有的从邮局拿到了邮包和信件，里头有慈母织的毛衣，有家人买来的罐头，有同学报告校中进行三反运动的情况，有爱人倾诉的相思；有的人则津津有味地谈论十天来在乡下的所见所闻；有的人却欣赏用自己心爱的围巾换来的绣着壮锦的头巾。……人们三三两两，有的在草坪上走着，有的在树根坐下，谈着，笑着，有的却在轻轻地歌唱。

杨眉的爱人从朝鲜来了信，说他们过了鸭绿江不久就编成几个医疗队下到师团去，配合着部队经常在火线上活动，有时紧张得吃饭睡觉都顾不上，开头有点不安、恐惧，可是，慢慢也就习惯了，胆子也大了，好像学会了溜冰的人，上冰场就不再那么提心吊胆的了。最后，这位爱人用着充满乐观的词句，代替他爱情的呼唤：

……眉！你还记得我们在中山公园那次的谈天吧？现在我们都投入战

斗的生活中来了，多幸运呵！应该感激组织上给我们的安排。眉，摇篮式的生活过去了，让我们在时代的熔炉得到锻炼吧！让我们比赛：看谁在为人民服务的征途上打先锋……

杨眉看着看着，心口不禁跳起来。那清秀的总是给人愉快的脸庞，那洋溢着热情的眼睛不觉来到她眼前："他是那么天真，又多么乐观而上进啊！我怎么告诉他呢？我能说我来这里后悔了吗？我怎么好意思向他讲泄气话？但是，我又怎能撒谎，不讲真心话？……"她把信放回信封，眼睛定定地瞅着落叶的木棉树，几只乌鸦停在树枝上彷徨，似乎寻找不到栖息的窝。

"你一个人在想什么？"一个声音在她背后叫唤。

她回头一看，是王代宗，他已经在她身边的草地上坐下来了。她马上扭过头去，望着横在面前的远山，不说话，用手使劲拔着草。

"想家了吧？谁的信？"王代宗死皮赖脸地表示殷勤。

杨眉迅速地把信塞进口袋去了。

"呵！一定是——他的信！不是有什么意外吧？"

"你让我安静一会好不好？"

王代宗偷偷地瞟她一眼，她态度凛然，叫人一碰就会被打烂似的，两人都不讲话。

"哎！'我们失掉了一个冬天！'"

一会，王代宗独自念叨着丁牧的那句诗。

"喏，你几时变成了一位诗人了？"杨眉扭过头直瞅着他，叫对方不好意思起来。

"诗人？我才看不起他呢，依我看来，诗人最没出息，无病呻吟，哼哼唧唧的。我不是诗人，也能信口诌出几句来。"

"你真是讲话不要老本，说话不嫌害臊。"

"你别小看人，你听吧！念给你听。"

116

"念吧!"

这时,冯辛伯急急忙忙地走来,开口就问:"杨眉,见到全昭没有?"

"谁有空管你的全昭?"杨眉没有好气地站起来,瞪了对方一眼。

"什么我的你的?——无聊!"冯辛伯看看王代宗在旁边,更加火起来,转身就要走。

"慢点,小冯——"王代宗霍地站起来,扯了冯辛伯一把,"你找全昭不是吗?你问我嘛,放着土地庙不拜,哪儿找去?"

"人家有事情要商量。唔,她在哪儿吧?"

"你先说说,明天是不是要开大会?"王代宗流露不安的神情。

"是呀!"

"要讨论什么问题?"

"整风。"

"整风?整什么风?"王代宗更加不安了。

"检查飘浮作风。呵!全昭!"冯辛伯见全昭正从医务所送一个背着小孩的老乡出来,马上跑过去同她说了什么,两人就往团部的那个方向走去了。

"整风,飘浮?花招真多!"王代宗自言自语地喃道。

"整风,怎么样?害怕啦?"杨眉又恢复她的劲头来了,用挑战的眼光盯着对方。

"我什么都不怕。"

杨眉认真地看了看这位穿草绿色的美国式夹克的退伍青年军,说道:"嚯,你倒是像个打过仗的人。"

"现在是英雄无用武之地了!"王代宗发起感慨。

杨眉没有搭腔。两人默默地走了一段路。杨眉拿脚踢着掉在路边的一只小红薯。

迎面走来了几位土改团的负责同志。他们都盯着王代宗,王代宗想躲开已经来不及了。忽然,他机灵地蹲下来,故意系着鞋带,让他们走过了再站起来。杨眉看了不禁失声而笑。

"你笑什么?"

"我说,你不是要比木棉树吗?"

"你知道它是怎样一种树?"

"这你考不倒我,我是广东佬,还不认得木棉树的外号——叫英雄树是吧?什么英雄,我问过做木工的老乡,说是木棉树的木材最次了,同鸡脯的肉似的,松泡泡的,最易烂,不成材的东西,还说英雄呢!"

"好,你挺会骂人。你自己是什么?"

"你说是什么?"

"你是——对不起,是很好的一盘菜,就是没有搁盐!"

"去你的吧。"杨眉生气地跑了。

杨眉走掉以后,王代宗好像手里掉下一件什么东西似的,顿时感到孤独而悲哀。无意识地往口袋掏烟卷,烟卷包都是瘪的,不觉懊丧地掷掉了。

天色渐渐黯淡下来。王代宗一个人走到河边,想过对河去买烟,渡船却在河对面没有开过来。他犹豫了一会,没耐心等,懊丧地拖着脚步慢慢地往回走。"刚才小冯说什么要整风,反飘浮,究竟怎么回事?"他脑子尽在为这个问题打转。终于走到团总支的地方来。这是农会的一个房间,纸糊的小窗口透着灯光,里头有人谈话。他屏住气,停在窗下偷听。

"……这,王代宗就是个典型!"小冯的声音。

"杨眉怎样?"谁问了一句。

"她表现也不妙,怕吃苦。思想倒还没有王代宗那样——"全昭的口气。

"他俩老在一起。"又是小冯的话。

突然,一道电筒的光柱在大门口摇晃,王代宗迅速溜走了。这时他更加焦躁,也不想回住处,到学校操场走了一圈,那里空空荡荡,他感到一阵寂寞无所依托。寒星在灰蒙蒙的夜空闪现,冬天的乡村格外寂静。

"到团部看看去!"他走了两转,自己对自己说,随即往土改团的办公地方走来。

这里，几个教授加上钱江冷和诗人丁牧正在打桥牌。黄怀白在旁边含着烟斗，心不在焉地翻开报纸看标题。

"你们都不用心打，没有意思。"钱江冷说，"我提议，谁输了谁请客，明天到圩场买萝卜和猪骨头来炖汤，请大家会餐，怎样？"

"讲今天的吧，明天就要反飘浮了。你这个萝卜汤的杰作不早收起来，依我看，也算是一桩呢。"

"喂，老兄，你知道吧，什么叫飘浮？我还在打迷糊呢。"

"那还不好懂：飘者空中飞舞而不落，浮者水上漂泊而不沉之谓也。直言之，工作不深入，作风不踏实，对不对？请我们的诗人给指点指点吧！"黄怀白说了话，又含起烟斗，慢条斯理地划着火柴点起烟来。

"别客气！别客气。"丁牧不动声色地全神贯注着手上的纸牌，"红桃 K 吗？是我的了。"

大家都放下纸牌，嘘了口气。

"怎么，白公来一下吗？"谁叫了黄怀白一声。

"你们来吧，我——"

"你老兄是在看你们的燕京校刊吧？学校的三反搞得挺猛呵！老潘已经有人点了一下，下文如何，还得听下回分解。"

黄怀白说："老潘那件事情算什么呢？不堪设想！"

钱江冷洗好牌放到桌中间，伸出胳膊来把牌按住，看了看大家问道："谁输谁请客，都赞成吗？"

"你们还玩呀！早点睡，明天好开会吧！"门口进来的是俞任远和徐图。

王代宗悄悄地走了出来。大半边月亮挂在高大如盖的杧果树梢，夜已深沉。

土改工作团全体干部会议开始了。开头，郑少华团长作了一个报告。报告的头一部分是总结十天来访贫问苦工作的经验，同时也指出工作队思想作风存在的问题；第二部分提出下一步的做法：强调继续深入，坚决执行依靠贫雇农，团结中农，孤立富农，打击地主的方针。在存在的问题上，报告中反复举出了好些作风飘浮、怕艰苦、深入不下去的生动例子。虽然没有指名，杨眉却觉得是说了她，感到难过，几乎要哭了；王代宗和黄怀白也都感到是指他们说的。但王代宗却不在乎，只是拼命地抽烟；黄怀白觉得这个不指名的批评，对他来说，只不过是皮肤上划破一个小口，不是什么心腹之患，学校三反的消息倒是令他坐卧不安。几天来都没有睡好，现在，他的下眼皮浮肿得像只小桃子。

"……我们有的先生，"郑少华翻开他的报告稿的下页，继续说下去，"响应党的号召，千里迢迢地来到祖国的南方参加这场阶级斗争，是不容易的，值得尊敬和欢迎的。来了之后，一大部分的先生表现虚心学习，深入群众，也是好的。可惜有少部分同志，他们未能做到遵从毛主席所教导的那样，先做群众的小学生，然后再做群众的先生。不是依靠群众，深入下去寻找我们所应该依靠的力量，而是躲在屋子里，从田赋花册去寻找贫雇农，从旧的县志里去找掌故。同志们，这种做法正是所谓按图索骥，其结果，千里马保证是找不出来的。大家都懂得，不少的地主把农民的田抢走了，田赋还是要农民年年替他缴纳；情况往往是，拥有很多田地的地主，赋税很轻，田地很少的农民赋税负担却特别重，这已经是众所周知的常识了。"

郑少华一口气讲到这，停了一下。

"是啵，这倒不假！"有人唧唧喳喳地低语。

"分析得对！"徐图同旁边的区振民说了一句，区振民点了点头。

"其次，我们的同学和各位老师大部分都是好心的，但是方法不对。"

作报告的人转了一下，继续说下去："要知道，有了正确的方针，必须跟着要有好方法来贯彻，方法不对，就不可能保证达到预期的目的。"

"是，郑团长说对了。方法问题，方法问题。我们经验太少了！"俞任远低声同旁边的韩光说。

"主要还是立场观点。"韩科长怕影响会场秩序，只简短地说了一句。

郑少华继续大声说下去：

"……我们团委会讨论了这些情况，认为目前影响我们深入的是飘浮！我们一定要来一次反飘浮，扭转这股歪风，工作才能顺利展开。同志们不是想快，要争取五一回到天安门向毛主席报喜吗？要快，也只有这样改进才能办到，不然，工作就会走过场，出现夹生现象。煮过饭的同志都知道，夹生饭再煮就麻烦了。"

"郑团长真是群众运动的专家呵！"俞任远感动地同韩科长说道。

郑团长报告以后，会议分小组进行讨论。各人根据报告的精神联系检查各人在这段工作中的思想、工作作风。在区振民的中队里，开头，大家一个个地进行了自我检查，空空洞洞。但是，都只讲道理，扣上几顶帽子，说什么群众观点不够啰，没有做到艰苦深入啰，等等。不深入，究竟表现在哪些行动上？不深入，又是什么原因造成的？这些，谁都不肯联系实际行动，不肯暴露思想；各讲各的，相互没有交锋。会场空气十分沉闷。会议开了一天，到快要散会时，区振民说，晚上再继续开，问大家有什么意见。

钱江冷说话了：

"再这样谈下去，你说的和他说的都是一样的话，听起来怪腻味。除了主席和做记录的，我都怀疑有人愿意听。"

副队长区振民说："那好嘛，下一次的会改变开法。把问题集中，大家讨论。不要交公粮似的，各人讲各人的。我们是提倡集体主义，办集体事业的每个人都是集体中的一员。对旁的同志有意见也可以讲，目的是治病救人，推动进步，为了工作开展。"

"赞成！"小冯响应得很干脆。

杨眉眼皮跳了一下，默默地瞅着他。

121

会议的第二天，各中队各小组的发言逐渐集中在思想作风比较突出的几个人身上了。思想斗争的气氛弥漫了整个工作团。被点名批评的人表现不安，凄凄惶惶；有类似这种作风表现的人，显得苦闷、紧张，特别敏感。休息时的歌声和笑声少了，邮局、糖果店的门口冷落了。

黄昏，徐图和俞任远、黄怀白几个教授和诗人丁牧在河边散步，各人的心情都很沉，谁都希望有人讲点什么，或者自己正在想找个什么话题来打破难堪的沉默。过了好久，徐图终于说道："知识分子要同工农群众结合，可不跟和面一样容易呵！"

"好像有谁说过这么一句话，知识分子要干革命是要带血和泪的。"

俞任远抬起头望望沉没到山后去的太阳，说道："喇嘛入教要在头顶上烧七个疤，基督徒要受洗礼，干革命也难免要思想改造吧！"

黄怀白言不由衷地喃道："不堪设想！"

"旧时代的农民年关不好过，如今我们过社会主义关的滋味也真是够呛呵！"俞任远不免感慨起来。

"大家都太感伤了，这，和当代精神不调和吧？"丁牧说。他捡到一颗晶莹如玉的卵石，放在手上玩弄。

正是这时候，在另一个地方另一部分人里头，却挺活跃。青年团总支书记在工作团的党委指示下，召集几个骨干来开会。小冯首先抢着说："帮人帮到底，我们小组打算继续帮助王代宗认识，通过对他的批评来教育杨眉她们！"

全昭说："我看，王代宗这同志只在小组批还不行，得拿到大会上去批判，让更多的人教育他。"

团总支书听了，眼睛一闪，觉得也是道理，拿他做面镜子可以照见更多的人。最后，他征求别的中队的同志有什么意见。大家都认为王代宗这种表现有它的代表性，同意拿到大会上批判。

全昭回到宿舍的时候，杨眉还没睡着。钱江冷坐在床边拿着没读完的《简·爱》，也不看，只望着已烧了大半截的洋蜡发愣。见全昭来了，才转过头来凝视这位叫人喜欢的姑娘，问道：

"全昭，你说说，知识分子同工农群众结合，是怎么个结合法？"

"怎么结合呢？我也不大懂。我想，就同交朋友一样吧。"

"交朋友又是怎样呢？"钱江冷歪过脑袋来盯着全昭。

"不懂。——唔，这应该是你答复的问题嘛。"全昭避开她逼人的眼光，不好意思地说。

"对，对，钱大姐，讲讲你的罗曼史吧！"杨眉忽然兴致勃勃，凑上来向钱江冷恳求。

"我的那些事情已经是明日黄花了。说起来多不好意思。"

"讲一讲，讲一讲！"杨眉霍地坐起来，用期待的眼光望着对方。

钱江冷虽说是不好意思讲过去的事，心里还是愿意说的。何况杨眉一定要她讲，终于讲开了。

她说，她现在真是还不懂得怎样才算交好一个朋友。年轻时候，虽然不断有人在自己身边转。当初，也没有什么特别感觉，有的人同在一块玩玩，不见面也就不想他了，有的人却很黏人，在一块时不见得挺亲，可是不在一起的时候就老想他，总是希望在一块多待一会。后来，在这些人当中，有两个人慢慢地和自己特别亲密起来，一直发展到成天在一块，离不开了。在一起时，虽然要闹些别扭，但是下一次见面又好了。这两个人，各有各的特点和爱好，个性都很突出。一个是学音乐的，热情、活泼，长得清秀，风度潇洒，谈吐文雅；一个是寡言沉静，嗜好科学，为人真诚、庄重，对人亲切殷勤，无微不至。这两个人同样使得她感到可爱，离了哪一个，都会感到是一种缺陷。两个人对她，同样是倾心爱慕的。从中学到大学都在一个学校读书；后来到法国，他们也还是常在一起。"三个人不能老都在一起呵，究竟同谁在一起好些呢？"正是她过二十三岁的生日那天，当客人都走散了，她最后送走了这两位朋友回来，倒在床上，想起这个问题，她发觉为难了。觉得，这两人都需要她，正如她需要他们两个一样。她要是同其中的一个结婚，第三者一定会不幸，痛苦将随伴他的终身。"怎么办呢?"她反复地问着自己。苦恼就像一张网,捕捉了她青春的梦幻的翅膀。最后,经过多少不眠的夜晚的煎熬,流了不知多少眼泪,花费了多少的光阴,她终于毅然地从这个自己给自己罩上的网里跳了出来,同另外一个人结了婚。现在,那位音乐家还没有结婚,科学家留在国外,至今不知道消息。……

杨眉和全昭听到这里,心口像压下沉重东西,想说什么,却说不出来。第二支蜡烛已经烧到头了,在搁蜡烛的口盅底上淌下汪汪的烛泪。

"就这样,我们的友情冻结了!你们看,我怎么会懂得交朋友呵!"钱江冷以凄凉的目光望着全昭。

全昭说:"我想,同工农群众交朋友是不需要那么复杂、那么细致的感情的。"

屋前的公鸡突然喔喔地啼叫起来。

"哎哟!鸡叫了,快睡吧!"杨眉迅速钻进被子去了。

全昭说:"金秀还没回来,今晚他们又是加班了!"

钱江冷说:"像金秀他们那样,同老乡一下子就混得挺熟,算是结合了吧?"

全昭默默地望着她点了点头。

一五

土改团的会议开到第五天，省委书记贺寒桥来了。上午，他深入小组去听大家讨论今后的做法；下午，工作团向他汇报。会议进行了一阵，外面就有人吵闹起来，声音越来越高。

"你停一停，外面怎么回事？"贺寒桥打断郑少华的话。

立时，通讯员进来报告说，外面来了一些群众，说是要见郑团长。郑少华起身就要往外走，贺寒桥制止了他，说：

"你先别去。杨秘书，你出去问问，是怎么回事。"

贺寒桥态度沉着、老练。大家跟着静下来，默然相视。气氛紧张。

"你继续说吧！"贺寒桥沉着而镇静地对郑少华说。

郑少华接着讲了两句，杨秘书回来说，长岭村的一部分群众来请愿。说是中队长张文飘浮，脱离群众，把人家中农划成了小地主了；态度又不好，动不动就骂人，官僚作风。一定要见郑团长，不然就不回去。

"你看他们都是些什么人，都是贫雇农群众吗？"贺寒桥盯着杨秘书问。

"出头讲话的那一个，样子像个学校老师，另外有好几个是流里流气的，不像真正老实的农民。"

"应该说，就不是农民。"贺寒桥蛮有把握地说。

省委书记的态度引起俞任远他们几位教授的注意。看他不过四十来岁，处理问题却如此果断、精明，像个临危不惧、久经战场的将军。

"我们要求郑团长出来答复问题！"

"反对张文飘浮！"

一阵口号声在屋外面喊起。

"暂时休会吧。这场戏非得老郑出台不可了。诸位可以看看，阶级斗争可不简单哩！"贺寒桥说完，大家离开座位，急着到外头来看看是怎么回事。

"贺书记指挥过队伍吧？"俞任远走到贺寒桥旁边递给他一支纸烟，又敬佩又好奇地问道。

"唔，没有。"贺寒桥微笑，摇摇头。

俞任远诧异地看了看对方，由衷敬佩地说道："看你倒像是久经战斗的指挥官。"

这些所谓请愿的群众，都坐在小学校的草坪上，有的人无精打采，有的正在看蚂蚁搬家……只有少数人气势汹汹地来回鼓动喊口号。小学教员梁上燕是个活跃分子，他手上拿着一本《土地法大纲》和一本《阶级分析》，口沫飞溅地向被他煽动而来的群众讲解；其中也有赵佩珍和梁正，他俩不大露面，只在人群中间嘀嘀咕咕，怂恿着旁人。

小冯和全昭挤到群众中去找了几个样子比较老实一些的人询问到底是怎么回事。他们直摇头，似乎不敢多说，再问得紧一点，他们就说，详细缘由，问梁上燕才知道。说是他叫大伙来的，什么事也不明白。全昭和小冯正好跟梁正打了个照面，小冯问他怎么回事。他故意说，大家都不懂怎样划阶级、定成分；问到他们干部头上，他们说自己也不明白，叫大伙到张队长那里去问。张队长骂了他们。大伙都说要到团部来请示。他个人也没法，只好同大伙一道来了。

小冯问："大家都是自愿来的吗？"

"自愿的吧，不自愿谁能把人拉得来呀。按着牛喝水还不容易呢，强迫着人还行？"

小冯说："强迫人当然不行的，不过，上当的人也总会有。"

梁正掏出烟卷来，往嘴上叼了一支。态度十分傲慢地说道："那，你要不信，打听别人去吧！"

一会儿通讯员来到群众当中问，哪一位是梁上燕和梁正，郑团长请他们进屋里讲话。梁正向梁上燕摆了摆头跟通讯员去了。

全昭同小冯说："别的中队都没有这样，就是我们中队——"后头一个生疏而又熟悉的声音，冲着插嘴说道："你们中队好嘛，把问题暴露出来，才好解决哩。"

全昭和小冯回头一看，有个同志向他们走来，一双和善而深沉的眼睛紧盯着他们，叫全昭怪不好意思。

原来他就是第三中队队长杜为人，他对着他们问：

"哪一位是傅全昭同志？"

"我就是，什么事？"全昭眼睛里闪现着光辉。

"就是你吗？上次见面忘记问你的名字——郑团长叫你同我到长岭去一趟，了解那边到底是怎么回事。晚上十点以前要赶回来汇报。"

"好，小冯，你晚上再找杨眉谈谈吧！她情绪还不稳定。杜队长，你等一等，我去拿电筒就来。"

全昭说完就走。

晚上，土改团继续开团委扩大会。贺寒桥听郑少华继续汇报，完了，才让杜为人报告他到长岭村去了解的所谓群众请愿的真相。"这次全团干部大会开得好，开得及时。"最后，贺书记说，"好的经验总结出来了，问题也暴露出来了。应该感谢王代宗同学和长岭村今天来请愿的人。他们是我们工作中的两面镜子，把我们自己身上的缺点以及旁人给我们脸上抹的灰，都照得比较清楚了。"他停了一下，望了大家一眼又说："王代宗同学他们的思想作风是错误的，起码为人民服务就不踏实；张文同志主观，脱离群众，工作方法不对头；他是老同志，对他要求就要严格一些，否则，就不能使运动大踏步前进。当然，阻碍运动发展的路障还是在敌人方面。敌人还是千方百计地妄图垂死挣扎，要同我们较量。这就需要我们警惕，需要我们懂得从哪些方面去改正我们的缺点错误，克服工作中的困难。"

"至于下一步怎么走的问题，"他喝了一口水又继续讲下去，"听了少华同志汇报说到韩光同志在长岭村采取的田头访问、从同劳动中跟贫雇农谈心的办法是对头的。人，只有共同的生活才可能有共同的语言。俞教授，你说对不对？"他望了俞任远一眼，"我建议下一段会议请韩光同志向大家报告一下他是怎样深入群众调查了解，怎样同群众同甘共苦，怎样在贫雇农当中扎根的。然后，请大家展开讨论。只要各人思想都通了，行动起来，就会是一股势不可挡的力量，工作马上就会出现新的局面。

"具体做法，拟出一个这样的口号：同食、同住、同劳动。跟贫雇农群众做到'三同'。明天先由少华同志作个发言，然后，请韩光同志报告他的体会，完了让大家展开讨论，提出比赛，搞得热闹一点。这是一场革命，要推翻几千年的封建制度，非得大张旗鼓，轰轰烈烈地大干特干不可。冷冷清清，散散漫漫，那是搞不开的。"贺寒桥最后把话讲完了，看了看大家。

"三同，——同食、同住、同劳动，可以的吧？"俞任远看了看他刚记下的笔记，抬起头来，望了望大家说："贺书记对我们工作分析得十分精辟，太好了。我本人由衷地响应！"

"黄教授你看怎样？"贺书记向坐在旁边的黄怀白问。

"我，——可以的。不过……就是久不久要闹点胃病，同食——"黄怀白带着愁绪万千的神色，讲话半吞半吐；但看见坐在斜对面的俞任远盯着他，马上改变口气说："不过，问题不大吧，可以的。"

"江冷同志行吗？你这位画家，这一回该把这个美丽的风光画他几幅好画了！"贺书记怕冷落了哪一位似的，留心地关照到每个人。

"同吃没有什么，吃东西嘛，不拘什么都行——"

"反正她有萝卜汤喝。"徐图压着嗓子同旁边的杜为人说笑。

"我就是有个小小的毛病，同住，恐怕不习惯……"钱江冷作了极大的努力，终于把话讲了，脸上不觉红了大半。

"你们两位团长看怎样，年纪大又有病的老师，实在有困难就不要过于勉强吧。"贺寒桥望了望俞任远和郑少华。

"对对，年纪大又有病的，可以考虑。"俞任远用食指斯文地往上推动他的金丝眼镜。

"刚才贺书记说要我在大会介绍经验。我看，让北京来的同学冯辛伯讲一讲，作用会大些，我们是在一起干的。"坐在角落的韩光伸着脖子说。

"刚才同我去长岭的那位女同学，她讲她同老乡接近的情况，我看也不错，让她也讲讲。"杜为人补充说道。

"你说的是傅全昭吧？她工作不错，交了不少朋友。"区振民搭上腔。

"两人都是我们北大的，一个学工，一个学医。"俞任远感到是自己学校的学生，不免得意。

"同意贺书记的指示。明天继续开会。"郑少华说，"老韩，你明天讲一讲；振民同志转告冯、傅两位同学准备一下，现在，时间，哎哟，已经一点多了。没有意见就休会吧。"

散了会出来，丁牧和黄怀白、徐图他们都不做声。回到住宿的地方，丁牧才自言自语地喃道："同吃、同住、同劳动，哼，这一下子非要脱一层皮不可了。"

"不堪设想！"黄怀白在床上默默地坐了一阵，从嘴里拔出烟斗来往床头磕了烟灰，然后开始脱衣服睡觉。

"随遇而安吧！"徐图说。

"怎能安得了？要你天天同农民去割茅，刨荸荠，磨谷子，舂米，挑粪……"丁牧一连数了好些活路。

"你们不要灯了吧？"黄怀白吹熄了灯，然后悄悄地压着嗓子说，"老实说，我脑子还是想不通，老百姓那样落后，有的简直是愚蠢，叫我们这些人跟他们'三同'，能同得了吗？"

"你老兄讲话把灯吹灭了干什么？我也有个小小的毛病，睡觉前一定要读几页书。"丁牧拧开电筒，找洋火点燃他床头的蜡烛。

"凭你这个习惯就不能'三同'。"

"那，没有办法，特殊情况，要做特殊处理。"

"钱江冷也说有个小毛病，为什么你们搞文学艺术的，总是跟旁人不大一样，怎么回事？"徐图找到新的话题，兴致勃勃地向丁牧发问。

"怎么不一样？没有多一个嘴巴吧？"

"嘴巴倒是不多一张，讲话却总是带刺似的，叫人不好受。"

"世界上昏庸、麻痹的人太多了，你不刺他一下，清醒不过来；卑鄙的心肠太黑，你不剥他假面具，别人就看不出他的狰狞嘴脸。……"

"老兄，你简直是在朗诵你的大作了。"黄怀白不耐烦地把身子向墙壁转去，拉一拉被把脑袋蒙住。

"照你这样说来，诗的作用太大了。"徐图说。

"王婆卖瓜，不是诗人的本色。好的诗，也只能如你每天要吞几粒多种维他命，不能当饭菜吃。巴尔扎克把他的小说比作拿破仑的宝剑，那是诗人的夸张。"丁牧对自己的这一番话感到十分得意。

"我想，要写诗，这个时代应该是歌唱多于诅咒吧？"徐图当做正经的问题和诗人讨论起来。

"你们学科学的先生，总爱把世界当做冰冷的物体来解剖、分析、比较、画等号、求平衡。诗人看到的却是，旧的、腐朽的东西即将崩溃、灭亡，新的生命正在滋长；时代正是处在新旧交替、冬末春初的季节。这个季节有布谷鸟在欢唱，也有杜鹃在悲啼。各人只能用上帝给各人的嗓子发出声音。你听。"丁牧讲到这顿然停下。

徐图听到的原来是黄怀白的鼾声，在扰乱着深夜的宁静。

"像他，"丁牧继续说，"只能成天感叹'不堪设想'！"

徐图说："你可是一位讽刺诗人——唔，你自己打算怎么唱吧？"

"对旧世界我诅咒得太多了；对新社会感染还不深，打算再看看。布谷鸟不到万物争发、春光明媚的季节它是不唱的。诗人没有自己的真实感受，没有发自内心的喜怒哀乐，他就不可能作诗。无病呻吟只会叫人发笑，不会引起共鸣是不是？"

"这回下去要跟农民'三同'，你老兄可以好好体验了！"

"那，没问题，八年抗战，我是多少尝过这些味道了。"

"呵，你在老解放区待过？"

"那倒不是。是从桂林撤退到贵阳，从贵阳到重庆，那段流浪生活已经是黄教授说的——不堪回首话当年了。"

"呵！"徐图打了个呵欠，说："睡吧。"

"睡吧，我今天听了贺书记讲的那番话，太激动了。说了一堆糊涂话，不要见笑！"

"哪里，哪里，讲得很好。我看，共产党的干部中是有不少的人才，像贺那样的，能够一下子抓住问题的本质，分析得那么透彻。我们这些身为教授的，比起人家来，真是——"

"真是黄教授说的，'不堪设想！'"丁牧接上说。

"哈，哈！"徐图禁不住笑起来，"你真会抓住特点。"

咕嘟一声，鼾声马上停止，"你们还没睡呀？"黄怀白嘟嘟哝哝地说一句，转了一个身又睡着了。

鼾声又轻轻地响起来了。

一六

这地方的风俗，春节三五天工夫，村里人都不上山下地了，男女老少在家里收拾。腊月二十三，把灶王爷送上天以后，就到村边去折回带叶子的龙眼树或榕树的枝条来，绑在长长的竹竿上，扎成一个又高又大的"掸子"，把屋里上下左右进行一年一度的大扫除，意思是要把不吉利的灰尘统统打扫干净，迎接随着新年而来的新灶君和新财神。除夕的前一天，家家户户都掘回观音土来修补火灶；到河边去取回河沙，给香炉换新炉灰，准备新年上香点蜡。妇女们有的忙着爆米花做米花糖；有的忙着磨绿豆粉、割肥肉、剥板栗、泡糯米，用来包枕头大的粽子；有的忙着蒸年糕，准备供神、待客和送礼。

除夕那天，人们都在家里，有的磨刀、洗锅，准备宰鸡杀鸭，有的换新春联、门神和春牛图。小孩们开始放起零零落落的爆竹。

年初一那天，鸡叫头遍时候，每户人家都抢先放起迎接财神的"礼炮"。老乡们迷信：谁家的爆竹先响，财神就先光临谁家。得到财神光临的，今年就会添丁发财。人们熬夜守岁，就是为的抢先放第一声爆竹。放完爆竹，接着就给天地君亲师的神位上香、供品、点神灯，点起龙凤的大蜡烛。供品里头，有年三十晚准备好的三牲，有粽子、糕点，有金黄色的橘子和柚子，满满地摆了一桌。孩子们被领到堂屋来，跟大人一起，向祖宗、神明叩头膜拜，祈求保佑：年少的希望长命富贵，大人祈求五谷丰登……一会，天刚蒙蒙亮，做家长的人穿着一身新衣裳，照着今年历书讲的吉利的方向走出村外去，迎接新的财神。在神树或寺庙拜了拜，折下竹子或桃子树的小枝子带回家来，插在门口那个做装香用的小竹筒上；妇女们挑着一对贴上表示吉利的小红纸的水桶，到河边挑回第一担水，水桶上覆盖一束树叶，表示把一年的吉利都挑到家来了。

多少年来人们都认为每年这一天，关系着一年的祸福，谁也不准讲句不吉祥的话。讨债的也不能上门来了，有多少愁苦，都暂时把它放在一边。大家见面互相作揖，你来我去地说"恭喜发财"，"大家发财"。当然，实在排遣不了愁苦的人，只好躲在家里守着火盆，或者干脆睡大觉，消度他们一年三百六十五天中唯一安逸自在的一天。

年初一过后，从初二到元宵，都是寻访亲友的日子。那些去年结婚还没见过老丈人、丈母娘的新姑爷，就在这节日当中，带着礼品到丈人家拜年认亲，住下三五天。走时，丈人家给送米花糖、年粽、糍粑，让姑爷拿回去转送给亲戚。有钱人家送的粽子，多到一百八十的，糍粑有八百一千的，以显示阔绰，为姑娘争面子。"不落夫家"的已婚姑娘，每年这个时候也回婆家住上几天。有的住到元宵以后才走，有的年三十晚回去过完团年，年初一待一天，年初二又回娘家了。这些"不落夫家"的人，是基于这样一种观念的：她们认为这是妇女们一辈子当中最宝贵、最自由，但是又是最短促的时光，既摆脱小姑娘时代受父母严厉管教的束缚，又暂时的没有家室儿女的拖累；如果不趁着这个时机来享受，等到有了孩子，做了母亲，就是脖子套上了辕轭，只得在人生的长途作悠长而无止境的沉重的跋涉了。这其间也有某些已嫁的姑娘会遇到她自己选中的意中人，而终于解除了原来的婚姻，不再回婆家去的。这种"不落夫家"的风俗，也不是到处都一样，一个县，甚至在一个区乡，都不是处处相同，人人一样。正如过年节，没有钱的穷户是一种过法，有钱的人家又是另一番天地。

穷苦人家，过了年初一，第二天必须得脱下他们难得穿上的鞋子，打着赤脚，或者到村边去砍下竹子来编粪箕，或者修整农具，或者搓麻打绳，开始谋虑一年的生计了。他们日夜地等待着春雷，祈求着春雨。只要雨水一来，他们就刻不容缓地又同湿润的土地接触，点玉米，播谷种，送粪，起塘泥……一年的忙碌又开始了。

土改工作团自从开了那次全体干部大会以后，干部作了一番调整，杜为人调来长岭乡接替张文的职务；张文调回团部做巡视员。在他走之前，大家给他提了意见。开头，他的思想转不过弯来，在一次会上，他说："请愿的事明明是敌人的阴谋嘛，怎么是我工作中的错误呢？什么主观啦，包办代替啦，那么多帽子，我脑袋戴不下。你随便去问哪一个老百姓，谁都没有二语。谁不说：'工作同志说什么就什么吧！'你看，群众怎样对待我们工作队？这不说明工作队在群众中生了根吗？"张文说得那样认真，使大家不由失声而笑。杜为人耐心地同他谈了两天，他才勉强地把同志们的意见接受下来。但是，仍然坚信自己是一心为工作的。最后，要走的时候，对自己急躁骂人的态度在群众的会上作了检讨。大部分群众都非常感动，有的老婆婆还淌了眼泪。都说只有共产党、人民政府的干部才能这样，旧时当官的，哪有向老百姓认错的呢？

张文走的那天早上，苏伯娘特意送来两包米花糖，两只热气腾腾的大粽子，说是原来要请同志们去她家吃的，大家不赏脸，憋着她挺不自在，趁着老张还没走，一定要大家尝尝。一边说，一边就解开粽子。

"不是嫌弃，我们人多，怕打扰你老人家，不敢去。以后一定要去的。"杜为人怕苏伯娘耳朵不灵，大声地说话。

"伯娘，我认你做妈妈吧！"全昭马上接过来说。

苏伯娘回头看了看这讨喜欢的姑娘，笑着说："哟，我有这么个仙子一样的女儿，自己也变年轻了。可你要做我的女儿就得听我讲话……你为什么不吃呀？大家吃嘛，家里还有。我们家没有小孩，就是两个大人，不爱吃这东西。吃多了，人软绵绵的，干活没来劲头。原说是孙子快回来了，他小时就爱吃粽子，特意为他多包了几只，现在，年也过了，人不见回。这东西放久了发酸，你们给我都吃了吧。孙子回来吃别的也一样。人长大了，不定还喜欢小孩时候爱吃的东西了。"

"孙子在哪儿？很远的地方吗？"全昭问，望了望大家。

大家都在期待回答。

"是在出高丽参的那个老远地方，当上志愿军啦！"

"志愿军？"杨眉马上接过来，特别留心地问，"出去多久了？"

"哎！说来话长啦！"

全昭她们本想引她讲下去，杜为人却拦住说："再找时间谈吧。"

"对啰，你要做我的女儿还怕没工夫说话吗？什么时候去呢？"

"有空就去！"

"你们哪有空的工夫啊！"

苏伯娘说，等大家吃完了，她收回包粽子的叶子就走了。

工作队除了张文调到团部外，还有王代宗调到第二中队，黄怀白从岭尾调到长岭，留在中队部做秘书工作，同钱江冷一起，因为照顾他们的身体健康条件没有让他们到农户去"三同"。其他的人都分头到贫雇农家去落户。全昭去做了苏伯娘的干女儿；冯辛伯到廷忠家；徐图和丁牧两人是农则丰家的客人；杨眉则同银英家认了姐妹。杜为人照顾全队工作，有时着重抓小冯那一个点。岭尾村那边仍然是区振民负责，把李金秀调过去，帮助赵佩珍做妇女工作。

杜为人把干部这样安排下去以后，抽了个空到岭尾村去了一趟。

那是头场春雨过后的早晨。湿润的土地在明丽的阳光下飘散着一层薄薄的烟雾。果园里的梅花正在盛开，竹子开始苗长出青青的新叶。春风轻柔地抚摸着人们的脸庞，妇女们把包头巾除下了，展示着光洁的面颜、乌黑的辫子或用心扎起来的发髻。

田野上，这时有一部分人在田垄间耕犁土地，一部分人在田塍上送粪运肥。另外有一部分人到邻村去走亲戚，她们挽着小篮，担着雨伞，抱着绣花的鞋子，有的还骑着马，在村道上断断续续地出现。爆竹声和耍狮子的锣鼓声，从村里传到村外，年节的气氛弥漫了大小村庄。

杜为人渡过了小河，沿着河岸走，到了河边的一间用石头砌成的小磨房旁边，他停了下来，看了看，然后弯着腰走进磨房里去。磨房中间的石滚，死了的一样，停着不动了；石槽里扫得干干净净，乌黑的石头光滑发亮；墙壁上全是米糠封满了，小窗口下安着一张小床，当做垫子的稻草露在席子外面。床上躺着一个人，被子又破又短，尽管他是蜷着身，两只脚还是没有盖住。床头放着又小又窄的板桌，上面搁着一盏方形的小风灯，一只陈旧的算盘，墙上插着一杆没有笔套的毛笔，旁边还有一本用纱纸订起来的账簿。床下一个破瓦盆，火炭早已熄灭了，一个黑猫在上面睡觉。此外，从横梁上吊下来一条长长的绳子，上面挂着一只鸟笼，笼里养着一只画眉鸟。

床上的人被脚步声惊醒过来，掀开被子，见是一位客人，急忙坐起来，揉揉眼睛。这是个老头，看样子是六十上下的人了，白花花的头发，干瘪的脸，留着几根胡须，收拾得还利索。他起床来，把破被子往墙边推进去，让出床沿来请客人坐。

"你这位同志贵姓呀？是年前就来的工作同志吗？"老头见杜为人坐上他床边，翻看账本，不觉高兴地问道。

老头叫丁桂，是个无儿无女又无家的人，原先是个拉大锯解木板的木工，经年在外地替人家解板，年岁大了才在村里定居下来。这些年来他就守着这个磨房。磨房原先是一个姓梁的富农和地主何其仁两家共同开的。后来姓梁的因为赌输了钱，才把自己那一份顶给了何其仁。解放后，何其仁因参加土匪暴乱，给镇压了，这磨房被没收归农会管理，作为全村的公共财产。主人换了，丁桂的工作却仍然不变。

"何其多跟何其仁是弟兄俩吧？"杜为人问。

"同一个祖宗，可不同一个娘胎。"丁桂答。

接着老头同杜为人讲起乡里的事。解放前，这个乡的大小事情，不是岭尾的何家就是长岭的覃家讲了算。不管什么，只要这两家老爷讲了话，就同铁钉钉到木板上，别人谁也不能动了。况且两家人又是世代联系，何家有人在外做官，覃家在乡里是大财主，互相包庇，实际上就是有钱能使鬼推磨，只要有钱，白的也能把它说成黑的。解放后，何其仁自己找死，去当了什么土匪司令，叫解放军追到山里打死了。长岭的覃家会看风转舵，表面上表示拥护政府，现在倒没事。

"现在村里办事的几个干部还得力吧?"杜为人把话题转了一下。

"你说的农会几个人吧? 他们，唔，同志们来了，会慢慢看得见。"老头讲到这里就把话煞住，不肯往下说了。

"你老人家过年，农会不给一点打赏呀?"杜为人看见放在屋角的小锅和碗筷上都蒙着一层灰，好像几天没有开锅的一样，墙上挂着一株小小的包心菜。

"什么赏也没得呵，倒是有的好心人给留下一斤两斤糯米，我一个老头拿来也没法弄，煮糖粥又没得糖，包粽粑没叶子。从前给地主干，年三十晚，就是冷饭剩菜，也还给吃一顿呢，现在给农会干，以为给自己人办事总好一点吧，谁知道连剩菜冷饭也见不到影。他们几个，我算是看透了，肚里装多少屎都瞒不了我。苏绍昌嘛，是个不敢占人家便宜，也不给旁人半点方便的人，害人，他做不了，帮人，他也不干;梁正呢，是个'旱天雷'、车大炮家伙，坏事做得出，好事做不了。赵佩珍，是个骚货，谁都跟。"

"照你看，都没个好的啦?"杜为人含笑地说道。

"好人是有，都没出头呢。就同这时辰一样，种子还在土里，没长芽呢!你吸烟吧?"老头从床头拿起用细细的竹子做的烟斗，装上烟叶，点上火吸起来。

他一边吸烟，一边沉思。一会，他才担心地低声说:

"不过，杜同志! 我说的话，你可别说是我讲的呵! 反正你在这多待几天，慢慢就都品得出来了。是马就充不了麒麟，是不是?"

杜为人从磨房出来，就打小河上垒起的石墩走过河去，穿过一片竹林才走到岭尾村头。村头现在正走来一个既像绅士又像商店老板的人。他穿着咖啡色华达呢的中式上衣，下身是西装裤;脚上是一双礼服呢的圆口便鞋，头上戴的是一顶深灰色的呢帽子，胖胖的圆脸上布满了忧郁的神色。他抬起头正碰着杜为人炯炯的目光，愣了一下，但立即装笑脸说:"新到的工作同志吧，回头请到敝舍坐，兄弟正要到区上去给首长说个话，失陪，失陪，回头见，回头见!"

杜为人点了点头，轻轻地应了一句："回头见！"让这人走过以后，才再回头去看他的背影，他手上还拿一把透明的塑料把子的雨伞。"他可能就是何其多了。"杜为人想。转过头来，梁正已经站在他面前。他一身收拾得很整齐，一套蓝色斜纹布的中山装，一双球鞋，小口袋还插着支水笔。他说，今年他领大家闹醒狮队，今晚要到麻子畬去给土改团和区府拜年，现在，先去接个头。

"你是新来的杜队长吧？"梁正说完他自己的事，问。

杜为人盯着他的眼睛，点了点头。

"那，我叫别人去跑一趟吧！你来了，又是一年一次的大节，我们不在家多不好呵！"

"不用，不用，你办你的事去吧，前面那个人是——"

"呵！前面那个是何局长——呵，那是他从前的官名，叫惯了。他就是其多三叔，一向都在省里做事，临解放才告老归田。他，同他的堂兄弟何其仁那个死鬼可不一样，人家见过世面，开明。我们工作队才一到村，就把田地房屋的文书契据全都献出来了。"

"好吧，你有事忙去吧，我自己会走。"

"我不忙。里头的狗好厉害，我陪你走走。"

杜为人严肃地盯着他，不做声。

"我们村里的人，见的世面少，都怕生，你要问他们什么，真像要撬开牛嘴一样的。要了解什么事问我们好了。这两天工作同志住在各人家里，他们都摸不着同志们的底，鸡鸭关在一个笼，说不到一块……"梁正跟在后头叨咕。

杜为人让他自己讲，不搭腔。心想："这地方可不简单！"

这时，区振民同老乡们一块起塘泥，把鞋子也脱了，两脚尽是泥巴，两只裤管挽到膝盖，挑着沉甸甸的一大担，一脚高一脚低地跟着老乡们竞走。

"老区，加油呵！"杜为人叫了一声；区振民抬了抬头，也高兴地喊道："杜队长你来啦！"

区振民把担子放下，躲到一边，让老乡们走过。他看了看跟在杜为人后面的梁正，然后同杜为人交换了一下眼色。

"晚上再谈吧。"杜为人对他说。

区振民点点头，弯下腰，用毛巾垫着肩头，又挑起担子来。马上想起什么，回过头去叫杜为人一声：

"你看李金秀去吧。"

"区队长，你挑得太多了吧！开头挑少点，慢慢来！"一个老乡在他后面说。

杜为人摆脱了梁正，一个人在赵佩珍家找见了李金秀。她在小院里正在帮赵佩珍往竹竿晾浆过的棉纱。太阳挺暖和，把她圆胖的脸颊晒得红红的，额前微微沁出小汗珠，精神挺愉快。

"金秀同志，'三同'得怎么啦?"杜为人叫了她一声。

她猛然回过头来，看见是杜队长，高兴得了不得，才伸出手来立刻又收回去了。"我的手好湿。杜队长什么时候过来的?"

赵佩珍请客人进屋坐，杜为人不肯，她就把凳子和一张竹桌子搬到院子里来，然后又拿了茶壶、茶碗和一茶盘的米花糖出来，殷勤地一定要客人尝尝她亲手做的米花糖。接着就夸奖李金秀如何能干伶俐，"谁要是娶了这姑娘，真是——"赵佩珍正叨咕，李金秀不禁脸红起来，马上说："赵嫂，你别说啦，我就不爱听你说这个话。"

"哎哟，山歌唱的，'哪匹布不经剪子裁，谁个姑娘不出嫁'呀? 有什么不好意思的。"赵佩珍津津有味地说下去。

"工作同志来，打扰了大家了吧?"杜为人把话岔开，喝着米花糖泡的茶。

"哪里话，请都请不来呢。"赵佩珍言不由衷地说。

李金秀和杜为人互相看了看。

"你们多喝点吧！还有。"

两人只顾喝米花糖茶，都不做声。

"说实在的，"停了一会，赵佩珍又说，"工作同志都是为我们穷人翻身来的。前回我们对张队长那样，可是千不该万不该呀！真是糊涂极了，他划错了阶级，慢慢再改嘛，是不是？哎！就是我们小地方的人，心眼窄。"

"这地方到外面去做官的人还不少哩！"杜为人点了她一下。

"有多少呀！唔，张队长现在到什么新位置了吧？"

杜为人支吾了两句以后，看了看李金秀，李金秀会意地说：

"我同杜队长出去走走，认识认识路。"

李金秀同杜为人一边走一边谈。杜为人问她，对这位妇女主任怎么估计。

"我看她不像个正经的劳动妇女，讲话总是有口无心的。"

"要警惕，不能叫人当做丫头使唤。我们一方面要为人民服务，另一方面在服务当中又要包含提高、教育群众，引导群众跟党的路线走，向革命的目标前进。不能为服务而服务。再说，服务对象，要做阶级分析，对人要加小心观察，可别给米花糖糊了嘴啊，哈哈！"

"杜队长，你真是会讲笑话。要不是陪着你，我才不吃她的呢！"李金秀可是认真起来，脸又红了。

一七

小冯搬到廷忠家那天，正是晌午过后，廷忠他两口子都不在家，只有小孩福生一个人在门口的石头上，摆弄他捡来的那些没有打响的爆竹和已经烧过了的紫色的香梗。小冯问他爸爸妈妈在不在家，小孩说，母牛下了崽，爸爸把它赶去山上吃草，妈妈割猪菜去了。

小冯把铺盖、挂包拿进屋里去。一进门就见到牛栏，牛栏前面有两个床位那么大的空地，右首的墙壁有一道门，上了锁，是主人的卧房，牛栏上有阁楼，是安的"韦门堂上历代宗亲师之神位"的，有短短的梯子上去，神位上供着几个小小的粽子。牛栏的柱子上贴有一张新的小长条的红纸，上面写"六畜兴旺"四个字。屋子没有另外的门通到别处了，做饭的锅灶、水缸都安在左边的屋檐下，用一张破簟席挡着风雨；屋檐右边是用石头和一些断砖砌起来的鸡笼，上面搁着柴禾，墙上挂着编成长辫的玉米和留做种子的几株油菜。……

"今晚睡到哪儿呢？在牛栏前面安个铺，还是在牛栏上头的神位旁边铺张席子？"小冯一边看着这简陋不堪的住处不那么称心，一边想："人家祖祖辈辈都这样住下来了，难道我住个把两个月都不行吗？"终于，从灶口拿过草墩来，靠着柱子坐了一会。想了想，觉得畏难情绪要不得，一定要战胜困难，争取做个模范的青年团员。

福生不知什么时候同别的小孩玩去了，小冯一个人找不到人说话，怪闷气。揭开用簸箕盖着的水缸看了看，水缸的水不多了。"给他们挑水去吧！"这一想，心头有了着落，不免高兴起来。拿起了扁担，把水桶轻飘飘地挑起走了。走到村头，碰见赵三伯，他今天特意穿一身干净衣服，鞋子也穿上了，手里还拿着一根竹拐棍。小冯问他哪儿去。

三伯大声说："上麻子畬，外甥今天娶亲，喝喜酒去啦，有偏了，你给谁挑水呵？"

小冯高声地回答："廷忠家！"

"呵，廷忠是个老好人哟！他媳妇怀孩子啦，正要人帮手呢。你能行吗？别挑太满，不小心把腰骨拧了可不好治呀！好吧，我走了，有偏了！"说罢，三伯掉过头去，走了。

小冯听了赵老头这一说，心里更是舒坦起来。挑担虽然不习惯，压得肩膀生疼，却有耐性地半桶半桶地挑，一连挑了四挑，把水缸添满了，又把屋内屋外都扫了一遍，把鸡笼的粪也起了出来，堆到柚子树下的粪堆上。

一会，农则丰过来，见小冯一个人在这里，自己也就在门槛上坐下，卷着纸烟，准备要说什么话。小冯把草墩挪过来给他，自己进屋去另外拿出一个小凳子来坐下。

"徐教授到你家去怎样？还好吧？"小冯问。

"怎么不好，帮干活，又不要工钱还不好？戴眼镜的那个是徐教授不是？"

"不，你弄错了，他是不戴眼镜的，戴眼镜的是诗人——"

"什么？痴人？"则丰瞪着眼睛惊讶起来，"我看都是好好的嘛。"

"不。我说是诗人，写诗的。"

"呵！我以为是发神经的。发神经可是吓人呵。"则丰深深地吸了一口烟。

"我为什么那样怕发痴的呢？我们这个乡从前也有个痴痴癫癫的，"他停了一会又说，"我小时候一见他就害怕，有时他可是要揍人哩。他就是岭尾村姓梁家。原先也是个财主，因为爱赌，听说也是新年打的麻将牌，一个晚上，把田地都输给了姓何的了。原来有那么多的钱财一下子变成了穷光蛋，心里当然不舒坦了。还没有过完元宵节，他老爷就破了例，把自己养的黑炭一样的狗宰了，做了好些个菜，请了他的赌友喝了一顿，喝得醉醺醺的，当天晚上讲了好多胡说八道的话。第二天再也没有清醒过来。他的亲戚朋友为他请了不少郎中来治，也没治好；又请了仙姑巫婆来求神、送鬼、许愿什么的，闹了两三年也没见效。后来有一年，正是七月十四日那天，这条小河发大水，他就好像平时走道的一样，走过河去，一下子被水卷走了。大家都说，那是他没过完元宵就宰狗吃，犯了神明了。"讲到这里，他把烟头狠狠地吸了一口，掷掉了。

"他家没有什么人了吗？"小冯很感兴趣地问。

"没有什么人了。有个女儿嫁到城里，从来也没有来过，恐怕也不在了。"

"他闹了几年才死，总没有清醒过的时候吗？"

"那倒是有的。记得我们小孩有时还逗过他玩呢。对啰，他清醒的时候，什么人同他说话他都应得好好的，就是见何家的人，他就直瞪眼，一句话都不说；有时，一见何家的人，一下子又犯病了。也有人猜，可能是姓何的前世和他是对头，这一世成了冤家路窄，碰到一块了。"

"你相信吗？"小冯问。

"这种事情很难讲。信嘛，没有什么凭据；不信嘛，又有那样不明不白的地方。反正这个世道，我看越有钱的人越叫人过不去。有钱多的要吞有钱少的，有钱少的要吞没有钱的。大鱼吃小鱼，小鱼吃虾子。你说是不是？"

"那，怎么办？"

"那，有什么办法，看你们同志怎么说呗！"则丰说。

"办法要靠大家想哩，光靠我们这些人，人生地不熟的，能有什么招。"小冯显得老练起来，一步一步把话引导对方讲下去。

则丰又拿出纸片和烟丝卷了支烟，望望外面，不见有什么动静，他才小声地把廷忠的身世告诉了小冯说：

"他是被人欺侮得没法才那样闷声闷气的。可是，那天人家拉他去向土改团请愿，他老兄也傻里傻气地跟着去了。我就在家抱孩子，硬是不去，他们能咬我个卵。"

"他那天没去吧？没见到他嘛。"

"老弟，你不知道，他去是去了。回来对我说：到了半路，听人说，要上

143

工作团去请愿，叫把工作队调走。他寻思，这些人讲的话不对路，自己就不声不响，躲到田基去假装解大便，让别人都走远之后，才跑回来了。不信，你以后问他。不过不要说我讲的呵！"

小冯和则丰还说了别的一些话，则丰又抽了第二支烟才走。

一会，福生眼泪汪汪地哭着回来，说是别的小孩抢了他的爆竹了。还骂他"杂种"。小冯想起他口袋里有小画片，拿出来给了他，把他搂到怀里哄着他说：

"福生，别哭。好孩子是不哭的，喏，给你这个！"

"我妈不让叫福生了！"

"叫什么呀？"

"叫亚榕。"小孩严肃地说，把小冯都引笑了。

原来是，自从福生害了那场病以后，韦大娘认为这是"榕树奶奶"保佑的结果，因而，照当初许的愿：把儿子改名叫亚榕。

小冯觉得乡下的问题太复杂了，怎样分析这些情况，真是一门深邃的学问，可不同设计一道桥梁那么简单。他想着想着，掏出小本子来记下了他的感触，又记了记刚才农则丰给他讲的延忠的情况。

晚上，廷忠两口子，一个赶着带崽的母牛，一个挑着不大满的两筐猪菜回来了。廷忠看见来了这么一位工作同志，从他们把小孩救活这点情谊来想，应该是欢迎的；但，一想到他们来住在家里，就有点为难了。一是为了地方小，一是为了自己没东西招待人家，还有一个是自己同生人在一块不自在，拿不出话来同人家说。韦大娘因为不明白工作队的用意，怕来掏她的底细，不免恐惧起来。

"都是你招来的，"她跟着丈夫走进卧房拿米，预备做饭的时候，小声抱怨起来，"我都说小孩只要他自己有那个命，神明总会保佑的，叫你别找他们去，你偏偏不听，现在人家来麻烦了，看你怎么对付吧。"

廷忠不哼气，只顾在小窗口透进房里来的微弱的光亮下，寻找挂在墙上的

144

东西。

"你找什么?"韦大娘问。

"我找牛篦子去给它梳一梳毛,母牛身上长了好多虱子。"

"你先给我去挑水来煮饭吧,我腰挺沉,上河边那个坡——"

"我去吧!"廷忠赶快不让老婆再说了。

他们两口子出到门口来,廷忠正拿起扁担挑上水桶,韦大娘揭开水缸盖一瞧,水缸满满的。"谁给挑了水啦!"她不禁诧异地看了看廷忠,脸上露着微笑说。

廷忠望了望同福生逗着小牛犊的小冯。感激地说:"还不是工作同志挑的?看,地也扫了,鸡笼也弄得挺干净。"

廷忠说罢,放下了扁担,回头去拿了篦子来,给母牛梳毛。

"他来我们家住,睡在哪?"韦大娘边淘米边说。

"看看再说吧!"

母牛躺在地下,慢慢地反刍,几只小鸡在啄它身上的虱子。

小冯和福生都过来看廷忠给牛梳刷。

"同志,你到我家来可是没有什么招待呵!"廷忠望着站在一旁的小冯说。

"要什么招待呵,要招待我们就不来了。我们是来同你们一块干活的。"

"住没地方住,吃又吃不饱,你们能过惯吗?"

"慢慢会惯的。"

"反正我们是老老实实,不会说句客气话。"廷忠说。接着自己喃喃地说下去:"这头母牛,又不做好事,早不下晚不下,就在这时候才下崽,这几天要点玉米,没牛犁地叫我可着难了。"

小冯一时拿不出话来说,只好不做声。

"你们那位傅同志可是个好心姑娘呵!她到谁家去啦?"一会,廷忠想起来问。

"她给苏伯娘认干女儿去啦!"

"呵！——那倒挺合适。她家……唔，原先她儿子也同你们一样闹革命来的……叱，叱，翻过身来！"廷忠打了打牛的屁股，牛好像懂得人意，果然翻了一个身。几只鸡飞散开来，然后又回来在牛的脖子、腋窝和地上啄食着虱子。

晚上，廷忠从神龛上取下两块木板，在牛栏前面安了一个床铺，小冯就这样住了下来。白天同廷忠夫妇一起劳动，挖塘泥、点玉米、割茅草；在家里头就帮着煮饭、喂猪、挑水，样样都顶着干。晚上，不开会就同廷忠聊天，给小孩讲故事。廷忠同他也逐渐熟了，慢慢的肯跟他讲些话，有时也敢问他一些问题。

"你说人有钱没钱不是命定，那，有的人在国民党做官发财，共产党来了该倒霉了吧，可他还是有事做，平安无事，你说不是他命里原来就有福气能行吗？"有一回廷忠这样问着工作同志。这问题在他脑子里缠了好久，所以遇到吃亏的事都忍了下来，不敢跟人争，也不敢想，只求能平安过下去就行了。可几天来听了小冯说这说那，觉得也挺对，这才把话讲出来。

小冯就凭着自己的见解给他说了，廷忠只点头，似信不信地听着。

在韦大娘这方面，见小冯在她的家越来越熟了，对他的戒心反而越来越大。只要听到廷忠同小冯扯起地主那些为富不仁的事，就常常给丈夫打岔："用心干你自己的活吧。狗抓老鼠，多管闲事！"有时，三更半夜估计小冯睡着了，或者去开会没回来，她就偷偷地对丈夫说："这些天我老放心不下，小冯来我们家住，是不是知道我们跟覃家有来往？"

"你有什么来往嘛。"廷忠不满意地说。

"什么来往也没有，就是人家给的那些东西，上次不是同你讲过了？"

"你自己做贼心虚，我不管。"廷忠漫不经心地说，想他自己的问题去了。

"到底是谁养活谁呢？"廷忠脑子老想，"我们穷人样样都没有，耕牛、田地不用说了，有的连一把锄头都是人家地主的，不靠地主能行吗？但是，工作同志也说得有理：地主没有我们这些人给他交租子、干活路，他们吃什么？这

146

些老爷连煮饭都不会，真是够他受的。可是，人总不能是一个样，树也长得有高有矮。是不是有的人命里生来就享福，有的人就该受苦？要是同小冯说的那样，将来各人劳动多的多得，劳动少的少得，那就好了。那时，勤做省用的过得好些，大吃懒做的过得孬些，这算不算也是命里生来早定了呢？有的人素性就是懒，有的本来就勤快。一只手几个指头总也齐不了，几兄弟也有穷有富……"

廷忠每天半夜醒过来，总是反复想这些，总也想不通。原来覃家放在他家几只牛，要他料理，说是他可使唤，不要租子，但是牛很小，实际上不能使唤。等到侍候大了，而且教练得能犁田耙地了，地主却来拉走，租给旁人了；只有这头母牛给留了下来。现在正当春忙要牛使唤的紧要时节，偏偏下了崽，白白替人料理。自己只好去同别人换工，出一天人力，换回一天牛工。老婆肚子又一天比一天大了，叫他愁得没法。好在小冯来了，帮这帮那，自己省了点事，不过，叫人白给自己干活，实在过意不去。

"人家是大学堂的学生，像从前何其多他们，毕了业出来就是当县官的呵，叫人家每天帮我们干活，我们成了什么人了？"

廷忠有时一个人闷声不响地想。

元宵那天，福生他姑妈来了。她是年过了四十的中年妇女，生活把她磨炼得像河滩上的石子，精干而结实，手快口快，同廷忠恰好是一个对比。她挑着一对篮子，里头是四只大粽粑，两大块年糕，一方腊肉。进到家来，把这些东西先往神位供奉，作为对祖先的孝敬；另外还特意给福生带来一只泥塑的小公鸡，给韦大娘一包婴孩用的旧衣裳和破旧的背带。

福生得了小公鸡，吹起喔喔的响，高兴得连蹦带跳，赶紧往门外跑了。这时，廷忠和小冯往地里点玉米还没回来。屋里只剩下韦大娘，正在剥豌豆荚作种子。

"什么时候坐月子？快了吧!"姑妈坐到弟媳身边来，边帮剥豆子，边看了看弟媳隆起的肚子。

"还早!"韦大娘回答。

"我们这地方土改还没闹开呀?"

"工作队下来了,这些天都在查来问去。姑妈那边——"

"我们那边早分了田了。不闹翻身,我哪得这些东西拿来给你们。"

"真是要分田的时候,地主放在各人家的东西,会不会也得拿去充公?"韦大娘担忧地问。

"他们有什么东西放在别人家的?"姑妈诧异地看了看弟媳。

韦大娘红了脸,随后才说:"就是给佃户代看的牛啦,羊啦,什么的呗。"

"那,都得拿出来。覃家有东西在我们家的吗?"

韦大娘摇摇头。一会,才说:"就是几只牛,打去年下半年都拉走了,现在只剩一只刚下崽的母牛。"

晚上,小冯让姑妈睡他的床,自己找马仔孖铺去了。这两天天气变冷起来,天黑下来以后,廷忠他们一家人就在小冯的床前那点空地上,生了一堆柴火,大家围着取暖。姐弟好些年难得见面,不免有好多话要说。一会,则丰却提着方形的小风灯进来,同姑妈打个招呼后,就对廷忠说,杜队长请他去一下。

"什么事?"廷忠还没有开腔,韦大娘立即警觉地问了一声,神色紧张起来,望着廷忠的眼睛。

廷忠拔起鞋跟,不哼气。

"大娘,你别担心,人家给杜队长送了一大篮元宵,他们吃不完,请我们吃去了。"则丰含笑地说。

"走吧!"廷忠站起来,催则丰。

"人家姑妈好不容易来一回,还没说上两句话。亚榕他爹,你——"韦大娘望着丈夫要叮咛什么的样子。

"你,你别——"廷忠不耐烦地走了。

廷忠走后,韦大娘同姑妈谈了一些家常。福生嚷着要吃年糕,姑妈帮他切了一块往炭火边上烤。小孩等吃了年糕就在母亲怀里睡着了。韦大娘等了半天还不见丈夫回来，就对姑妈说："亚榕他爹不知什么时候回，你跟我们睡去吧，他回来就让他睡冯同志的床铺好了。"说罢便点支松明抱起孩子往卧房睡去了。

姑妈又添了添柴火，一个人守着火堆，仔细地看了看这个屋。遥远而亲切的回忆不觉涌上眼前：她想起她离开这个屋的时候，才是一个小姑娘，辫子还不会梳，夜里一个人单独睡觉还害怕呢……这个屋原来是不放牛的，牛栏另外安在那株枇杷树旁边。神龛上，每到新年都贴有洒落着金星的对联，墙上也总是挂着三五条腊肉和新年前父亲自己灌的香肠。……现在却变成古庙一样，那样冷落凄凉。好像今年没有打扫，墙上和横梁上，好几个地方都有白白的铜板那般大的蜘蛛蛋；燕窝泥已经脱落了，大概燕子不来了。

约莫过了一顿饭工夫，廷忠终于回来了。

这位饱经世故的姐姐，关心地审视着弟弟的神色。廷忠仍然是那样犹疑不定，像雷雨要来不来的天气。

"你还不睡呀？"廷忠坐到火旁来，问了姐姐一句。

"队长同你谈什么？"

廷忠伸出两只手到火上烤，低着头，没看姐姐。一边还在想，一边感叹地说："这个杜队长好细心呵。我们家的事他比我自己记得还清楚，算命先生都没有他说得那样准呢。"

"他说了什么啦？"

"他说，我们父亲就是覃俊三害的，要我给父亲报仇，同覃俊三算账！"

"你怎么说？"做姐姐的一步紧一步地问。

"我……"廷忠抬起头，望了姐姐一眼，意思好像是问："你说怎么办？"

"我正是为这事情来跟你商量的。"姐姐说，"我们那边已经闹开了，地主都倒了，田地也分了。"

"我就担心——"

"担心什么，怕呀？"

"是呀，怕打虎不死，倒反受害。"

"你就狠狠地打死它呗。你不想想，我们姐弟俩，那么小就没爹没妈，给人当奴做婢的。你不记得，我那年叫人带走的时候……"做姐姐的人讲到这里，喉咙给哽住了，说不出话，用手擤着鼻涕。

廷忠跟着伤心起来。屋里和屋外，一片寂静。

"我们非得出这口气不行！"一会，姐姐愤激地说。

"现在有工作同志为我们穷人撑腰当然不必担心了。就不知能不能长。"

"管它长不长的，吃甘蔗，吃到一节剥一节。反正穷人总比富人多，哪边人多势众，我们就往哪边靠。人多人强，狗多咬死狼。"

"我一个人还好说呵！她，"廷忠向里屋示意，"她可是，哎，就爱贪小便宜。"廷忠痛苦得揪心，叹着气。

"她还不是也受够了折磨，别人能有什么便宜给她？你自己先挺起来，人家才好跟嘛。只要我们不冤枉人，什么都不怕。"

门口的童子鸡小声地啼叫了。

"呵！我们的小鸡会啼了。阉鸡的人很久不见来了，没空拿去圩场阉呢！"廷忠说。

"老人说话，三十年的风水轮流转，我看穷人是要交运了。"

"看看吧。"廷忠还是犹疑地说。

"还看什么，解放军人民政府来了快两年了，好赖还品不出来？你怕什么，再怎么也还不是靠自己两只手吃饭，再多也只是一条命！"

廷忠听姐姐这样说，不禁惊讶地抬起头望着她。

一八

一天，全昭同苏嫂正在把长芽的芋头切成小块，再和上草木灰，准备做种子。杨眉兴冲冲地跑了来，一手把全昭扯起，全昭愕然地盯着她。她不做声，演哑剧似的，举了她手上拿的新的罐头壳子。

全昭拿眼睛瞟了苏嫂一下，说："没有关系，你说吧。"

"你看！"杨眉把空的罐头壳子给了全昭。

两人坐到床边来，仔细注视上面的外文。

"哪里捡到的?"全昭问。

杨眉说，她是跟亚升拿来的，他要拿它去装蟋蟀，杨眉拿雪花膏的瓶子同他换了，另外还给了他几块糖。

"奇怪，这地方哪来这种玩意? 而且挺新，才开了不久。"杨眉说。

全昭反复地看了看，不开腔。

"三姐，你说的是亚升呀?"苏嫂抬起头来看了看，然后朝着杨眉问。

"是呀，他——"杨眉应着。

正要问什么，苏嫂接着就说："他是赵光甫的仔。他爹跟人上山做土匪，现在还没见回来。"

"他有母亲吧?"全昭问。

"有，"杨眉抢着说，"我问他了。问起他的爸爸，他就不肯讲。"

"那一定是大人教的。大人都不肯讲，小孩哪敢讲呵。现在大伙都像十冬腊月藏在洞里冬眠的蚺蛇没听到雷响，都在装死。有的人还给财主佬的一点半点小便宜糊住了嘴，谁敢说呀！"苏嫂不高兴地说。

151

她把最后几只芋头切了，从床底下拉出箩筐来装上。

"我们找杜队长去！"全昭果决地对杨眉说了，然后转向苏嫂说，"苏嫂，我去岭尾一趟。"

"你去吧，请杜队长想个法儿吧，我们的人，脑筋真是跟半年不下雨的地一样的，你拿镢头刨也刨不开。"

全昭和杨眉拿着罐头壳子到了岭尾村，找了好几个地方也没见到杜为人。她们就到磨房去问丁桂，老头说，见他和马仔扛着铁铲同老乡们一起到山脚那边修车道去了。那边车道坡陡，雨水一来，道上很滑，牛车不好上，挺碍事。

"你们两位找他什么事呀？不进来歇一会啦，你们杜队长可真是够忙的了。"老头叨咕着。

全昭和杨眉终于在劳动着的人里头找到了杜为人。她们请他到一边来，把罐头壳子给他看。

"美国的牛肉罐头？"杜为人看后沉吟片刻。

杨眉把罐头的来历讲了一遍。

"你们看是什么问题？"杜为人望了望她们，眼睛定定地盯着全昭，意思是要她回答。

"我们就是因为搞不明白才来请示你嘛。"杨眉心直口快地说。

"我想会不会是他们土匪在山上，有什么人给予接济？飞机空投，还是什么人给送去的？"全昭把亚升的父亲是什么人补充说了一些后，终于大胆地这样说。

"这不是没有可能的。罐头顶新，看，肉渣还没洗净呢。"杜为人说。想了一下，接着又说："参加暴乱那么些人都回来了，就是他们几个那样死心塌地干到底，为什么？我们不得不想一想。你们刚进村那天的三声枪响，现在还摸不到影子哩。最近这个村子又出现一张'白头贴'，说是谁杀了工作队一个人，得大洋一百元。你看，敌人还在我们身边打转呢。"

"谁？"马仔不知什么时候走到他们身边来，突然插进来问。

"你——"杜为人回头看是马仔，才放了心。顺便问他，赵光甫原先是一个什么人，平日是干什么的。

原来赵光甫也是个无田无地的穷户，老婆靠三天两头赶圩贩米，赚回的脚力钱过日子；自己平素游手好闲，凭靠做牛贩的经纪人得点佣金过活。爱赌好吃，常常拖一身债。这回上山当土匪，多半是临解放前输给人家一笔款，人家天天追要。在家里待不下，狗急跳墙，不得不干。开头，他是和另外几个人——花心萝卜也在内，在附近山坳等国民党的败兵过路，他们就给人家搜身要钱，剥衣服。听说，有一次碰上一个做官的给他们抢了，得了好多两金子。……那次花心萝卜没有去，他就眼红起来，说是要向解放军告他。他害怕就上山了。

"可不简单。"杜为人沉吟着。

大家都沉默下来。

"你们两人看谁做这个工作？"杜为人看了看全昭和杨眉。

她俩默默地看着这位严格的队长，意思是说："请你吩咐吧！"

"你们多去同亚升的母亲接近，好好做她的工作。"

全昭说："现在的一般群众都还不敢同地主分家，好像有什么把柄给人抓了的一样。"

"什么把柄呢？你们想了一下没有？"杜为人问。他自己仍然在考虑。

他们几个在坟场的石头上坐了下来。杨眉摘下一朵细细的荞麦一样的花儿问马仔叫什么名字。马仔摇摇头，说是官话叫做什么他说不上来，土话的意思是"报时辰"，每天到中午就开。杨眉觉得挺新奇，看了又看。旁边有一株含羞草，马仔拉杨眉转过去看，他伸手一碰，草叶就像有知觉似的，慢慢缩瑟而低垂下来。杨眉十分惊异。

马仔说："这东西能迷人：有的女人要制服她的丈夫，把它拿回去放在席子下面，让丈夫睡上，他就变成怕老婆的了。"

"谁说的？你胡扯。"杨眉说。

153

"你不信呀?"马仔反问一句,杨眉没有睬他。

"刚才在家时,苏嫂说了几句话,我看有点道理。"全昭想了一会,对杜为人说道。

"她说了什么?"杜为人特别感兴趣地等待全昭讲。

全昭把苏嫂说的话说了。

"是呵!可能是那么一个问题,'吃人嘴短'。如果是上了敌人的当,拿了人家东西,他就不好挺起腰杆,出来揭发敌人了。"

"那,怎么办?"全昭用单纯的眼光期待地看着杜为人。在她心目中,对方是最能解释实际生活疑难的老师。

"先摸个底,如果受骗的人多而且是普遍的话,就不能不照顾多数人的觉悟问题。不能采取打击的办法,只能采取教育诱导,使大家懂得敌人的伎俩,让大家自己报出来,同敌人分家。总之,要做思想工作。今晚上我同老区再商量商量看。你们回去摸一摸。叫杨眉去做亚升母亲的工作!"

"什么?"杨眉问,"要我做什么?"她撇开了马仔,向全昭和杜为人这边凑过来。

"回头告诉你吧!"全昭对她说,然后望着杜为人,"杜队长我们走了!"

"好。要多加小心。前天晚上我同廷忠谈了一下,问小冯看他有什么反应。"杜为人向全昭吩咐了之后,就拿起镢头,到那些在暖和的阳光下进行着紧张劳动的群众中去了。

全昭同杨眉把罐头壳子给杜为人留下就往回走。路边都是细嫩的青草和绿叶,河边一大串原先是光秃秃的高大的木棉树,现在已经盛开着鲜红的花朵,把这一片田野点缀得十分热闹。杨眉看了看这样稀有的高大的花树,才懂得王代宗把自己比作木棉树的来由。"木棉树是不平凡呵!王代宗不害臊,他哪里配!"杨眉一边走一边想。

"杨眉,你想什么?"全昭用拳头突然捶了对方一下。

杨眉挺不自然地反问:"你也想的啥?"

"我想，苏嫂早上讲的话，一定有所指的，今晚要好好同她谈。"

"我总是不会同人谈这个那个的，你教教我吧！"

"你自己都不开动脑筋，哪里会呢。银英不是很积极吗，你好好地抓住她嘛。"

"她是个十八岁的姑娘，心乱得很。"

"你别拿自己的心去度量人家吧！"全昭对杨眉笑着说。

"什么？你总是把人往这边引，我才不想它呢。"

两人边说边走，不觉走到河边来了。丁牧同则丰去种玉米回来，出了汗，顺便在这里把汗衫脱下来洗了；钱江冷带着画板坐在露出水面的石头上，面对着河岸上盛开的木棉花画画；黄怀白拄着他那根龙骨手杖在河滩逡巡，手杖上新包上一截黄黑相间的"金包铁"蛇皮。是最近马仔打到的蛇，把皮剥来送给他的。他要带回北京去做纪念。

全昭看了看钱江冷坐在石头上的姿态和她水中的倒影，看了看河边的竹子和芦苇，觉得是太美了。便轻轻地走到画家的身边说："钱大姐你画什么呀？可惜这里没有多一个画家，我说，把你也画进画里去，那可美极了。"

"我可不喜欢画自己，你喜欢这背景的话，等会你来坐在这里，我给你画。"

"不。我得回去了。"

"你们还是飘浮呀，哪儿去啦？"丁牧洗完了脚，打了打鞋子的尘土。

"人家有重大发现，送情报去嘛。"全昭说。

"谁呀，谁是哥伦布？"

"喏！"全昭以目光告诉了丁牧。

丁牧对杨眉笑了笑："好呀！三姐该请客啦，请吃鹅油酥，还是——"

"你别忘了你是同贫雇农'三同'呢！"杨眉说。

"我现在不是'三同'啦，你看！"丁牧把脚往前抬了抬，叫人看他的脚趾已露出鞋面外。

黄怀白游魂似地走过他们这些人的身边来，本来不想插嘴的，丁牧却挑逗似地问了一声：

"黄教授，近来无恙否？"

杨眉禁不住笑了起来。

"不堪设想！"黄怀白表现得很不高兴。

"胃病好些吧？"丁牧补充一句，表示真正关心的样子。黄怀白却顾不得什么礼貌不礼貌，索性不搭腔，继续徘徊起来。

"喂，告诉你们一句话。"丁牧对全昭和杨眉说，声音很低，"老乡们问我，黄教授叫什么名字，我告诉他们了，大家都笑得不得了。我很奇怪，为什么他们这样笑；他们说，'怀'字在当地土话里的读音是'水牛'。怀白就是'白水牛'，白水牛是千百只牛中才有的一两只，很少见。老乡们都说，黄教授就是同他的名字一样，像个白水牛。跟大家不大一样。"

"哈哈，你可是搜集到材料了。"杨眉拍着手叫。

"看你疯成这样子！"全昭善意地瞪了杨眉一眼。

"全昭、杨眉来呀，我给你们画！"钱江冷站了起来，伸了伸腰喊。

全昭和杨眉都跑到钱江冷身边看画去了。

全昭和杨眉回到村边时，遇见银英从圩场上的道上回来。她笑嘻嘻地对杨眉说：

"三姐你该请客了！"

"什么事要我请客？"

"准是好事呗！你看，信！好漂亮的信封呵，上面还印着花！"银英拿信摇晃，逗着杨眉。

杨眉表面表示不在乎，心头却扑通通地跳，急想知道是谁来的信。银英逗了她半天才给了她。她拿到信一看，脸色马上冷淡下来，把信拆开，爱看不看地瞅了一眼就收起来了。全昭问是谁来的信。杨眉默默地把信交给了全昭。全昭看了看信封，又拿眼睛问杨眉："可以看吗？"杨眉点了点头。全昭才把信瓢儿扯出来。那是王代宗写的这样两句话：

我们这里的木棉花开得正盛，长岭河边的木棉也开了花吧？你看怎样？不是挺美、挺壮丽的吗？

"无聊！"杨眉骄傲地说。

"还有一封！"银英说。

"谁的？你这丫头，"杨眉眼睛一亮，含嗔地望着银英。

"可不是你的了。你看。"银英把信给全昭。

全昭不觉脸红了，把信接过来一看，失望地吁了口气："你这鬼东西，倒会捉弄人哪！是苏嫂的信。她儿子来信了。她的儿子还是个志愿军哩！"最后，全昭快慰地说。

"是志愿军？他早先是抽壮丁抽出去的！"银英瞪着两只诧异的眼睛，接着就要求说，"你替她开开来看嘛！"

"人家的信怎么能乱开呀！"

"那有什么关系，反正苏嫂还不是要请你代看，她不认得字。"

"那也得她同意才能开呀！"

"你们太认真了，我开。"

"你为什么那样急呀？"全昭对银英笑了笑，"你还记得她的儿子吧？"

"怎么不记得？"

"怎么样？漂亮不？"

"什么漂亮，成天流两筒鼻涕，好野的小仔，我眼眉的疤疤就是叫他用石头给打破的。"

"呵！那你们是老交情嘛。难怪你那么急着要看人家的信。"

"什么交情？人家就想知道抗美援朝的事。"

"这样吧，今晚你来苏嫂家，我们再同她一起看。"

"反正我不定要知道。三姐，我们回吧!"银英说罢便拉着杨眉走了。

"杨眉，记得刚才杜队长吩咐的话呵!"全昭望着杨眉的背影喊道。

苏新的来信，使得做母亲和老祖母的人喜出望外，真像从地里刨出了金子，从河里捞到了珍珠一样。老祖母乐得不知怎样好，一边听着全昭念信，一边抹着快乐的眼泪，还连声感恩地说:"还当上了志愿军，真是祖宗保佑啰。"

晚间，老祖母特别给灯添上了油，拿棉花搓一条粗粗的捻子，把它点上了。叫全昭把信再给念一遍。这时候，母亲纳着鞋底，祖母就着灯光剥玉米。两人手上做着活计，心上却仔细地听信里所有的每一句话。信上说:他被拉壮丁出去后，在国民党军队里当兵，十分受气，到一九四九年被解放军解放过来才过好了，还学了文化。一九五一年随志愿军到朝鲜抗美援朝，挂了彩，在医院里住了快一年，现在好了。组织上准许复员回乡参加生产，不久就可以回来了。还问亚婆身体好不。解放以后，土改了没有……

全昭把信又念完了，老祖母就说:

"亚昭，你不知道，我们为什么那样高兴呀，哎，真像是人死了又活回来的一样呢，我们苏家就只这一根苗，没有了，香炉就绝了的呀!"

当老祖母唠叨的时候，做母亲的人却伤心起来，偷偷地抹着眼泪，擤了擤鼻涕。

一下子弄得全昭为难起来。老祖母接着说:

"亚昭，你不知道你嫂子为什么会那样难过，听我慢慢讲给你听吧!原来是这么冤枉的一回事呀。"

"我那老伴去世得早，"老祖母接说道，"才养了亚新他父亲一个人，他就得了绞肠痧，没法救，丢下我们，自己就去了。我一个寡妇，吃着鱼胆似的，含着苦水往肚里咽，熬过多少奔波苦楚的年月，才算把儿子拖带成人。苏民我这孩子，知道自己贫寒小户，受人欺负，从小就肯听母亲、老师的话，读书挺用功。当时，他舅父家还过得去，看我做姐姐的有为难，帮补一些，勉强把他送到县里的中学堂去。后来，他又考上了不用交费的师范学堂，到省里去了。

谁知省里有了什么人领了他，说是做了共产党，这是后来被抓走了才知道的。开初他回到乡里来，只是当的教员，教小孩，同周围的乡亲讲穷啰，富啰，有没有鬼神啰，该不该信风水八字啰，这样那样的新道理。有的人是不大爱听他的，可有的人把他的话当真起来，也同现在一样，闹了什么农民协会什么的。晚上还开夜学，叫年纪大、不认得字的人都去上学。则丰他们都是让他教过字的。赵三伯那时也最爱说爱闹的，一开大会他就扛大旗，领大伙上区上去游行。民国十六年（1927年）腊月，我把你这个大嫂也接过门来了。我老骨头奔波了一辈子，以为这一下可得透口气了。媳妇接过来，儿子又在跟前做事，往后就盼一个孙子了——"

"妈，讲这些干吗？"苏嫂停下纳鞋的动作，望着婆婆说。不愿叫人触动这个伤口似的。

"事情都过去了，说一说怕什么。不讲，工作同志哪里知道!"

"你讲得太啰唆了，傅同志还有事情，哪有空来听。"

"没有关系，妈，你说吧，往后怎样啦？"全昭聚精会神地等待她继续说下去。

"往后，"苏伯娘继续说，"往后可就坏了。谁晓得是什么灾星给招来的祸害呵！就在你大嫂过门来的第二年，刚立了春，雨水还未到，学校放年假，他到南宁去了几天，头天回来，第二天才吃过早饭，不知怎么回事，县里来了好几个当差的人，把这个屋通通给围住了。当时，我儿子知道是找他来的，看看没地方逃，就躲到床底下，叫媳妇故意装肚子痛，哼哼唧唧地叫唤。那些当差的，一个个凶神恶煞的样子，好像谁偷了官家什么宝物似的，东抄西翻。我在旁边苦苦哀求他们说：'各位老总，找什么呵，我们从来不敢拿个什么东西呀！'那些当差的粗里粗气地骂：'我们要人，不要你东西!'我说：'我家的人，在家的都在这儿了，不在家的就没有回来。'不知是我这话有了灵验，还是媳妇的哼哼唧唧叫他们烦了，他们果然退出大门口去了。我们都松了一大口气，真是谢天谢地呵，谁知道，一眨眼工夫，又回来了。这回是本村覃俊三团总带的头。他大声叫唤：'搜。昨晚明明见他进村了的，飞到哪儿去啦？'当差的人又叮叮当当地上阁楼进谷仓，翻腾起来。一个当差的把我两手抓住，要绑了，大声喊道：'你把儿子藏在哪里了，不交出来把你带走！'吼声还没落下，猛一声：'你住手！我在这里！'我儿子他站出来了。炯炯的一对眼睛狠狠地盯着那个覃俊三。媳妇不哼了，当差的也愣了。那个覃俊三作了奸笑说：'呵！你到底没有飞得出去！县长请你去一趟。'说完话给当差的使一个眼色，当差的过来把我儿子的两只手绑了。这样，人被带走了，再也没回来。过了三年，我们才到县城去把他的骨头捡了回来。哎，亚昭，是我身上的一块肉呵……"

苏伯娘讲到这里，像有块东西梗塞住她的喉咙一样，说不下去了。屋里一片寂静。油灯已经干下去，灯芯烧了一截了，全昭拿着发卡去挑起灯芯，灯又亮了一点。

"现在好了，可以翻过身来了。"全昭用充满同情的口气安慰和鼓励这两位曾经担负那么沉重的苦难的婆婆和母亲。

"后来，事情还没有完呢！"伯娘抹了抹眼睛又要说下去。

"妈，睡了吧，别说那些了！"苏嫂已经纳了大半只鞋底，觉得时候不早了。

"那么多年了，难得把话讲出来，我看亚昭同我们不见外，我就跟她说说，吐吐这口冤屈。"伯娘用手抹了抹快流出来的清鼻涕。

"后来苏新生了下来，"接着她说，"算是苏家有了个传宗接代的了，我们婆媳就把他看做命根子那样地宝贝和保护着他，怕他又走他父亲那样的道路，索性书也不叫读，要他就守在跟前，知道耕田种地就行了。但是，到日本人第二次占了南宁的那年，覃俊三又当上了乡长，他抓壮丁，一方面，人家都逃的逃，躲的躲，抓不到多少，另一方面有的人给了他钱他又给免了。最后，要把苏新抓去顶数。原说是独子可以免役的，我们到区上走了几趟，哀求来哀求去，覃俊三简直就不给你上门见面，连夜把人用汽车拖走了。

"亚昭，你说这是前世的冤家不是？怎么两代人都是叫覃家给害得透不过

160

气来呵!"

"妈，不是什么前世不前世，我们现在就要同这些坏人算账了。"全昭说。

"能行吗?"

"行!"

"算账不算账，倒是不打紧了。只要亚新能回来，叫我吃白水也是甜呵!"

"他回来，也得把地主都推倒了才能有平安日子过呢。有地主在，好比田里有蚂蟥，总是要吸人血的。"全昭又说。

"可是，哪块水田没有蚂蟥呵!"

"大家把它灭了就没有了!"全昭说。

"能灭得了吗?"伯娘带着怀疑的口气问。

这一夜，全昭同苏嫂睡在床上，老睡不着。苏嫂为婆婆勾起的悲伤和仇恨、儿子快要回来、骨肉即将团聚的欢乐等复杂的心情交织在一起;全昭为老祖母所叙述的故事，脑子里留下了旧社会残酷黑暗的魔影，不觉燃起如焚的愤怒。

"苏嫂，你应该报仇呵!"全昭知道身边的苏嫂没有睡着，爽直地说了。

"我一个孤苦伶仃的人，叫我怎么报仇呀? 同我们这样受冤枉的还多呢，谁敢哼气呀!"

"事情总有个领先带头的，先有人肯干了，旁人也就会跟着来的。"

"你说怎么个干法?"

"把你们受冤枉的事，把被抢占的田地、房屋的账，统统都讲出来，算清楚，要地主恶霸都还来。你知道村里哪些人是受害最深，吃苦最重吧?"

"这，谁不知道。"

"你去同他们都讲讲好吗? 大家都愿讲出来，敢同地主算账，力量就大了。"全昭说。

苏嫂说:"各人有各人的想头，很难得齐心。有的人就是胆小怕事，不敢说;有的人就是世故，'凡事留一线，他日好相见'，不肯抓破脸，不愿说;有的人得了人家小便宜，嘴巴被糊住了，不肯说。要大伙一起干还不容易。"

全昭告诉她，像吃香蕉似的，拣软的先吃。找人也是先找容易说得动的人去谈。

苏嫂说了说廷忠的身世，认为他也是最受冤屈的了。"但是，"她说，"廷忠这个人太老实，怕出头。她老婆是覃家的丫头，近来人家见她在覃家后门出入，手上总拿点东西。可能是覃家给了她什么，把廷忠的腿也扯住了。"

"你去同他说说吧！"全昭说。

"同他说可以是可以。就是韦大娘这个人挺小气，跟她老公说句话，都怕沾了他的人似的。"苏嫂很动感情地说。

"主要是我们要推倒地主报仇要紧。自己人的关系，一就一，二就二，站正不怕影儿歪，管她什么。"

"说是这样说，人家可不同你这样看呵！"苏嫂感叹地说道。

"你们还谈呀！都快鸡叫了。明天还得去把那点芋头种下去呢。"苏伯娘翻了个身喃喃道。

一九

昨天晚上，村里看"牛轮"的上一家把竹梆交到廷忠家来，说今天该轮到他去看牛。廷忠同马殿邦换的牛工就是今天才有空，要同小冯去把剩下的玉米地种完它，看"牛轮"的事只好让大娘去了。

韦大娘一早起来，把姑妈给拿来的粽粑煮了两只，另外煮了小半锅的红薯，让丈夫同小冯吃了好上地里去。自己孩子起床来，招呼他把东西吃了，才把没有吃完的红薯留个在锅里用锅盖盖着，叫福生晌午饿了就拿来吃。自己拿一只粽子和几个红薯，另外还拿了廷忠一件刚补过不久又破旧了的上衣和一些针线放在小篮子里，然后拿上竹梆，牵着那带崽的母牛来到村头敲着竹梆，等着人们把牛送出来。

福生默默地扯着母亲的衣角，韦大娘抚慰着他：

"榕，听妈的话，你不能去。回家看门，不要同人家打架，妈给你捉一只大蟋蟀回来。"

"唔。真的给我捉蟋蟀呵，给你火柴盒子！"福生把小袋里的火柴盒掏出来。

韦大娘接过来一看，里头还有好些火柴。"原来是你拿的呀，叫我找了老半天。亚榕，以后再不许乱拿大人用的东西，听到没有？"

福生点点头。

这些日子来，能干活的牛都拿到田里使唤去了，各家送来给看的不多，只是一些没开犁的牛犊和残废的老牛。韦大娘等了一阵，再敲了敲竹梆，就把牛往山上赶去了。

把牛都赶上了山坡，韦大娘就在山坡坐下来，开始缝补衣服。

这是不很高的山坡，四周都是一片宽阔的草坪，老乡们叫它做"将台"。在稍远一点的就是马鞍山的山脚，那是一带松林。只是，这时候草坪的青草还没有长出多少，牛群在那里吃了半晌，慢慢地转到山脚去了。

韦大娘补完了衣服，站起来瞭望，数着牛只，然后把它们赶到树林里去。树林里，有的是枯枝、松果，都是很好的燃料，韦大娘把枯干的松枝捡到一个地方。打算晚上先拿回一部分，拿不完的，以后有空再来拿。

当她正捡着柴禾的时候，忽然有一个提心吊胆的声音轻轻地叫道："亚桂！"她吃惊地回头看了看，见不到人，只见一株枫树旁边的芦苇在晃动，树林里一股阴森森的气氛叫她心口怦怦地跳，脸色吓得发白。

一霎眼，苇叶里窜出个人头来。原来是覃俊三的小老婆三姐。她穿一件紫缎面的紧身小棉袄，外面套上一件蓝布的罩衣，下身穿一条宽腿的青色布料裤子，脚上是一双平底的宽边耳朵的凉鞋，头上包一块皇后牌的手巾，打扮得倒是精神，人的脸色却苍白得像张白纸，鬼鬼祟祟地，眼睛直盯着韦大娘。

"我当是谁呢，把我吓了一跳。"韦大娘避开对方的眼光说话。

"你当是谁？"三姐盯着韦大娘问，"福生他爹哪儿去了，怎么让你来看牛？"

韦大娘把话说完了，三姐假表同情，带着试探的口气说：

"没有牛，怎能种地呀？我们家的牛也都放给旁人了，说不定再也拿不回来了。"

韦大娘见她在这里突然出现，不免纳闷，她问这问那，一时也不好说什么。三姐却挺会察言观色，马上主动地告诉韦大娘说，她是来给老鬼（她指的是覃俊三）找一种什么草回去配一服药方。

"你也学会找药了？"韦大娘惊奇地说，瞟了对方一眼，对方不觉耳朵都红了。

韦大娘觉得同这位三奶奶在一起很不自在，赶紧捡自己的柴禾去了。三姐却不肯放她，尾随着她问这问那：打听小冯到她家来平日都同她们讲了些什么；则丰和马仔都告诉了工作队什么事情；还问苏嫂是不是要把她丈夫受害的事都算在俊三的名分上。

"你问我那么些，我哪里去知道呵！"韦大娘既为难又不耐烦。

"别的不知道，苏嫂的事总该知道的吧？"三姐死死地盯着韦大娘的眼睛。

韦大娘听说到苏嫂，心动了一下，眼睛愣愣地，沉了一会，摇了摇头。

"她同廷忠商量的事，廷忠没告诉你？"

"没有。"韦大娘摇摇头，马上使劲拉出一根树枝来，把它折断了。

"他们现在白天黑夜都在一起鬼鬼祟祟的，你好像还蒙在鼓里？"

"他们闹些什么呀？"韦大娘所想的显然与三姐不是一路，她以为自己的男人同苏嫂沾上不三不四的事情，希望对方能讲给她听。

"则丰、苏嫂他们要跟覃俊三算账、申冤。"三姐说。

韦大娘不做声。过了一会，三姐见对方不言语，又说道：

"他们这样一闹，我们什么也难保得住了。我们知道你家为难，可是现在明的东西不好给你们了。"

韦大娘没做声，心想："原来她是来找我讲这个呀。"

"你告诉廷忠，千祈不要跟人家瞎嚷嚷。反正我们两家的事，你心里都明白，要讲出去，谁都不好见人。"三姐歪个头来，瞪着狡猾的眼直盯着对方的眼，意思是说："你说不是这样吗？"

韦大娘弄得更窘了，脸面热辣辣的，突然傻了一样，站着不动，拿手去揪着树叶。一只小牛犊找不见牛母，走过来哞哞地叫唤。

"我这儿带来两只戒指，你带回去叫福生的爹拿去换现钱，买只牛来使唤吧。别的东西不能给你了。你可叫他不能跟人家嚷嚷，不然人家把事情全端了出去，谁的脸面都不好看。福生，他——老爷是挺关心……"

韦大娘听到提起福生，像挨扎了一刀，心口悸动一下，脸羞得通红，两只膝盖直打战战，站都站不住似的。三姐走过来，扶着她肩膀轻声细气地说：

"事情都过去了，两人的事自己不讲出去，谁知道。我也不是那种拈酸吃醋的人，只要以后两家人平安无事就好了。"随即从她腰包里拿出一个小小的布包来，塞进韦大娘的手里，韦大娘不愿拿，却被对方强迫握住。

这时韦大娘想起很多事来：想起在覃家的那些日子，想起覃俊三魔鬼一样的丑脸，想起福生，想起姑妈那天说的话，想起小冯说的"地主就是吸农民的血养胖自己，一定要同他们算账，要回自己的钱财！谁上过地主当的，讲出来就是光荣"等等。她越想心越烦乱，像一锅滚沸的粥。羞惭、惊惧、怨恨和焦心等等都混在一起，说不上什么滋味，想拔开腿奔开去，可是，两只脚又叫钉住了似的。树林外面，远远地传来山歌声。

"我不能要。"韦大娘说了话，把手上的东西塞回那只冰冷的手。

冰冷的手缩了回来，冰冷的目光逼视着她惶惑的脸色。

"我怕，不敢要，你拿回去吧！"韦大娘很固执，把小布包轻轻地抛弃在三姐的面前。

突然有脚步声来了。接着来了苏嫂和全昭，两人挑着粪筐，上面捡有半筐松果。她们抬起头看见韦大娘和三姐两人愣在那里，全昭不觉吐着舌头，用眼睛问苏嫂；苏嫂也用眼睛示意，叫她别声张，咳嗽了一声。三姐用着敏捷的动作弯腰去拾起那小布包，故意提了提裤带，懒洋洋地自语道："这地方找不到那种草药，我得走了！"说完，盯了韦大娘一眼，意思是说："你可不能讲出去呵！"却不敢同苏嫂和全昭打照面就走了。

韦大娘尴尬地，想了半天也找不出话来同苏嫂她们打招呼。倒是全昭来得机灵，深为关心地问："大娘，今天是你看'牛轮'呀，你捡的柴火可不少哩！"

"得多少呵，才一点点。"韦大娘生怕人家问她这个那个露了马脚，说完立时又捡树枝去了。

"大娘！"全昭憋不住，走到她身边，亲切地叫了一声。

"什么？"韦大娘不肯抬头。

"那个地主婆刚才来同你讲了什么？"

"没讲什么。她来找药。"

"我们穷人应该是一条心，别听地主的话，他们嘴巴讲得甜，肚里却藏着刀呢。"

"她刚才把什么东西丢在地上啦?"苏嫂直截了当地插进来就问道。

韦大娘看了看全昭，难过得两手捂着眼睛哭了。"你们为什么那样逼我!"她委屈地抽泣。

苏嫂不禁愕然，感到抱歉。全昭抚慰她道："我们没有逼你嘛，什么也都为你好，为我们穷人翻身嘛。"

"大娘，你也知道，我们姓苏的和你们韦家两代人都是受覃俊三的害。我们还有谁叫谁过不去的。你姑妈同我是同辈人，她最明白我们的事，她不是跟你们说了吗?"苏嫂说道。

韦大娘抹了抹眼泪，又看了看身边的这两个人。她们都那样诚心诚意地注视着她。

"你同我们说吧，那个地主婆来骗你什么话?"全昭又恳切地问。

韦大娘咬了咬嘴唇，下了好大的决心才说道："她要给我两只金戒指，我不要。"

全昭同苏嫂心上像落下块石头似的，互相看了一眼。

"她给你戒指，要你帮她做什么吧?"苏嫂问。

"她叫我告诉亚榕他爹，不要跟人家一起嚷嚷，别同覃家闹事……"

"好。大娘，你做得对!"苏嫂安慰了她。

韦大娘好像放下担子，心情顿然舒坦了一些，向这两人默默地点点头。

当天晚上，三奶奶来到小客房。覃俊三拿下他的老花眼镜，合上一本什么书，上下打量着进来的人，好像隔了好些时候不见似的。三奶奶这时把蓝士林布罩衫脱了，上身是一件紧身的紫缎棉袄，下身是一条天蓝色的裤子，拖着一双绣花的布鞋。

"怎么样啦?"覃俊三看小老婆这时候还打扮成这样，已经有点不高兴，又见她慢条斯理的，更加不耐烦起来。

"不行。"三奶奶一屁股坐在"老鬼"旁边，眼睛瞟着他。

"怎么不行？"覃俊三显得凶狠和不耐烦了。

"你听我讲嘛。"三奶奶摇了摇他的肩膀，正要撒撒娇，对方却态度凛然，像个金刚，三奶奶不觉把手缩了回来，望着桌上的灯说，"她不干！"

覃俊三不动声色。好像这是在他意料中，不足为怪的了。三奶奶唯恐触犯这个活金刚，提心吊胆地把今天她同韦大娘打交道和后来遇见苏嫂的情形一一报告给他听。

"我看呀，亚桂也叫人给唆坏了。"最后，她表示了自己的判断。

覃俊三还是不动声色。用手指轻轻敲着桌面。灯下有一只灯蛾在乱扑。

天仿佛要下雨，远远地响着雷声。

"亚桂这个贱骨头，可得小心她哩，我们有的事情，把柄都在她手上，要在她的口里漏了出去可就穿了底了！"三奶奶补充申述她的见解。

"还要抓住她，不能让她跑了。"覃俊三终于凶狠而决断地说，随手用笔杆将灯蛾弄死了。

三奶奶说，她自己再多露面不行了，现在苏嫂、则丰、银英和工作队的人都活动得很厉害，再公开去找亚桂，引起怀疑反而坏事。

"叫梁正让赵佩珍去盯着她。她要真是卖了我们，那就不客气！"这时，覃俊三狰狞的面目都显现出来了。

"试一试吧。"三奶奶说。

"还打听到什么风声没有？"

"这几天，他们都串联，一个串一个。"

"干什么？"

"就是要跟我们算账、申冤、报仇，要我们还给他们的田地、鱼塘和山林，一大堆。苏嫂这个母夜叉和则丰麻子闹得最厉害。"

"苏民的事，也算到我名分上？"覃俊三自语道，随即抱着头去追寻他的回

168

忆。

"他们说是你给牵的线。"

"廷忠他，没有什么吧?"

"现在还不见他怎样。"

"只要他那边不肯揭，别的还好对付。"覃俊三不像刚才那样凶狠了，神色有些凄惶。

这时，后门传来了咚咚两响，停了停，又是咚咚两响。三奶奶屏住气听，脸上忽然露出喜悦，随即站了起来，凑到"老鬼"耳边轻轻地说:

"大炮!"

"正好。瞌睡碰上枕头：领他上来!"

三奶奶咳嗽两声，然后轻飘飘地拿着灯下楼梯去。

二〇

　　杜为人在岭尾村住了几天，现在才过长岭来。一来就连夜找全昭、小冯和徐图他们来汇报。他对全昭说的在松林里发现的情况特别重视，认为这证实了苏嫂隐隐约约所说的话是有所指的，也证明了他同区振民对敌情的估计不错。最后，认为长岭已经有了苏嫂、则丰做骨干，比岭尾容易突破，先从长岭进攻，然后影响岭尾。岭尾群众看来还被梁正和赵佩珍蒙蔽，但是一时还拿不到什么把柄，盖子还不好揭。

　　小冯听了杜队长说话之后，说道："长岭这里，廷忠是个关键人物，他要敢挺出来，——"

　　全昭不等小冯把话讲完就抢着说："廷忠敢不敢出来，关键在他老伴。"

　　"这几天他态度还没有什么进展吗？"杜为人向小冯问道。

　　大家的视线跟着集中在小冯身上。

　　"还是在摇摆。"小冯说。

　　"不要急，叫则丰去找他多谈几回，启发开导他。这些老实人要拿出事实来叫他们看到了才会跟上来。只要他一跟上来，后头很多人也都会放开手干了。对他们这号人要特别耐心。"杜为人说，好像是十拿九稳似的，"另外，中农方面也要稳住他们，把他们拉住。马殿邦怎样？还有苏绍昌，把这些人都团结在贫雇农周围，才可能彻底孤立地主，最后把他们打垮。"

　　"这倒是经验之谈。"徐图点点头，由衷地赞成。

　　最后，杜为人就这样决定：要在群众中普遍揭发地主耍的花样，坚决打退他们的进攻；号召贫雇中农同地主分家，普遍发动报上当。宣布凡是地主私藏、赠送、贿赂的金银、财宝、洋纱、布匹、衣服、家私等等，不论是谁家，只要自动地报出来，不但没有事，东西都归他所有。

这一决定，使工作同志都异常兴奋，认为这一下可找到突破口了。各人分头去找各人的对象，把政策、方针讲给他们听。晚上，召开一个村民大会，杜为人作了动员报告。他把地主、土豪、恶霸给广大农民造成的悲惨景况的典型事例，一件一件地公布，又一件一件作了分析，指出这些都是由于地主阶级封建制度的必然结果，揭穿所谓"富贵皆由命，半点不由人"的谎言；接着，指出最近地主恶霸所玩弄的花招，暗中搞抵抗的阴谋，列举种种具体例子；最后号召贫雇中农团结起来，实行同地主分家，划清敌我界线；宣布报上当的政策。

这一番话，无疑是一场大雷雨。整个村庄都浮动起来了。

小学校的教员配合工作队的同志，根据杜队长报告的精神拟了标语，画了地主阴谋花样的漫画，到处张贴。钱江冷也积极起来了，一面指导着别人画，一面也拿竹枝当做画笔，在道口的墙壁画上大幅壁画，揭露地主剥削农民的嘴脸，描绘农民团结起来的英雄气概。

贫雇农找工作同志的越来越多了。有的是来报告，地主放在他家没有要回去的耕牛；有的是来坦白，一时糊涂，为地主收藏布帛；有的是来揭发，别人与地主有暗中来往；马殿邦也来声明，他与覃俊三合伙开的油榨，覃俊三的那份股本还在他那里。

韦廷忠听了杜队长的报告以后，心情更沉重了。这一番话，上一回杜队长曾经同他开导过。当时他以为事情不一定是非这样办不可，能拖就拖吧，反正覃俊三罪恶也不止害他一家人，让别人出面去揭发、斗争就行。该倒的，少他一个也会倒。不想事情越来越逼人，你不说将来他自己认了，岂不是倒反将自己给卖了？自己不敢一刀两断，总还有一根绳子抓在人家手里，即算覃俊三他不说出来，自己心上搁着一个东西，也不安然……

"……不过有些事情，怎好说出口呢？……"廷忠翻来覆去地自己跟自己嘀咕，把事情掂了又掂，拿不定主意。

171

第二天，则丰来邀他一块上山砍毛竹来编鱼签。则丰一路走，一路同他谈，问他对覃俊三怎个看法。他就说，覃俊三为人阴险、刻薄，手段毒辣，这点，谁都看到的。但是，自己住在人檐下，焉得不低头，有话也不好说。则丰说，现在是共产党的天下，一趟春水一趟鱼，往后的日子不由他们"话事"了，怕他妈的屁。

"反正有你们闹就行了，我来不来也不碍事。"廷忠听则丰说要他参加斗争的话答道。

"大家要都同你一样，谁来'拉头缆'呵？"

"一个人一个心眼，不会都同我一个样的。"

"人家都指望你出把力哩，因为你在他家住的工夫长，清楚他的底细，跟捉鱼的一样，你不夹到它的鳃，它又会滑走，是不是？"

"你们打算怎么搞法？"廷忠问。

则丰看了看他，一会，反问道："小冯还没讲给你听吗？"

"他说是说过一些。"

廷忠把这些日子来，小冯跟他说的，和他自己想的都说了。

则丰说道："工作同志是毛主席派来的。人家来了，不要我们一针一线，你的孩子还不是人家治好的，也不要我们一个铜钱。这还不能相信吗？我看八九成是信得过的。我就看，眼前该怎么干就怎么干，至大芭蕉叶。万一国民党能回得来的话，我们就跟解放军一道干，你看怎么样？"

"我倒不是怕变天。"

"怕什么？"

廷忠不做声。

他们就这样边谈边走。到了山里，则丰仍不放松，继续鼓动着廷忠。廷忠还是沉沉闷闷，仿佛阴晴不定的天气。

晌午，两人各砍了一捆毛竹，就便在山脚大树荫下歇一会。天气闷热，要下雨的样子，鹞鹰在空中盘旋。则丰卷支纸烟，慢慢地吸着，他望望面前那株郁郁葱葱的杜果树，不觉想起他们那时放火烧野蜂的情景。

"你记得吧，我们就在那个地方，"则丰指了指杜果树附近，"烧草木灰，拿到一窝野蜂蜜。"

"是呀，就在那个地方。"廷忠活泼起来，"真快，一转眼二十多年了，一世人真容易过呵！"

"我看就不容易过。你说这二十多年我们多奔波劳累呀！老兄，如果你父亲那年不挨那个冤枉，你恐怕不会这样倒霉，玉英也不至于守寡。"

"别提它了。"廷忠说，很不愿触动那点伤疤。心想："事情是不是命中注定？要说不是，怎么又偏偏那么巧？"

"我看你太怕事了。"则丰说。

"不怕，又能怎的？"

"要说从前，当然你要怎么着是困难啰。可现在，有了人民政府、共产党给穷人撑腰，还怕这怕那就不对了。父仇不报枉为人！我现在，什么也不管。"则丰注意看对方的脸色。

廷忠正想着，一时说不来话。

"你到底怎么想的？干吧，至大芭蕉叶。"

"你的脾气还是没有改，总是那样冒冒失失的。不要又是蜜糖拿不到，先叫蜂给蜇了。"廷忠掉过头来，打量着这位童年的伙伴，好像新认识似的。

"你还用旧皇历来看新年月，可不灵了。干吧！日头已经偏西，我们再砍一捆就回。我家里还有点粪没有送到地里。"则丰掷了烟头，站了起来。

"我老婆肚子一天一天大了，母牛又下崽，好事都凑一起，真不走运！"廷忠还是愁闷地，边走边说。

日头快落山时候，廷忠和则丰每人砍得两捆毛竹。廷忠还弄到一根弓一样的树干，拿回家准备做牛轭；则丰却捡到不少草菇和木耳，把装柴刀的竹笼塞得满满的。回到村边，大家见了都说他们真能钻，上山总也没有空手回来过。

廷忠回到家，见韦大娘还没煮饭，脸色苍白，有气无力，眼睛无神。

"看你气色不好，哪里不舒服吧？"廷忠问，用怜惜的眼光看她。

"没有什么，头晕。"她动了动没有血色的嘴唇，低声细气地说。

一会，小冯挑了水回来。她把饭煮熟，自己不吃就躺下了。

半夜，廷忠同小冯去则丰家开完会回来，韦大娘体温已经很高，说着胡话：

"不，我……我不要……你……为什么逼……"

"不，我不……要，你——"

她反复说着这样不连贯的胡话。

廷忠和小冯都慌了。

"水！给我……喝！"病人又叫起来。

没有开水，廷忠先把剩下的米汤给她喝了。小冯想起挂包里还有退热的药片，拿来给病人服下了两片。一会，病人稍为安静一些。

廷忠问小冯她今天在家的情况。

她早上到河里洗衣服，出去不多工夫，小冯自己也想起衣服脏了，换了下来拿去洗，他到河边时，见赵佩珍正跟她说话。小冯躲开她们自己到另一个地方去洗。回来，他问她，赵佩珍同她说些什么。她直摇头什么也不肯讲。小冯也就不好追问。但看她神色挺愁，懒懒的，不像平时那样爱动弹。

廷忠听了满肚子的狐疑："真背时！"深深地叹息一声。

第二天早上小冯去叫全昭来给大娘看病。病人已经清醒一些了，全昭给她量了体温，三十八度四；按了按病人的额头，叫她伸出舌来看了看，舌苔厚些，又把了把脉，不见得怎样，诊断是感冒了。叫小冯再给她吃两片 APC 看看。

廷忠和小冯见病人好些了，就趁着这两天地土还不太硬，要把花生抢种下去，吃了粥就去跟马殿邦借来一只黄牛，上地里种花生去了。晚上回来很迟，到家时，已经黄昏，福生坐在门口见到父亲就说："妈妈肚子痛，没人煮饭。"廷忠进房里看老伴，问了问。大娘呻吟着说，早上吃了药片，出了一身汗，头倒是轻了些。晌午以后，肚子开始疼起来，肚里的小东西要往下坠。廷忠急得没法，心想，是不是再到神树烧一炷香，许个愿；只望神明保佑病人平安过去了，秋后就给烧个纸钱，挂个匾。……但是，近来听工作同志再三再四地讲，神树灵不灵验呢？心里不免也怀疑起来。

晚上，吃饭时候，小冯去找全昭，不巧，她去岭尾找杜队长请示工作去了。

半夜，病人越来越叫唤得厉害，福生也给闹醒了，全昭从岭尾回来听说小冯找她，马上同苏伯娘和马仔过来给病人看了看，问廷忠，病人肚子里的小孩几个月了。廷忠也不大清楚，病人说快半年了。

"小孩能不能保得住？"苏伯娘惊疑地问。

全昭请男同志们避一避，检查了一下病人。随即出来对廷忠说："小孩保不住了，要小产。为了保护大人的安全，要马上送到医务所去！"

"把病人送走？哪能呀！亚昭，你真是女孩子不懂事。有这样身子的人，是不能出去见水过桥的呀！那是犯忌，不行！"苏伯娘急切地阻拦住全昭。

"要人抬也是个问题，半夜三更——"小冯表示有点畏难。

"怎么，你怕困难？救人要紧！"全昭瞪了小冯一眼。

廷忠也感到为难，向全昭问道："能不能不去？要去，病人又不能走，还得找担架……"

"反正要快。"全昭说。想一想，立时果断地说："这样吧，谁跟我去医务所走一趟，把医生和动手术的一起请来。"

"我跟你去！"马仔说。

"走吧！"全昭说完就走了。马仔同小冯拿了电筒也跟上去。

苏伯娘看他们走后，望着廷忠说："福生爹，我看拿炷香到神树去许个愿吧！"

病人又是一阵撕裂着夜空的凄厉的叫喊，让人的心又都紧缩起来。

夜已深沉，远远传来几声狼嚎。

天快亮的时候，全昭、马仔和医师赶了来，一进屋，大家都已经愣在那里，好像木雕一样，小冯马上背过脸去抹着眼泪。全昭招呼着大夫走进卧房。伸手到病人头上一摸，仿佛触了电流，立刻缩了回来，一切都像凝结了似的。她同大夫退出卧房，在朦胧的微明中，望了望廷忠。他抱着脑袋坐在小冯的床上，就像是成了化石一样。

"怎么会那么快就——"全昭以疑惑的眼光望着大夫。随即把病情向大夫说了一遍。

"按常例是不那么快的。"大夫说。

一会，全昭把苏嫂、杨眉、银英都领了来，帮助廷忠料理后事。

苏嫂说，必须按老规矩先给死者做最后一次沐浴，换件干净衣服，然后再抬到外屋来入殓。杨眉怕看，不敢接近，银英只帮烧水什么的；则丰和廷忠去借了斧头来，自己斗棺木；马仔去折桃叶来准备给死者沐浴。

大家分头忙了一阵。苏嫂等到烧好了热水，放进了桃叶，找个木盆来，舀了一大盆水，然后端进房去。不一会她手上拿着一个小布包，异常疑惑地跑了出来，叫大家看。说是从死者的腰带解下来的，这时，赵三伯刚好来到门口，见大家都抢着看是什么玩意，也凑上来看了看，随即说一声："麝香！"

"呵！"大家齐声惊呼起来。

"一定是谁下的毒手！"则丰说，眼里迸出了仇恨。

大家又都愣了。

"大伙想想，村里谁能有这东西？"全昭望着大家。

"那还用问，没有两把收租大秤的人家，谁有这玩意。"赵三伯说。

"福生，"全昭灵机一动，抱起福生来问，"昨天谁来找过你妈？"

"赵姨娘来过，她还给我一块红红的糖球。"福生说。

全昭马上把福生交给杨眉，将小布包拿到手里。想了一会，眼睁睁地望了望大家，最后说，她要同小冯去岭尾村找杜队长，等她回来再入殓。

廷忠和则丰听见是赵佩珍来过，都站起来，被这意外的事件震惊了。廷忠恨恨地咬了咬牙，但是没有说出话来，则丰见全昭同小冯要走，不放心，叫马仔回去扛一支枪同他们一起去。

杜为人听了全昭和小冯的报告后，交代区振民：叫李金秀留意赵佩珍的行动，不让她跑掉，晌午，要李金秀把她请到长岭来开会。跟着，立即同全昭他们赶到长岭来。赶到时候，尸体已经被安放在原先小冯的床铺前面的空地上。四块白木板拼成的棺木搁在旁边。福生的头上缠着一条麻带，廷忠一脸的愁云。

工作队的同志们陆陆续续都来了。钱江冷不敢走近去看尸体，只在门外伸着脖子瞧，对福生表示十分怜悯，从口袋掏出两三块最近才收到的巧克力糖。黄怀白含着烟斗听着苏嫂讲话。

杜为人把大家扫视了一眼，问道："大家都见到了吧，这是什么问题？"

"敌人的心太毒了！"钱江冷说。

"不堪设想！"黄怀白往鞋底敲敲烟灰。

杜为人又望了望所有的人："怎么办？大家说说！"

所有的人都不做声，静静地瞅着这位队长，像战士等待指挥官发号令，像学生等老师来解答难题，像病人等待大夫的诊断。他这些日子来，几乎是每天才睡上三四个小时，白天又同这个谈、那个谈；不开会时，就到地头去同老乡一道干活。人虽然显得消瘦了，却有一股坚毅的神气，谁也摇不动似的。

"把杀人的凶手挖出来，要他偿命！"则丰掷掉烟头站了起来。

则丰的话表达了大部分人的情绪。大家又都望着杜为人。仿佛说："是呀，一定要这样才解恨，杜队长你说呢？"

杜为人目光炯炯，斩钉截铁地说道："老乡们，这不是韦大娘她短命，也不只是廷忠一家的仇恨，而是地主阶级向我们农民的挑战。尸体暂时不能埋。我提议把她抬到农会去放着，叫全乡的人都来参观。这不是只是叫大家来瞻仰遗容，表示哀悼，当然，韦大娘年纪轻轻的，正是当家立业的好年月，突然过世了，谁不痛心！但是，我们应当让乡亲们看到地主的毒辣、阴险。要大家合

177

力同心，向地主讨还血债！不过，这还得问廷忠哥同不同意。"

"同意嘛！"则丰代廷忠搭腔，回头看了看他。

"我没有二话，杜队长怎么说就怎么办！"廷忠说，口气很坚决。

他现在像醒过来了的醉汉，像放下了担子的挑夫，表现出异乎寻常的明朗、坚定，精神振奋，仿佛是临阵被鼓舞起来的战士。乡亲们看他，仿佛是当阴霾的天气忽然变成了晴天。苏嫂用惊喜的目光和则丰互相交换，小冯也禁不住泛着微笑，好像算对了一道题，全昭不觉流出了喜悦的泪水……

"对！就这样干！我们要为受冤枉的弟兄姐妹申冤！"杜为人鼓励了廷忠，也鼓动着大家。

二一

工作队的人回到队部，各人的心情都挺沉，谁也不哼气。

"大家怎么都不说话？给敌人吓住啦？"杜为人倒了一碗开水，喝了，巡视了各人的脸色，"全昭跑了一夜，累了吧？小冯，这一下子可不发愁局面打不开了。"

小冯含着笑意瞟了全昭一眼。全昭正要说什么的时候，杜为人马上说："本来是打算稍迟一步，把群众发动得更充分些，等落后的也都跟上来了以后，再同敌人展开面对面的斗争。现在敌人既然已经打到门上来了，实际上替我们作了动员。这是机不可失的时刻，要大家马上分头去组织群众，通过这血淋淋的事实，控诉地主们的残忍、罪恶，揭露敌人的花招，进一步团结贫雇中农多数，彻底粉碎地主阶级的垂死挣扎。"

"总之，"杜为人最后说，"敌人给我们扮了黑脸又扮了白脸，戏就好唱了。"

"是不是把凶手闹清了，再——"全昭插了一句。

"对啰，不明白具体的凶手，证据不足，说服力不大。"徐图态度积极起来了。

诗人丁牧说："事情本身已经很明显，你把事实一摆，群众就会分辨的。最近我才深深体会到，群众并非愚蠢。"

"不。全昭和徐教授说得对，"杜为人说，"我们是要把案情弄到水落石出，把凶手捉到。"

末了，杜为人就像老练的指挥员，做了这样的布置：等区振民把赵佩珍送过来时，由全昭同苏嫂问审；小冯继续做廷忠的工作，巩固和稳定他的情绪；其他同志分头串联各人所联系的基本群众；钱江冷找学校教员准备画几幅大漫画，把敌人的狰狞面目揭示出来；丁牧写鼓动性的墙头诗、山歌，让大家唱……总之，要求大家全力以赴，投入战斗；掀起轰轰烈烈的斗争高潮，显示广大农民气势磅礴的力量。

"黄教授，你看看，做些什么？"杜为人转回头来，问坐在太师椅上的黄怀白。

黄怀白想不到会问到他，不觉发窘。把烟斗往椅腿敲了敲烟灰，说："我能做什么？——什么都行。大家看要我帮什么忙吧！"

"要说大家的要求，那就高哩，看自己主动地考虑吧！"杜为人说。

黄怀白很不好意思，也有点不大服气。杜为人站起来正要往外走的时候，看了看他，又对他说：

"改日找个时间咱们聊聊！"

晌午，杜为人和区振民在队部商量组织这次斗争。全昭和苏嫂来了。她说，赵佩珍开头想抵赖，后来对她讲明了政策，还是吞吞吐吐，想讲又不想讲，最后，拿出证据来，才抱头哭了。说麝香是地主婆三奶奶给她拿去的。前一天在河边，她威胁利诱韦大娘，叫她不要把覃俊三欺负她那些事情和他家里的底细讲出去，只要她给保守秘密，让覃家过了这一关，对她一辈子都有好处；反正福生是谁的孩子，她自己明白，覃俊三不会使她母子无衣无食的。要是不听话，把事情张扬出去，脸面往哪搁！要她自己想好。韦大娘被逼得没话说，这时小冯到河边来，只好急急忙忙说："明天再回话。"当天赵佩珍向三奶奶回话。三奶奶就交给她这包小东西，说是看她真是拉不过来，就想办法使她送命。

昨天她借故来长岭找织布的梭子，到韦廷忠家。又同韦大娘提起昨天讲的话。大娘她认为覃俊三既然把丑事让赵佩珍都知道了，是纸就包不住火，反正脸皮是没有了，再说也没用。说完独自躺着不肯再说一句话。赵佩珍做好做歹地故意给病人摸摸肚子，偷偷地把麝香系到她腰带上。出到门口来，见到福生蹲在地上看蚂蚁搬家，她把两块糖给了他才走。

杜为人听全昭讲完了话，问道："现在她在哪里？"

"我们叫银英同亚婆看着她。"苏嫂答道。

"是不是叫金秀把岭尾的工作放下，也过来看看她。可不能让她跑了，同时，防备她发生意外。她对我们开展这场斗争，可是个宝贝哪。"杜为人说完，把目光移向了区振民："老区看怎样，真实情况她是不是讲完了，里头会不会掺假？"

区振民吸着烟正想着，一会，才说："按说，她跟覃家是不来往的，这些天金秀都跟着她。会不会当中还有人……我看不完全是她跟覃俊三小老婆直接发生联系。"

"我看，还要进一步审问。"全昭满怀信心地说。

杜为人看了看这位女大学生，她一夜没有合过眼了，来回跑了好几十里，早饭还没吃，但是人还是精神奕奕，不见半点倦容。她仍旧穿一身男装浅灰色的中山服，这些天来头发长了，没空剪，用手绢把它扎了起来，虽辫子不像辫子，髻子又不像髻子，反更显得落落大方。

"对。"杜为人接着说，"事情往往是这样的，刨一蔸红薯还不能一下子就刨得干净呢。几千年封建的老底，外加帝国主义走狗的残余势力，想打一两个回合就彻底，那是天真的想法。我们的工作还多着呢，现在先商量马上要动手的事吧。"杜为人说，又倒了一碗水喝了一口。

"杜队长没有吃饭吧？"苏嫂问。

"吃了没有？好像是没有吃。"杜为人笑了笑。

"我们也没有吃，我回去拿粽粑来。"苏嫂说着就走。

杜为人同区振民继续商量。最后决定：一、明天早上召开全乡群众大会，把棺材抬到会场上，让大家看；二、马上派民兵把覃俊三和他的小老婆看起来；三、明天把凶手拿到大会上，号召有冤申冤，有仇报仇，让群众上台控

181

诉、算账，没收覃俊三财产，退还被剥削的贫雇农；四、以上做法，请团部批准并派来人指导。另外，岭尾村那边，要布置好，防止敌人钻空子捣乱，何其多与覃家是亲戚，要派民兵监视。

"这下子打开了突破口，工作好做了。"区振民说，"把棺材抬到会场上，这很妙。叫一些老实人见见棺材，开开眼界。"

"也不能完全作这样估计，落后思想总还会有。不过，上了这一堂生动的阶级斗争的课之后，肯定会大大提高一步的。全昭，你在干什么？"杜为人回头，全昭躲在一边看《土改简讯》。

"我在看文件。"

"你吃了饭去看看廷忠，照顾一下他的孩子。"杜为人高声对全昭说了后，又放低声音同区振民说，"对廷忠这个人的工作十分重要，他要跟上来了，其他群众也会跟着来了。这人踏实，一就一，二就二。老乡最信得过这号人；则丰有点浮，人家不一定那么信实。"

当天晚上，团部批示下来：同意三中队对地主覃俊三进行斗争和同意放手群众向他进行清算，没收他的财产。得了这个批示以后，杜为人叫马仔来，连夜送信给区振民，叫他让岭尾那边的群众明天吃过早饭就到长岭来开会。完了，他自己再到廷忠家去看了看。

那里，赵三伯、则丰都在，他们围着一盏不明不灭的油灯坐着。小冯跟廷忠说着话。"他逼得人这样，我也顾不得什么了！"廷忠说。他的情绪很平静，以前那种愁闷不那样显眼了。

杜为人不想打岔他们的谈话，就转到苏嫂家来。

苏嫂的家有一个比较宽绰的堂屋，两边都是卧房，婆媳俩一人住一边。堂屋东面靠墙有张床，是苏新在家时候睡的。现在全昭、伯娘、苏嫂都坐在那里说话。福生在苏嫂怀里轻轻地打着鼾。

"你们还没睡呵！"杜为人轻轻推门进来，看了她们说。

"老杜，你不知道，怎能睡得着呵！我苏家两代都叫他害的呀。人好比瓜秧，才长得好好的，却叫他那个丧尽天良的家伙给糟蹋了。我这才跟亚昭说，没有你们工作同志来，不知还有多少人受他的害呢。他真是一只老虎，谁敢惹得他。"

"现在把他抓住了吧？"苏嫂怕婆婆唠叨下去，赶紧抢着问。

"已经叫民兵把他看起来了。"杜为人说，接着把团部批准的事也告诉了他们。

"那，可是见了天啦！"伯娘高兴起来。

"你们娘俩明天谁上台去把旧时受冤屈的事都向大家讲出来吧。"杜为人带着征求又带着鼓励的口气说。

"亚婆上去讲！从前的事她清楚。"

"都讲。各讲各的，各人都有一肚子的苦水，都得把它吐在地主的脸上！"伯娘态度十分坚决。

"苏嫂是要讲的，我们刚才商量好了。"全昭对杜为人说。

"还要去叫多一点人讲，把地主老财陷害好人、霸占田地、强占妇女什么肮脏的东西都给他揭底。开会是不是要一天？没有一天恐怕讲不完吧？"苏嫂说。

"一天就能念得完他的家谱呀？三天也说不尽，人多讲出理，田多长出米。让多点人讲，怕什么的！"伯娘嘟哝着。

一会，马仔来说，团部有人下来，叫杜为人回队部去。

"你们也早些睡吧，明天好有精神开会！"杜为人这样说着就走。

"杜队长！"全昭想起什么，跟出门外去，"你没有带电筒吧，给你！"她以无限关怀的眼光深深地瞟他一眼说。

杜为人回头看入对方的眼睛，不知说什么好。

"我有了！"马仔在前面说。

"我们这位队长可真是，总也不见他停过一下的。"全昭转回来，独白似地赞叹着。

"你说老杜吧，可是好人品呵！对人总是和和气气的。"伯娘说。

"对坏人他可不是那样和气，今天他同覃俊三谈话，我头一回见他发脾气。他发起脾气来可厉害呢。"苏嫂一边说，一边点上松明，抱着福生往房里去。

"亚昭，你倒是有了婆家未曾？"伯娘望了望全昭，"你在我们这地方找个婆家得了！"

全昭不觉红了脸，故意装作没听见。一会，才说："妈，睡了吧，明天开会，你还要上台讲话呢！"

苏伯娘以带着笑意的宽慰的眼睛望着这位可爱的姑娘："你倒学到老杜的话了，总是担心别人睡觉。我就是为了明天要开会，连觉也不想睡了。"

清早，整个村子都骚动起来：在河边挑水、洗衣服的妇女，在村头拾粪的老头和老大娘，在各人小院里修农具、喂牲口的人们，他们见了面都停止脚步，放下活计，交头接耳地议论这个耸人听闻的案件。

有的说：

"听说还没装进棺材呢，我可不敢去看。"

有的说：

"等一下要开大会公审，赵佩珍也要挨斗啦。"

有的说：

"覃俊三真是狠心，下这样的毒手。"

有的表示：

"等一下开会，你上不上去说话？我可是要把这个杀人不见血的恶鬼，顶他一家伙！"

有人解恨地说：

"覃俊三太绝了，这下现世现报，活该！"

有的表示称心：

"这个拦路虎这一下可是遇上了武松了。"

马仔领着几个民兵，拿着喇叭筒爬到树顶去广播山歌：

旧时农民多贫苦，都为地主剥削人；

天上星星有定数，地主罪恶数不清。

如今革命得解放，贫雇中农一家人；

债有头来冤有主，地主欠债要还清。

村头的大闸门，贴着两张白底黑字的大对子：

搬开石头好走路，

斗倒地主好分田！

小学生们三三两两，在村前村后到处喧嚷，像背书一样朗诵：

地主覃俊三，钱财堆成山；

好塘他吞并，好田他霸占。

地主覃俊三，罪恶高过山；

杀人不见血，妻离子又散。

赵三伯把他几只母鸭往塘里赶，听到小孩朗诵，不觉停下来，叫小孩再念一遍给他听，小孩们抢着念。完了，他笑呵呵地问道：

"真聪明呵，谁教你们的？"

"工作队老丁。"

"好呀！他教一遍你们就会啦？"老头很有兴趣地同小孩扯起话来。

"是的，教一遍！"一个小孩答道。

"教二遍嘛。"赵光甫的儿子亚升抢过来纠正。

"当真吗？我考考你们，我现在也教你几句，看谁先会。"

"你说，你说。"小孩都挤到老头身边来。

老头就在竹丛旁边的一根倒下来的树干上坐下，想了想，然后也编了四句：

　　　地主覃俊三，通匪又通官；

　　　三刀耍两面，坏事挺能干。

"怎么，谁能念得出来？"老头望望小孩。

小孩眼睛睁得溜圆，口里喃了半天，喃不完全，有点不好意思了。

"再说一遍。"

"好，再说一遍，看谁记住。"老头说着，又慢慢地念了一遍。小孩们照着念到第三句，亚升抢过来大声念道：

"坏事挺能干！"

"好，好，个个都聪明，都得一百分。"

"不，最多就是五分到顶了。"又是亚升说的话。

"你这小孩可是伶俐呵！你父亲怎么不回来？叫他回来了吧。"

亚升不好意思地说声"我不知道"，招呼着别的孩子走开了。

"真想不到赵佩珍干出这样的事来呀！"吃过早饭以后，梁正装得气急坏败的样子跑来对杜为人说，"平时只晓得她不大正派，爱拉皮条什么的，解放后，她可是改了不少的，谁知……哎，真是知人知面不知心！她现在在哪儿？"

"你放心，有人看着了。"杜为人说。用猜测的眼光审视着这位民兵队长。

梁正避开这逼人的目光，低着头去卷纸烟。

"今天的会怎么开法？"梁正试探地瞟了杜为人一眼。

"公审！"杜为人以斩钉截铁的口吻，说得简短而干脆。

"那，我们民兵——"

"这样，你负责今天的会场秩序，保证安全，出了乱子要你负责。"

梁正眼皮一跳，含糊地说："民兵，这帮小伙子不大听指挥。"

"这才需要你认真负责了。你可以去同苏绍昌一起商量商量，你们两人今天就干这个。"

梁正好像还有话要说，但，看看杜为人已经把头转过去，用心继续读一本什么文件，不打算同他再谈什么了。他不得不悻悻地走出中队部来。

不一会，俞任远和一位区人民法院的庭长赶来了。这位老教授拄着一根做秤杆用的蚬木手杖，肩上挂个旅行热水瓶。天气挺暖和，把他薄纸一样又白又细的皮肤晒得通红，额角沁出小点汗珠。

"这地方，说没有冬天，春天也不长呀，一下子夏天都来了。"俞任远进了门来，一边说，一边除下眼镜，拿出镜盒子里精致的麂皮来抹了抹镜片。

"没有那么快，荔枝才开的花呢。夏天的话，荔枝都熟了。什么地方也是按自然规律来的。喝口水吧！"杜为人把书合起来，给客人倒水。

"给庭长同志用吧，我自己有。"俞任远拿下他的水瓶来，解开系在水瓶带上的洋磁杯，仔细地用水洗了洗，倒了一杯开水。然后，给庭长介绍了杜为人。

等他们喝了水，杜为人就陪他们出来走走，打算检查一下会场。他们走到覃俊三的"近水楼台"的砖墙旁边，遇见钱江冷和几个小学教员正在那里，钱江冷拿着一枝竹子做的大画笔，旁边的人一个提着小铁罐，里头是红石子磨成的颜料，一个捧着一个瓦盆，里头是新磨的墨汁。钱江冷指着砖墙上刚刚画完的画发议论。那画上是一群精神饱满、燃烧着愤怒的农民，有的拿着算盘，有的翻开契约文书，有的擎起枪支，十目所视、十手所指地针对着缩在一边的垂头丧气的地主。人物刻画得生动，画面也很热闹。

"把地主画成叫人看起来怪可怜，那就不好了。"杜为人在他们后背看一阵，不觉把话说出了口。

"哎哟，吓我一跳，俞教授也来了——"钱江冷转回头来，觉得抢了杜队

187

长的话了，有些不好意思，便立即收住了自己的话，听对方说下去。

杜为人接着说："应该把他画得令人看了感到憎恨。把地主阴险、恶毒的本质表现出来。"

"杜队长说得对。我们看得太少了。"钱江冷说。

"等一下大家就可以看到了。所以说，艺术家不到生活中来，不与工农群众斗争相结合，总是差一点，是不是？"杜为人望了望俞教授。

"是呀！想不到杜队长还是个文艺评论家呢！"俞任远由衷地赞佩。

"介绍一下吧，我们杜队长原来是桂林美专的高材生呢。"钱江冷说。

"呵，真想不到。那，杜队长可是文武双全，政治、艺术都来得，革命队伍真能培养出人才呀！"

"不。我们是半桶水乱晃荡——唔，我们走吧！"杜为人说完走了。

钱江冷教小学教员照杜队长的意见把画改一改，把笔交给他们，就赶上来同杜为人他们一起去看看会场。

会场是在村子的东头。他们必须沿着一条有一里多长的村道走。道路两旁被橄榄树的浓阴覆盖着。橄榄树长得挺拔、魁伟、傲岸，树干呈现光洁的灰白色，近看，给人一种高洁、严正的感觉；远看，是一带苍葱丰盈，衬着附近一片嫩绿的平川和白色的河流，给人的印象留下一幅秀丽的图画。路边附近的菜园长着娇嫩的生菜、芥蓝和丝瓜，鱼塘堤岸的竹子才长出青青的新叶；果树园或屋前的柚子树，在浓绿的叶子下开着香气馥郁的白花，梨花还没有完全凋谢，青绿的树叶已经长出来了；八哥鸟在高高的木棉树饮着花蕊的蜜露，把艳红的花瓣弄坏了，轻轻地落下。

"这地方，挺美！"俞任远打破了静默说，"钱女士该把它好好地反映到画布上去。"

"因为太美了，画不好才是煞风景呢。"

"主要还是画人，"杜为人说，"没有人，风景再美也是苍白的东西。"

"对，对。"俞任远连声附和。

"俞教授，你来参加我们的大会呀？"突然，杨眉连蹦带跳地跑过来。

大家都注意到她身上去了。她把绿色的毛衣除下，披在背后，将两只袖子交叉围在脖子上，两根大辫子已经铰掉了，脸色晒红了一点，反而显得结实，少了些娇气。

"叫你做的匪属工作怎样啦？"杜为人问她。

"有点意思了，正想找你汇报，总是挤不上你的时间表！"

"这场斗争完了，好好谈谈你的问题。她今天来参加会吧？"

"来。都在那儿。"杨眉指了指前面已经不远的会场。

"家里有信来吗？"俞教授向她问了一句。

"有。最近都没空给他们去信。"

"嗱，你们现在连家信也没空写了，真是大有进步。"俞任远说。

大会的会场，是在村头稍为隆起的山丘上，那里有些坟，前面是一片草坪，三面都是一些高大的不落叶的乔木，当中有一株古老的，人们把它当做神明的榕树；另外还有两三株几人合抱的杧果树，它像华盖似的给人们遮阴乘凉，树下有发亮的当成坐墩的石碑和石柱。

这广场有旧时当做搭戏台的石墩。解放后全乡的群众大集会都在这儿召开，石墩上铺有板子，四边竖立着柱子，可以搭上竹席做顶棚。现在台子前面挂着一张红布的横额，上面写着几个大字：

　　长岭乡全体人民公审大会。

两边柱子贴着的两条标语和村口闸门上的对子是一样的字：

　　搬开石头好走路，

　　斗倒地主好分田！

被害者的灵榇停放在台下前面。上面放着一张大白纸，写着：

189

被害者韦杨氏之灵梿。

旁边有两个民兵守着。会场笼罩着紧张、肃穆、激愤的气氛。有的人规规矩矩地坐在被指定的位置上，有的人还在走动，有的人齐唱《东方红》。树顶上的喇叭广播着山歌；在附近放青的牝马，不时地嘶鸣，呼唤驹子，驹子听到嘶鸣，应一声，蹦起两只后腿往母亲身边跑去。

则丰、苏嫂、区振民和徐图几个人来到柠果树下找见了杜队长。则丰仍然那样瘦削，可是，现在他的麻脸却显得润泽似的，眼里流露着称心悦意。苏嫂梳着整洁的发髻，脸面开朗。

"谁主持会场？"区振民问杜为人。

"不是都讲好了的吗？"杜为人觉得已经决定了的事情，又在讲价钱，流露不大高兴的样子。

"老杜，你看我能行吗？我说是不是让玉英——"则丰一边说，一边看杜为人的表情。

苏嫂马上打断他的话："我不行。再说，等一下我不是要做控告人吗？"

"是嘛，就是你当主席。现在又来了一位法院的庭长，你们两人到台上，敲起惊堂板，审问他狗入的。怕什么？"

"如果有区上的同志来那还马马虎虎。同志们晓得，要我们使牛赶马，那，没有问题；要审案子，我可是大姑娘上轿，头一遭，心跳。"则丰心情宽畅了一些，掏出烟包来卷纸烟。

这时，马仔扛支步枪满头大汗地过来，杜为人问他干什么去啦，他说爬到树上去广播，树枝断了，右脚滑了一下，差点摔下来，急得出了一身汗。

"我以为你搞什么名堂去啦！银英做的妇女工作怎样了？"杜为人看了看马仔。

马仔怪不好意思的样子，说："谁知道她。"

"这样吧，等开会的时候，你负责掌握会场喊口号。不能乱喊。有些坏人在不该喊的时候故意喊起来，把会场情绪给破坏了就糟糕。花心萝卜这两天表现老实一点吗？要留心他。"

"我们队长梁大炮，他什么也不管，直打听赵佩珍说了什么。"

"呵？"杜为人警觉地应了一声，随后嘱咐道，"不管他，你管你的去吧。"

接着，小冯也请示来了。俞教授笑着说："这地方简直像前线指挥所。"

杜为人说："等到宣布开会的时候就没有事了。'赤壁之战'，先头是遣兵调将，忙忙碌碌，等到东风一起，就已经差不多了。"杜为人说到这里，马上转向小冯问：

"怎么？小冯你说——"

小冯说，廷忠不大敢上台讲话，怕讲不出来。他说，棺材摆在这里已经够了，还说什么呢！过去，他父亲的冤枉事，讲起来话长，何况大家也都知道。

"不，无论如何都要想办法动员他讲。我们找他去！"杜为人说完同小冯走了。

区振民、农则丰、苏嫂和徐图也都分头忙各人的事去了。钱江冷打算把这个场面画一幅《人民的控诉》，回住处去取她的画板和画笔。只有俞教授和黄怀白两人还坐在原位子不动。

"白公，这些日子来，观感如何？"过了一刻工夫，俞任远才打破沉默，和黄怀白交谈起来。

"阶级斗争嘛，不堪设想！"黄怀白低沉而缓慢的调子，欲言又止。

俞任远觉得话不投机，找不到话来接，又沉默了。

"从前所了解的阶级斗争，挺抽象，现在才看到了。'政治是一门不可捉摸的学问'，这句话是有道理的。"

"但是，生活就充满着政治。你捉不到它，它就捉住了你。"俞任远也有点感慨，"现在学校里三反运动的火烧得正猛呢。"

"是呀，"黄怀白深深长叹，"我觉得，我们当老师的，就像蜡烛，照亮了别人，毁灭了自己。"

"你这又太悲观了！我倒是想，如果我们晚生三十年，同小冯、全昭他们那样，多幸福呵！"

"你们两位谈什么呀？不去走走看看？"杜为人这时候突然回来，把两位教授的感伤冲散了。

"工作都布置了吗？"

"廷忠这个人太老实了，但是你要把他思想给打通了，他是肯干的。"

"那，现在就等着看你借的东风了！"俞任远讲了句幽默话。

"这样打比，可是成了讽刺了！"杜为人说。

"如果这样想，那真抱歉，实在没有那个意思。不过，三中队抓住了这一着棋来做文章，真是一篇杰作呀！昨天省委贺书记给郑团长打电话，肯定了这个做法十分对头。我看这真是毛主席所阐述的，马列主义的领导方法！"

"太过誉了，我们还是小学生，才学着开步走呢。"

猛然，全场浮动起来，口号声震动了天空：

"打倒违法地主覃俊三！"

"杀人要偿命，欠债要还清！"

随即，几个扛枪的农民，押送着覃俊三和他的小老婆以及赵佩珍进到会场里来。

农则丰站到台前叫大家坐下。等会场慢慢静下来了，他才大声地宣布公审大会开始。

"你看，则丰能行嘛。你放手给他，他们就是最聪明不过的。"杜为人说。

俞任远站了起来，伸长脖子望着台上。黄怀白敲了敲烟灰，也跟着站了起来。

"那位是全昭吧！"俞任远指着在妇女的队伍里来回走动的一个女同志，"来了半天还没见到她呢。"

"她这两天够忙啦！"杜为人说，"在这里的几位同学，现在表现都挺不错，

192

能吃苦，联系群众也好。"

"杨眉怎样?"俞任远问。

"比刚来的时候进步多了。我们是乐观主义者，相信人总是能改造好的。"
杜为人说。

"我们要为韦大娘报仇!"

"打倒地主恶霸!"

会场中掀起一阵暴风雨般的怒吼。

二二

长岭乡经过斗争覃俊三以后，群众觉悟大大提高了。从前认为自己过去受的苦楚和冤屈讲出来丢人；现在都知道那是地主给农民肩上压下的石头、脸上抹的灰，是地主给灌的一肚子的苦水。从前以为农民的贫穷、地主的富有都是天命注定的，不敢怨天尤人；现在对这种迷信开始怀疑起来了。原先受压抑的情绪犹如早晨的露水，随着阳光的出现，逐渐消失。

现在，每天不断有人来找工作同志诉苦、报上当，揭发地主恶霸的罪行。

廷忠开完了大会，整整躺了一天，过后就同大病初愈的一样，精神开朗一些了。见人也敢抬起头露着笑意打招呼，好像心事单纯的小伙子。大家都说他有点儿变了。一天夜晚，他同冯辛伯聊天，说道："小冯，你同杜队长开导了我，自己越想越有道理。我穷苦人家，受苦受气，那样不都是地主老财害的，有什么见不得人嘛……"小冯对他说，想通这个道理很要紧，但是，必须要有行动，同贫雇农弟兄一道，积极参加斗争。不但把覃俊三一个人推倒了就完事，还得把所有的地主，把它的阶级都消灭了，贫雇农才算真正翻身了。

"我这个人做事不干就不干，要干起来，就是要实实在在，说到做到，不会变心。"

这以后，他参加处理覃俊三财产工作，外头活动多了，家务顾不过来，苏嫂看福生没人照顾，把他带去给伯娘，让他在伯娘家过。

经过斗倒了覃俊三，长岭这边的群众是发动起来了。岭尾那边还是一壶温吞水，不冷不热。杜为人和区振民商量，要在工作队中总结这次斗争经验。

区振民认为根据长岭经验：岭尾村的盖子之所以没有打开，群众未能充分发动，这里头就是领头拉缆的人劲头不足。当然，可以从长岭调一些人去支援，不过，来龙斗不过地头蛇，没有本村的人总是玩不转的。只有从矮子里挑高个，没有更理想的人就让梁正试一试看。他家庭是贫农，人，可以变坏也可以变好。比如花心萝卜，流里流气，不正派，但斗争覃俊三时候，表现也还积极。

"你看他会不会是装假呵?"杜为人在区振民的讲话当中插了一句。接着说："老区的话原则上是对的，不过，对具体的人要作具体分析。梁正这个人，是贫农成分，却在旧军队当过下级军官；有一点值得注意的是，他一直同赵佩珍在一道工作，为什么没有一点警惕呢?"

"他同你谈过赵佩珍的问题没有?"杜为人问。

"没有。"

"就是啰，他为什么不察觉呢? 我们的教训太多了，凡是没有经过考验的人都要有点保留才好。以后，要提防他与何其多的微妙关系。听管磨坊的丁老头说，他出去当差就是何其多搭的线。当然，现在没见他们之间有什么动作，他工作还肯卖劲，就让他走着瞧，也不能疑神疑鬼。不过，这人不能不信，也不可尽信。"

杜为人说到这，区振民有所领悟，点了点头。杜为人接着又说："依我看，廷忠比则丰扎实。"

"他，人老实倒老实了，就是软。"区振民说。

"不见得，要打起比方来，则丰是杨柳，容易种得活，根基不一定扎实；廷忠倒是一株松柏，经得起风吹雨打。看，正说曹操，曹操就到。"杜为人的座位正对着门口，看见有人来了，用高兴的眼光迎着进来的人。

区振民回头望见进来的是韦廷忠。他手上抱着一个拿土布包着的包袱。

廷忠的神色既不好意思又很难过的样子，嘴唇发抖，讲不出话，把包袱送到杜为人面前。杜为人愣了一下，机械地把东西接过来，放在桌上，和区振民互相看了一眼。

区振民温和地说:"怎么回事?同我们说吧,这里没有人。"

廷忠坐下来,把头埋在胳膊里,趴在桌上伤心地哭泣:"我……对不起你们两位队长……"

杜为人轻轻地拍他的肩膀,劝解他。区振民把包袱解开一瞧,里头是一匹蓝靛染的土布,布面经过捣衣杵在石砧上捣得又平又亮。是这地方的农村妇女自织自染的一种传统棉布。另外,还有两个小小的布包,一包是一对绿黑掺白的玉镯,另一包是一对金耳环。看了这些,区振民和杜为人又互相看一眼,然后看了看趴在桌上的人,杜为人不禁长长地吁了一口气。

"没有什么问题嘛,都是地主给我们穷人坑害的。"杜为人这样安慰着廷忠。

廷忠抬起头来,用袖口抹了抹眼,才说:

"都是福生他妈,贪小便宜,接受人家的。前回杜队长同我谈,我就怕说出来。不想覃俊三因此杀人灭口……"

廷忠说着,又从胸口的小袋子掏出一个小纸包,那是刻着图章的金戒指,交给了杜为人。

杜为人说他做得对,这就表示跟地主一刀两断的决心。人的觉悟有先后,迟早都值得欢迎。这些东西,照原来宣布过的办法,归他自己拿回去,反正东西是地主剥削穷人来的赃物,现在是物归原主。

区振民把东西又照原样包好,顺便告诉廷忠,今晚开个积极分子会,要他也参加。开会的地方等则丰安排好了再通知。

杜为人问:"你看这个村还有哪些地主、坏人?"

廷忠觉得这两位正副队长也同小冯一样,把自己当做自家人,不觉心情舒畅,爽直地答道:

"村里谁是地主都明摆着哩,跑不了。就是几个跑上山的土匪不肯下来,留着倒是祸害。"

"那,你看怎么办?"杜为人反问。

廷忠说："今晚，同则丰他们商量看。"

正说到这，杨眉进来要汇报。廷忠起身告辞，区振民叫他把包袱拿回去，他怎么也不肯拿就走了。

"怎么啦，匪属工作做得怎样？"杜为人让廷忠走了以后，转望着杨眉问。"这回要听你的了。"

杨眉说，她同银英两人找过赵光甫他老婆两趟，说话总是半吞半吐的，说是好长时间没有听到音信了。

"到底多长时间了？"杜为人问。

"没有问她这个。"

"看，我们同志工作热情很高，就是不够细心。只满足于估计，大概不行啊。"

杨眉有点不好意思，脸上泛红，尽扭着手上的小手绢。

"好长时候没有音信，可见原来是有音信的了。好长没有音信恐怕是不确实的。好吧，你说吧。"杜为人又对杨眉说。

杨眉一边扭着手绢，一边接着说："我问过她，那个罐头哪里拿来的？开头她很尴尬，支吾了半天才说是日本投降那年，救济总署发的。"

"先不点她这个好一点。你这一点，她就要往回缩了。"杜为人说。

"这些人主要是变天思想没有解决。"区振民说。

"我看也是有这一点。"杨眉说，"有一回银英去找她，回来对我说，她问：工作队到底住多久，国民党真是回不来了吗？后来又问，山上那些人要是回来，人民政府会不会饶过他们？"

杜为人问："你们怎么答复她啦？"

杨眉说："我后来找个机会跟她上山割茅，把我们解放军的力量和我们优待俘虏的政策都讲了，希望她动员丈夫回来。当时她推托说不知他跑到哪儿去了，找不到。过几天我又问银英，工作同志的话实不实在，杜队长是不是也是这样说过。"

"老杜，我看有点苗头了。"区振民高兴地说。

"这情况很重要，你应该早点汇报。"杜为人作了赞许的责备。

"找你多少回，就排不上你的时间表嘛。"杨眉撒娇地盯了对方一眼。

"我看这个问题要多下点本钱，早点突破它。我找个工夫亲自同她谈一次。"

"今天晚上就谈吧。"区振民说。

"今晚还得赶写这次斗争大会的报告，省委贺书记来电话催，指定要我亲自写。你先找她谈怎样？"

"试试吧，她恐怕是要听你的话才放心的。"

杨眉又谈了谈其他一些零碎事情，就从队部走到村头来。

现在是春光明媚，鸟语花香。村头像在一块娇绿的地毡上，织着花色缤纷的图案。梨花谢落了，树上披上细嫩的绿叶，桃树也在绿叶中结了小小的发青的果子，芭蕉换着新嫩的阔大的叶子，竹丛挺起没有脱箨的竹笋，野地里铺着银色的金英、粉红的杜鹃花，鹰爪兰散发着浓烈的香气，蜜蜂在花丛中嗡嗡喧闹，鹧鸪远远地传来求偶的呼唤，斑鸠在森密的橄榄树上不时唱着咕咕的悠长而安逸的调子，画眉躲在龙眼或荔枝树上尽情地唱它的快乐的曲子。一场春雨过后，田洞里注满了水，新插下的秧苗，给田里添了新的生命，有节奏的水声从小溪流过……

"春天的乡村真是美呀！"杨眉一边走一边想。

"杨眉，你来一下！"

杨眉抬起头一看，见全昭手上拿着信摇晃，正在向她走来。在她旁边还有小冯。杨眉看到信，急忙跑到他们跟前。全昭却把手往后一缩，意味深长地瞅着她的眼睛，叫人怪不好意思地红了半个脸。

"你看，"全昭把信当着杨眉的脸晃了晃，说，"不请客不给。"

"不请客也行，那就把它公开，全昭把它朗诵！"小冯把自己的信看完了以后，也凑过来说。

"拿来给人家吧。"杨眉几乎要哭的样子。

"哎哟,你这个急性鬼。"全昭说,往脸上划了两下,撅着嘴,羞了对方,然后把信给了她了。

杨眉急切地把信接过来,先把从朝鲜来的那一封用心把它拆了。全昭留心瞅着她的眼睛。见她的眼睛逐渐流露着淡淡的失望,从失望又慢慢变成气恼,最后赌气地把信纸卷了卷塞回了信封。

"还有一封呢!也是给你的嘛!"全昭提醒她。

"不想看了。"

"拿来公开吧!"小冯又开玩笑地说。

"拿去!"杨眉把没打开的信塞给小冯。

小冯拿过来一看,是王代宗的笔迹,不禁又诧异又冷淡地说:"是他的。"接着转对全昭说:"请你天才的音乐家朗诵我们诗人的杰作吧!"

"你什么时候学会骂人呀?别冲昏了头脑吧!"全昭抢过信来,又交给杨眉。

杨眉不接。"叫小冯看吧!"

小冯真是拿过信来:"我可不客气了,听着吧。"他打开信念起来:

"我——"小冯念了一声,不禁诧异地说,"这哪里是信,简直是诗嘛。听着,我念我们诗人的杰作了!"他咳嗽了一声,清了清喉咙。

全昭笑了笑,催小冯快念。小冯又干咳了两声,念道:

> 我是一条笨拙的春蚕,
>
> 吃的是败叶,
>
> 吐的是缕缕的金丝;
>
> 束缚了自己,
>
> 装饰了别人!

"怎样,这首杰作?"小冯望了望两位听众。

"个人主义的呻吟！"全昭说。

"我看他，就是赵三伯讲的：白耳朵的公鸡，阉不变。"小冯说。

"别提他了，讲起来我都怕嘴巴脏。"杨眉带着轻蔑的口气说。

他们往回走的时候，全昭问了杨眉，才知道朝鲜的信是她的爱人把她看成小姐，却把自己夸耀成英雄，这就未免伤了她的自尊心。全昭劝她别背包袱吧，进步落后是客观存在的事实，谁也否认不了的。人家说了几句规劝的话，也是为了自己好嘛，何必怪别人误会呢！说着说着，杨眉才高兴了。

"你的信又是谁给写来的？"杨眉问。

"不是什么信，是个贺年片，没有姓名地址，你看吧。"

"别来无恙否？"杨眉念出声来，"嗨，就是这么一句，真别致，什么人那样多情呵！"

"给我看！"小冯伸过手来要。

杨眉把手一缩，说："我们都公开了，你的为什么不公开？"

"那还不容易，有兴趣看去！"小冯说，把信给了她们，说是在"燕京"做青年团工作的一个朋友给他写的，其中说到他们学校三反的事情。运动当中他们学校反出一个与美帝国主义有关系的反动组织来了。黄怀白是其中关系人之一。

"难怪他总是和别人不一样，阴阳怪气。"杨眉说。

"不堪设想！"小冯说了一句黄怀白的口头语，把杨眉和全昭给逗笑了。

全昭回到苏嫂家门口，见钱江冷在那里等着，手上拿一本《苦难的历程》的第一部《两姐妹》。说是她要到南宁去参加全省土地改革展览会的美术工作，明早就要走了，把书还给全昭。还说原来许过愿要给她画像的，未能兑现，很遗憾。只好等土改结束了，等她带上模范奖章再画了。

"钱大姐你别开玩笑了。讲正经的吧，除了你，还有谁走的没有？"全昭问。

"还有我们的宝贝黄教授，不过——"钱江冷说到这里，回头看看，怕谁听了去似地压低嗓门说："杜队长告诉我说，他是学校来电报要回去的。三反运动有问题扯到他。另外，我们的'骑士'王代宗也得回去，他管'膳团'的事情也露了馅了。对不起，我得回去收拾东西了。"钱江冷说完就走。

全昭望了望她的背影。翻翻手上的《两姐妹》，里头夹着一张金色的鹰爪兰花瓣。

"她没有读完！"全昭不觉低语道。

二三

自从黄怀白、王代宗被调走以后，全昭对于知识分子的道路曾经作了一番思索。但是，以她这样的年龄和经历来探索人生的奥秘，即使凭着她早熟的智慧，凭着她从书本上获得的知识，仍然是难于登堂入室，得出明确的答案来的。这使她想起这些天来一直支配着她的思想、让她由衷地敬佩的一个人来，"找他要'钥匙'去吧！请他给开导开导。"想到这，她心上的阴云忽然闪现了一道阳光。

吃过晚饭，她怀着香客般的虔诚来到队部，别人告诉她，杜队长到河边洗衣服去了。

"要不要到河边去找他呢?"一种女性的敏感提醒了她，感到专门去找他谈思想问题，未免太突然。她想了又想，脚步迟疑起来。可是她终于走到河边去了，在那里她见到了正在河边洗衣服的杜为人。

她先从黄怀白和王代宗的问题谈起，接着谈到资产阶级知识分子参加革命的思想道路，完了，她问：

"你不是过来人吗，就讲讲你的'历程'也行呀!"

"我现在也还在半路上走着呢!"

"你就不能把你已经走过的一半讲一讲吗? 我们都觉得你值得我们学习的地方太多了。"

"这，恐怕是你们见得还少的缘故，其实我的毛病、错误是不少的，比我有能耐的同志多着哩。"

"那不是更好了吗，那就是说，同你这样的思想品格，工作作风，在革命队伍中是有一定的代表性呗。"

杜为人说:"每个人的言行思想大家都看得到的,用不着讲。一个人讲起自己的事情来,难免不夸张一些,粉饰一些,好像新娘子要出阁,总要抹点粉,和原来的真面目总会是有点不一样。"

"比如我有个小同乡,"杜为人继续说,"他是一个旧军队的军官,做起诗来不惜把自己描写成忧国忧民的英雄,记得其中就有这样两句:'忧国常起舞,雪耻急如焚。'口气多么慷慨激昂呵!但是,一九三七年同日本真正打起来的时候,他老兄却赶快请长假,离开军队了。"

"他那种人当然是啰,可革命同志能那样言行不一致吗?""当然,一个真正的革命战士,跟一个非革命的军官是不好相论的,两者之间有本质的区别。我只是说,要说到自己的事,难免沾点主观,与其听他夸夸其谈,不如看他的实际行动。要了解人,主要是'观其行',而不必'听其言'的。"

全昭沉默了下来。

落日含着远山,天上是一片火烧云,树梢像披上火红的缎子。一种长着翅膀的蚂蚁在空中飞舞。

"明天可能要下雨。"杜为人自己喃喃道。

全昭一心在思索,没有注意到对方的话。

"你原先不是学的美术吗?为什么把它放弃了呢?"过了一会,全昭才问。

"那,还不简单,为着革命需要嘛。"

"难道革命就不需要美术人才吗?"

"那要看在什么情况下说话。一般地说,不管是什么工作都可以为革命服务的,但根据具体情况就有轻重缓急之分。究竟哪些是轻,哪些是重,哪样该缓,哪样该急,就要服从于当时革命斗争的任务。"

"杜队长,我真是要批评你了,你今天怎么总是给人家背书?"

"我讲的,不都是你提出的问题吗?"

"人家是要你讲讲自己亲身体会的。"

"那以后再说吧。不过，不管怎么说，知识分子走向革命的道路，就是要割掉个人主义的盲肠。基督教的《圣经》上说，有钱人要进天国就像骆驼要穿过针眼。我想，个人主义者要通过革命的关口，也好比有钱人要进天国一样不可能。"

"那，个人主义的盲肠怎割呀？"

"你是未来的大夫，动手术应该是大夫的内行，应当懂得。不过，问题还不是大夫怎样割，主要是患者肯不肯自觉自愿接受手术。"

全昭沉默不语。

静了一会，杜为人才又说道："不瞒你说，当我个人主义的尾巴还没有割掉，共产主义思想觉悟还不成为主导力量的时候，要抛弃个人的爱好，是经过一场痛苦的斗争过程的。即算一旦尾巴割了，倘若新的思想还未牢固的话，一遇天阴下雨的天气，伤口又会生疼发痒的。唯一的办法，就是要经常不断地自我批评，克服个人主义的回生。"

"全昭！"小冯拖长着声音叫唤，气冲冲地跑来，"你在这里呀，怎么你现在开会也要人请？"小冯很不客气的样子。

"开会就走呗。你这样厉害呀？"全昭说，不高兴地瞪了他一眼，"我看你现在倒是不知自己是老几了？"

全昭说完掉头就走了。小冯觉得讨了个没趣，又见杜队长默默地看着他，叫他很不好下台。杜为人问他会在什么地方开。

"在榨油的那间小屋。杜队长去参加吧？"小冯问。

杜为人说："我等下要找赵光甫的老婆谈话，完了还要给省委写个报告，今晚准备搞个通宵，不能去了。"

"那，我们就照你今天说的开了。"小冯说着，转身就要走。

"你等一下，"杜为人叫住他，"工作要跟同志们商量着干，不要急躁，注意团结。对群众积极分子也要注意，把原则交给他们，就放手让他们去干，不要绑住他们的手脚。"

"是，是，一定照杜队长的话做。"

"好吧，全昭还在等你呢。"

小冯转了身急忙赶到全昭跟前去。杜为人也慢慢往回走。全昭刚才提出的那些问题却萦绕在他脑际。"她问我要道路，我不是也还在走着吗？虽说自己先走了一段，但是，中间是走了不少曲折而弯曲的小路过来的。是不是她们也想知道这些教训？"他边走边想。

杜为人本来是一个印刷工人家庭的子弟，父亲去世得早，他的学费是由一个在银行做小职员的舅父帮助的。"一二·九"运动那年，他正在桂林艺术专科学校读第一个学期；当时戏剧家欧阳老先生领导那间学校，救亡运动比较活跃。在那期间，他间接地接受着党的教育。到毕业的时候，正是卢沟桥的烽火燃烧起来了，迅速地把他卷进抗战的洪流。起初，他参加国防艺术社，用他的画笔在街头和乡下，在群众和军队，画了法西斯的残暴，画了人民坚持团结抗战的力量和信心。随后，又参加了广西学生军，直接加入了抗日队伍的行列。开到安徽、江苏一带的抗日前线。

当时，抗日救亡的形势，要求人们拿起刀枪比拿起画笔更为迫切，他不得不同他的画笔告别了。到了学生军不久，他终于被吸收为光荣的共产党员。皖南事变发生，反动的国民党政府公开"反共"了，在学生军的共产党员和革命青年待不下去，他们集体背叛那个反动组织，走到自己的队伍——新四军来。之后，他就参加了地方群众斗争，又到过延安学习。抗战末期，他参加了到新区开辟工作的队伍。离开延安南下。

随着队伍到了河南，日本就投降了。党组织命令他们转到东北去，在那里，他参加了四年的农村土改的实际斗争。一九四九年随着野战军入关南下，回到自己的故乡。他就是这样随着革命的步伐，一步一步地跟上来了。但是，他觉得自己经历的思想道路是崎岖的，曾经忍受无数失眠之夜的煎熬，也流过不少的个人主义者的眼泪。开头，要他放弃美术的爱好，服从当时革命斗争迫切的要求，他思想曾经是那样的缠绵，那样的悲痛呵，后来，经历实际斗争的锻炼，终于逐步把他从个人主义的歧途慢慢引上宽阔的集体主义的道路来了。过去，曾经那样魅惑着他的幻想，他把它埋葬了；随着时光的过去，这些曾经走过的崎岖的思想道路的足迹，在他的记忆里已经逐渐褪了颜色，不好回头去寻觅了。现在被全昭乍然问到，不免感到有点茫然，无从谈起似的。是不是过些时候他能有那份心情来满足这位热情的求教者的要求呢？我们现在暂时不作猜测吧。

现在，我们倒是要看看几位昨天还是受着迫害与凌辱的折磨、受着贫困和饥饿所煎熬的农民，今天他们怎样地在共产党的领导下得到解放，变成了生活的主人。现在，他们第一次主持自己的会议来商量他们自己的命运。

会场是在油榨的小屋。这原先是地主覃俊三的家业，现在被没收过来成为农民自己的了。屋子不大，里头躺着一条杧果树木做成的榨槽，屋角安着看守榨房人的床铺，一张尽是油腻的小桌。参加会的人有的坐在床上，有的围着小桌，好就着灯吸烟。他们都是这次斗争中新涌现出来的积极分子：则丰、苏嫂、廷忠和银英等，梁正也在其中，本来还有马仔的，他送信到岭尾去了。

"老丁、老徐，你们看怎么开法？"则丰望着工作队的丁牧和徐图，感到叫他当主席，很不自在。

徐图说："别胆怯嘛，上次在那么多人开的大会上你都主持得不错嘛，现今都是自己人还不好讲？"

"你就把我们商量好的事情讲讲，看大家有什么意见。就同跟家里人商量种地干活的一样，有什么话就讲什么。"丁牧说道。

"对啰，管他开会不开会，就是大家商量事情，是不是？"坐在床头的苏嫂倒是沉着大方。

"旧社会的人开会，还要三鞠躬，读什么总理遗嘱呢。"梁正冷淡地说。

"什么总是吃粥？"银英奇怪地瞪了梁正一眼，"国民党的反动政府，管过谁吃粥啦？"

谁扑哧一声，引着大家笑了起来。杨眉笑得更厉害，笑不出声来了，把全昭捶了两下。

"什么鞠躬磕头的？那帮反动的狗杂种，讲到蒋介石还要立正呢，腐败东西，让他进棺材去吧。"苏嫂大声大气地像吵架似的嚷。

只有廷忠不做声。

"喂喂，别吵嚷了。听我说正经的。"则丰把两只脚抽到床上蹲着，要比别人高一点，好照顾会场似的，顺手拿火柴盒子敲了敲桌面，叫大家静下。

大家的笑声零零落落地停下来了，都把视线投到则丰的大麻脸上，好像才认识他似的。则丰说，覃俊三的财产已经上了封条、登了记，叫民兵看起来了；有人主张马上拿来平分，他去队部请示过，杜队长嘱咐他：等将来把别的地主的东西都搞出来了，然后一起处理。现在，阶级成分还没划清，分给谁不分给谁，还不明确。另外，覃俊三本人还不老实，东西还没有完全交出来，还要他继续坦白交代。

"反正地主的东西都是我们农民的血汗——"有谁这么说了一句。

"别啰唆这些了，大会上不是都讲过多少遍了吗？"梁正说话，"东西现在暂时不分，我也是这个主意。不过，不要拖太久了，大家都等着口粮度春荒。"

"没划阶级，你把它分给谁？真是。"谁顶了他一下。

梁正马上回答："划阶级还不容易。一个村子里，祖祖辈辈都在一块，谁是收租放债，谁是租田打工，还不同各人手上的指头一样，看得明明白白的，两天包准划清了。"

银英直盯梁正眼睛说道："哟！你真是说话不花老本。你就那样地看得清，我不信。你是民兵队长，赵佩珍搞破坏事，为什么看不出来？"

大家也都跟着银英的目光瞅着梁正。他这几天脸色变得灰暗一些了，腮帮子上那颗长毛的红痣特别刺眼，大家都瞪着眼睛瞅他，弄得他很尴尬。

"银英这小丫头好厉害！"全昭悄悄地同杨眉说。

"什么丫头，你多大了？不害臊。"杨眉盯着全昭的眼睛，"刚才你哪儿去啦？"

全昭不回答，倒是把杨眉捏了一把，杨眉哎哟一声，捶了对方一下。小冯瞪她俩一眼，全昭不服气地故意不睬他。

"我看，划阶级一定要划，划完了把所有的地主的财产都没收了，富农多余的东西都征收，然后，再来分给各人，要想早分东西，大伙就得加把火，快闹。"则丰说。

"地主都在村里，好抓；他们的土地田塘也长不了翅膀；就是山上那几个家伙还要不要他们回来啦？"廷忠坐在靠墙那根打榨用的大木槌上，背着灯光。大家听到他说话，都掉头去看，见他还是一动也不动地坐在角落里。

则丰伸着脖子去望他："那你说怎么办？"

"我说，要把人分三摊子来开挡：有人去看管地主，有人去商量划阶级，有人去想法子把山上的人招下来。不是的话，你要想快分东西，人家给你来个顶头风，一家伙把船给刮翻了，要见阎王去倒是快了。"

"呵哈，廷忠不讲就不讲，要讲起来可是有两下子哩。"谁在笑着。

"别打岔嘛，廷忠说的是真话，喂，大家说说看，山上那几个家伙怎么整？"谁大声问。

"几个家伙不下来，就是田里的草，不把它连拔，终归又要长出来。"

"你把那几只沙洲虾看成螃蟹了，有什么了不起。再说，狐狸似的家伙也不知他们哪儿去了，到哪里去抓？"

人们你一言我一语地议论，会场挺活跃。

"两只箭猪就能糟蹋一大片庄稼呢，也不能小看他们。"苏嫂说。

廷忠附和苏嫂的话："是的啰。你的牛怎么会跌到羊谷去的？"

"那，还不是自己掉下去的。"梁正马上拦住了话头。

廷忠说："我看没那样巧的事。"

"那你说是怎么回事吧，难道——"梁正硬着头皮跟廷忠顶。

"现在我跟你也说不清，不说了。"廷忠说。

大家沉默了下来。

"怎么办?"则丰低声问丁牧。

"让大家说说嘛。"小冯说。

"我说,一定要有人去对付那几个家伙。"银英说。

接着,关于山上几个土匪的问题,有人主张找他们家属探探口气,让她们给他传话。梁正说:"人家家属哪里知道他们在哪儿,又不能通无线电。"

"我看,他们就有无线电。"银英说。

"在哪?你在哪见到?"梁正惊慌地急着问。

"我往哪里见去,也只是这样想。你说他们没有无线电嘛,工作队刚到村里来,他们怎么就知道来放枪吓唬人?"

"这件事情不说那么多了,以后再说吧。"谁表现不耐烦,打了个呵欠。

这时,马仔抱着一个包袱进来,往桌上一搁,吸引了大家的注意。原来是廷忠今天交到队部去的东西,杜为人叫马仔拿来告诉大家,这是廷忠自己报出来的,应该是归自己拿回去。廷忠既然不愿自己要,就交给大家一起登记,等将来统一分配。

"我看还是叫廷忠拿着吧。"有人说。

"我不要。"廷忠说。

"廷忠也有不是,前些日子为什么不带头报出来,现在——"银英说。

"现在报出来就晚啦?我看,到现在还有人不报的呢!"苏嫂说。

大家又是你一言我一语,掀起一阵喧哗。

则丰不去注意掌握会场,却急忙地把包袱打开,大家也都凑过来看。银英一手把玉镯拿过来戴在手上比了比,喜欢得不得了。

"这只玉镯将来分给你好了!"则丰说,"另一只给你——马仔,你留着将来给你的媳妇怎样?"则丰对着马仔说。

马仔不觉腼腆起来。

"那他俩不正是一对了?"谁说了一句。

"谁是一对?"银英板起脸,真的要发怒似的。

有的人拿过金耳环来看了又看。杨眉拿起一只来轻轻地给苏嫂耳朵挂上，拍了拍手：

"大家看，苏嫂还是好漂亮呢！"

大家哄笑起来。

"死丫头！"苏嫂含嗔地把耳环除下，放回桌上。

"还有一个大家伙呢！"马仔从小口袋拿出刻着图章的戒指来晃了一下。

"给我，"则丰抢过来看了又看，羡慕地把它戴到中指上，凑到灯光下比了比。

"这个指头是戴订婚戒指的，你想找个二房怎的？"梁正取笑着说。

"管它个卵规矩。戴戒指，哪有一个指头结婚一个指头订婚？照你说，戴上这个手指头，洞房那时候就——"

大家情不自禁地哄笑起来。

"我们还是把正经事情商量完吧！"苏嫂大声说。

笑声稀稀落落地停了，屋外的青蛙、蛤蟆和别的什么东西，叫得很起劲。一股清新的气息在夜空飘散，月色不知什么时候从小窗口流了进来，在这小屋洒下亮光。

"还有话要说的吧？"则丰一边说，一边就着灯光仔细看手上的金戒指，"有话就说，有屁就放。"

"大家都在这儿呀。"门口突然进来一个人。

大家回头一看，原来是区振民来了，他背起一支盒子枪，对大家问了问：

"会开得怎样了？"

小冯抢着把会议的情况告诉了区振民。

全昭盯了小冯一眼，说："人家则丰不会说，只有你一个人行呀！"

杨眉在全昭耳边轻轻地说："你们两人今晚怎的，尽是抬杠。"

"嘘，不要讲话！"丁牧制止了她们的私语。

大家都静下来，等待区振民说话。区振民环视了所有的人，望了望则丰，

210

意思是："都可靠吧?"则丰拿眼睛回答："没有问题,你说吧。"

区振民还是不大放心,只是笼统地说,清明快到了,划阶级要赶快搞,把田快分下去。山上几个土匪要分出点力量来配合解放军清剿。说是他们中间有的不摸人民政府的底,怕回来得不到宽大;有的有变天思想,等蒋介石、美国帝国主义回来。要加强做家属工作。最后,说岭尾村群众思想发动得不够好,有的人还到教堂去做礼拜,迷信那些上帝的鬼话。

"你看怎么办,老梁?"区振民讲到这里,转过头来问了旁边的梁正。

"老百姓就是那样的脑瓜,你把嘴巴讲得起了泡他也不听你的,比你教牛开犁还费劲。"

"你把人家比作牛,你自己是什么啦?"银英马上顶了他,轻蔑地瞪他一眼。

"谁不信,试试看吧。"梁正不在乎地喷出一口烟雾。

"我们长岭的人这两天为什么就不一样?我看你们岭尾有什么东西阻拦着吧?好些人看人都不敢抬头,说话总是有气无力的,就像石滚下长出的谷芽一样,黄黄的,也比不上田里的长得旺盛。"苏嫂把话都说了。

"你们这边出点人去帮他们吧。"区振民说。

"好呀!快搞完快分田。"有人马上应声。

开罢会出来,苏嫂同全昭、杨眉她们往东头去了,则丰、廷忠、小冯和丁牧、徐图他们则向西头走。廷忠看了看天空,月光周围绕着一个灰白的光带。"明天可能要起风,玉米这两天等着要雨呢。"他喃喃道。

则丰没有搭腔。一会,则丰惊奇地嚷道:"看,这时候还有人烧野火。"大家跟着看去,老远的一带山峦现出一条火龙,映照着青色的夜空。"多美呵!真好看。"丁牧赞叹起来。

"怪事,准是什么坏家伙干的,不要把树木都烧没了。"廷忠说。

几个人又默默地走着。

"廷忠,记得那天晚上我们帮苏嫂把牛搞回来,你说她的牛死得怪,我看是有点道理。"则丰打破了沉默说。

"反正他们几个坏蛋不回来，我就是不放心。"

"你看，村里有没有人同他们通声气？"则丰怕谁听到似的，把声音放得很低。

"梁正这人可不可靠呵？"小冯插了一句。

"没有根据可不能乱猜。"徐图说。

"真金就不怕火炼，这回看他对他本村怎么个摆布吧。"则丰说。

他们说着说着，不觉走到该分头回家的地方了。

廷忠和小冯回到自己的家，推开门，冷清清的，老鼠在墙根吱吱乱跑。韦大娘抱怨声没有了，福生轻轻的鼾声也听不见。他点上松明，只见自己的影子在壁上晃动。心里顿然涌上一股空虚、冷落和寂寞的滋味。

二四

省土委的《土改工作简报》，用头条的地位批发了杜为人的报告。批语上指出："长岭乡这段做法，深入了群众，贯彻了'三同'，注意了思想发动，培养了贫雇农中的骨干，给下一步工作打下了基础，这是值得重视的经验。各地在继续展开这一斗争时，应该特别注意挖根工作：把贫雇农的穷根苦根挖尽，求得思想的进一步提高；在此同时把敌人暗藏的武器、勾通土匪、反动会道门等等组织的根彻底挖净。这样，也只有这样，伟大的农村社会改革运动，才可能取得最后的胜利。"

见到这个文件以后，杜为人觉得土匪问题和武器问题，是当前这个乡存在着的严重而必须解决的问题了。但是就在这个时候，土改团部来通知要把区振民调到二中队去，加强那边的领导。杜为人同区振民商量了一下，决定把干部作这样的调整：把小冯调到岭尾去协助李金秀，他自己也多往那边跑；长岭这边，让丁牧过来接替小冯，继续加紧对廷忠的培养。土匪家属的工作，要全昭协助杨眉积极进行，划阶级工作，放手让廷忠他们去酝酿，采取自报公议、民主评定、领导批准、三榜定案的办法。

"估计这样分头搞起来就快了。"

杜为人正说着的时候，李金秀急得满头是汗地来了，一进门就叮当地嚷：

"杜队长，你把区队长调走，工作怎样办呀？"

"你搞呗，没有信心吗？"杜为人看着她的眼睛。

"我搞？不行，不行！"她停了一下，摇摇头说。

"行，拿出信心来就行。有困难，记得找群众商量，请示党组织，就是一座山都能搬得开，何况是几个地主？你不是当过工人吗，拿出工人阶级的风格来嘛！"

"对啰，自己先有信心要紧。"区振民说。

"我们商量了，把小冯调过去帮助你怎样？"杜为人向李金秀问。

"小冯，哪一个？"

"同廷忠在一块的那个大学生，一个有文化的知识分子和一个立场坚定的工人阶级战士合作，正好。"

"他能行吗？"李金秀看了看两位队长。显然，她平静下来了，仿佛是挑着重担的人，放下来歇了一阵的一样。

"他什么时候去呵？"李金秀紧追着问。

"明天吧。"杜为人看了看区振民。

区振民点点头，然后对李金秀说："明天就去，还有什么事吗？"

李金秀觉得这两天梁正的神气不大带劲，嘴巴唱的调子倒挺高，实际上不动脑筋，打摆子似的，冷一阵热一阵。她把这看法向杜为人说了。

"你看他是不是跟赵佩珍搞什么鬼？"杜为人望着区振民说。

"不会吧，赵佩珍比他大好多岁数呢。"

"摸一摸看再说。"

区振民同杜为人再谈了几句，把刚来的文件拿着，就同李金秀一起走了。他们走到半路上，正遇着小冯和廷忠耙田回来。小冯背一张木耙，打赤脚。不知什么时候他剪了个光头，脸庞晒得黑红黑红的。

"噫，你还学会了耙田呀？"李金秀看了看小冯说。

"人家还耙得不错呢！"廷忠代小冯把话答了。

"这还不简单，肯学就会了呗！"小冯说。

区振民说："小冯，叫你明天就到岭尾来同金秀一块搞工作呢。你回去收拾一下。"

小冯愣了一下，盯着面前的金秀。金秀也正带着笑意看着他；他又望了望廷忠。廷忠一时不大自然，但马上说："那边需要人手，你就去吧。"

四个人分两头走了，金秀不放心地回头去喊：

"冯同志，明天你可快来呵！"

"你可是那么急呀！"区振民对她笑道。

"怎么不急呀，不是说要在清明前把田分下去吗？"

"对，对！"

晚上吃饭的时候，廷忠心情不那么安然了，要说什么话又说不出来的样子。小冯也摸不开说什么好，饭都快吃完了，廷忠才说：

"冯同志，真舍不得你走呵，我们才相熟——"

"反正还在一个乡里嘛。"小冯也找不出更多的话来排开惆怅的情绪。

停了一会，小冯用询问的眼光看了看对方，然后鼓起勇气说："老韦，几天来我这样想，老是让福生给苏嫂和伯娘帮带，不是长久的办法。是不是你再找一个人来一起过，把福生也能照顾上了。"

廷忠听了，反应并不明显，只是平静地，几乎没有什么表情地说：

"我已经是过了半世的人了，一担谷子已经吃了一头，想不到这些事情上了。你们后生倒是正当时候呢，有了对象了吧？"廷忠倒不是同小冯开玩笑，而是真正表示对他深厚的关怀。

小冯摇摇头，腼腆起来。

"我在旁边看，你们几个女同志当中，全昭可是个好姑娘呀！"廷忠说，拿试探的眼光看了看小冯。

小冯还来不及说什么，全昭和杨眉进来了。邀小冯出去走走，小冯请她们等一下，让他收完碗筷再去。

"去吧，你快去。"廷忠看着小冯的眼睛说，"让我收拾！"

小冯笑了笑走了。

全昭听到廷忠和小冯说话中提到了她的名字，也看出小冯的表情跟平素有些不同，感到奇怪。出了门才问小冯怎么回事，"没有什么。"小冯漫声应道。

全昭信不过，紧盯着又问："没有什么？我看你一定说了人家什么话。"

"你为什么那样敏感，你有什么事怕人家说的?"小冯有点不高兴起来。

杨眉从旁说道："别扯了吧。一个说有，一个说没有；一个胡猜，一个死不认账，这样争下去能有个什么结论?"

本来是要好好地在一块谈一下的，哪知道为了这一句话，弄得三个人都不愉快，走了好长一段路，谁也不肯再讲话。

"你们找我有什么事谈吧!"过了好一会，小冯才说了。

全昭把气消了以后，才说因为小冯明天要到岭尾去了，特意来找他互相交换交换意见的。

"也好，你们先说吧，对我有什么意见?"小冯说。态度也平复过来了。

"我开门见山地说吧，我觉得你近来有点自满，尊重别人不够。"全昭把话说得很认真，特别留意看看对方的表情。

小冯好像突然遇到袭击，有点不自然，却努力克制着。"自满，我有什么值得自满的呢? 我自己不觉得。"他想了想说。

"你让杨眉也说吧。徐教授对我说，他也有这个感觉。自己思想上没有这个东西，在行动上却让旁人感觉到了，那是怎么回事?"全昭边走边说。

"我也觉得小冯近来说话不同以前那么客气了，是什么道理呢? 自己应该想想。"杨眉说，直看着对方的神气。

小冯搔了搔头，杨眉扑哧地笑了。

"笑什么?"全昭问她。

"我笑小冯把头发都推光了，还使劲搔什么呀?"

"我近来有点急躁倒是真的。前回杜队长批评了我，当时脑子马上还转不过弯来，过后想了想，自己的确是脾气有点急躁。"小冯平心静气地说，接着问道，"徐图也有这个感觉吗?"

"谁骗你!"全昭说。

"糟糕，群众有什么反映吧?"小冯表示很遗憾。

"我没听说什么。"杨眉说。

他们边走边谈，不觉走到河边来了。现在已近黄昏，看牛的，耙田的，壅玉米的，压瓜苗的，种甘蔗和花生的，都已经回到家了。河边上，间或有一两个迟归的人走过。

"我们对你主要是这个意见。你看我有什么毛病也提一提吧。"经过好长的沉默以后，全昭才重新说。

"我说话更不会拐弯了，我总以为你考虑问题太周到了。凡事想得太周到了，就什么事也不敢做了。"小冯想了想说。

"我也这样想，全昭太细心，做什么事情都想了又想，想它那么多干吗？"杨眉说。

全昭默默地点了点头。

"还有，"一会，杨眉又想起来补充说，"人家说你跟同班的同学不大谈得来，总是找高班的同学、找老师谈得多，不知怎么回事。"

"是不是骄傲的另一种表现？"小冯不敢肯定地问。

全昭说，这个问题她自己检查起来，觉得思想上看不起什么人那是没有的，只觉得和某些人在一起没有什么谈的，但跟某些人，特别是那些比自己年岁大点的人谈起来，却谈得多一点。

"是不是我的心情比别人老得快一些？"全昭说。

"去你的吧，才过二十岁就想当老爷啦？"杨眉往她的肩上捶了一下。

这时，有个十六七岁的姑娘，拿着一根扁担和一副挑米筐的绳套蹚过河来。她身材瘦小，精神委靡，像给霜打过的香蕉似的，面容布满着忧郁。她走到他们跟前，提心吊胆地低着头，加快脚步走过去了。杨眉让她走过后，才对全昭和小冯说："她是覃俊三的丫头，叫亚珍。地主婆限制十分严厉，不让她跟别人说句话。"

"你刚才为什么不叫她？"全昭带着既遗憾又责备的口气说。

"同她说话不是害了她吗？她回去不是挨打就是挨骂的。"

217

"现在地主婆还敢那样呀?"

"怎么不敢,你说她就老实了呀? 还早呢!"

"真是不得了,我们赶快把工作搞快点吧,让这些被侮辱与被损害的早翻身。"

他们三个顺便在河里洗完脚才往回走。

晚上睡觉的时候,廷忠好心好意地打听他同全昭出去究竟谈了什么。小冯说,他要走了,大家互相提意见,批评与自我批评。

廷忠听了,说道:

"各人的伤疤各人还不肯碰呢,人人有脸,树树有皮,谁情愿让旁人揭短呀? 你叫我帮别人做什么,我从来都不计较,你要我伤情面,可是不好开口。"

小冯对他说:"这都是旧社会的规矩,旧社会是人剥削人、损人利己的,别人劳动来的东西,你抢我夺,兄弟姐妹为了抢财产闹得六亲不认。如今新社会可不一样了。对自己人来说,我们要做到'我为人人,人人为我',要讲团结互助,互相批评,大家进步,目的是为了各人把各人的工作做得更好,使社会进步,国家强盛,老百姓幸福。"

"真能变成那样,当然好啰! 你看能吗?"廷忠用心地听小冯讲完了,觉得挺有道理,但是又有点怀疑。

"当然能嘛。"

"我看我们老百姓不行。"

"这要慢慢来。开头少数人先实行嘛,比方现在你同则丰、苏嫂几个人,大家有意见互相提提,有话都当面把它讲明白,不要沤在肚子里,各人工作起来也就顺当了。"

"我们这几个人也各有各的算盘。"

"慢慢来嘛。以后你要带头多干点啰。"

"我能干就干呗! 哎,小冯,你不走不行吗? 多住两天,给我开导开导。你今天这一说,我可是又明白了一层道理。"

"我走之后，老丁过来是一样的。"

"他，没你们年轻人机灵吧。你过岭尾那边以后，还要常来呵！"

这时夜已深，小冯觉得明天就离开了，有件事放在心里，找不到合适的机会讲出来，好像是背了一个小包袱。刚才吃晚饭时，把话才说了一半，没有说下去。现在他想了又想，终于又把话接起来，意思是希望廷忠找个老伴。

"老韦，你前回不是同我讲过，你这间屋子空了好多年不住人，叫风吹雨打得塌的塌漏的漏？""是呀。"廷忠应了一声。"人家说，"小冯又接着说道，"一个人没有老伴，也就跟一间房屋没有人住似的，容易衰老。你看，是不是这个道理？"

"小冯，你真是有心人啦。"廷忠微微一笑说，"我说过了，这么大年纪，自己没那份心机，再说，也没谁肯来跟我过了。"

"你看苏嫂怎样？"小冯放低声音正经地问。

"那……现在不行了，人家是烈士家属，她要同我过的话，怎么对得起革命同志嘛。"

"那，没关系嘛。"

廷忠没有再搭腔，小冯也没有再说下去。第二天早晨，小冯仔细观察他的房东，觉得他脸色开朗了些，嘴角微露着笑意。他说他不能送小冯过岭尾去了，苏嫂昨天就请他今天去帮她耙田。

"好呀！"小冯意味深长地说。

"你得常过来耍呵！"廷忠把木耙扛上走了。

小冯看着廷忠的背影，不觉微笑起来。

这是小冯到岭尾去的第三天晚间，杜为人也到了那边，他们都在金秀住的房东家楼上开会。突然，廷忠和丁牧跑来了。

廷忠气急败坏地爬上了楼梯来，看了看没有别的人，然后才从胸前掏出一张折叠着的纸，往杜为人他们围着的桌子搁下，说："队长，你看！"说完就站在一边，等待给判断。丁牧默默地跟在他后面，没做声。大家愣了一下，直盯着他两个人。

"什么事情？"杜为人看着丁牧的眼睛问。

丁牧移了移步子，坐在床头上。

"是这样一回事。"丁牧说。

"你坐！"杜为人让廷忠也坐到床边上来。

"事情是这样，"丁牧接着说，"覃俊三的丫头，在河边企图投河，叫廷忠发现了——"

"呵！就是那个姑娘，我们大前天还——"小冯想起那晚上在河边见到的人。

"别打岔，你们怎么啦？"金秀小声地堵住小冯的话，同时拿疑惑的目光盯着他。

"是这样的。"廷忠抢过来说，"我今天同老丁去壅玉米回来，看看米缸没有多少米了，趁天还早，挑了一担玉米去磨坊。磨坊的丁老桂说，覃家那丫头亚珍说是今天来取她的米，没见来，叫老鼠搬了，他可不管了。叫我回头看到她，叫她快去取。我说，我同覃家是冤家，不好说话。丁老桂说，这和亚珍没关系的。我说，在路上见到就说，到她家去，我可不去了。我看日头落山了，就赶紧往回走，走到河湾那棵木棉树底下，天已经昏暗了，朦朦胧胧地看见有个女人在那里躲躲闪闪走两步停一步、走一步停两步的，好比拴在树上的牲口，老在一个地方转，眼睛直往河里瞅。我怕惊动她，放慢脚步悄悄地走到她背后，才认出是亚珍。"

"我叫了她一声，她惊慌起来，立即要往河里跳，我的手来得快，马上抓住了她，死劲拉了她走到路上来。她眼珠子死死望着我，好像不认得我似的，口里直说：'让我死了吧！让我死了吧！'我慢慢地同她说了好些话，她才清醒过来似的。我就把她带回村里来，她说死也不回覃屋了。我回到家，同老丁商量，把她送到苏嫂家去住，不叫声张出去。到苏嫂家以后，她才放了心了。现

220

在是全昭和伯娘照顾她，这张字条就是她交出来的。原来——"廷忠说到这又望一望周围的人，好像放心不下。

"你说吧！这里保险！"杜为人说。

"原来梁大炮是个大坏蛋呵！"廷忠继续说。

仿佛听到一声霹雳，各人惊了一下。只有杜为人十分沉着地把信翻开来看完了，又仔细听廷忠继续说下去。

事情原来是这样：覃俊三写了一张纸条，不知用什么办法交到他的小老婆手上，叫她逼着亚珍送给梁正。亚珍受过梁正的侮辱，害怕去找他。回家又不能交代，再就是看看这个家已经被抄了，自己将来不知怎样归宿，不如死掉算了。想不到廷忠把她救了过来。

廷忠把事情的头尾都讲完了，杜为人叫大家看看那张字条。只见那上面写道：

　　三两正，赵要退股不干，其妻已同人讲价：人走，还将本钱抽出。我意将萝卜上圩场去卖一趟看。是不是把赵那一股份去掉，请上峰定夺。万事小心。三十年风水轮流转，一场春水，一场鱼，识时务者为俊杰。知名不具。

"这是什么话呀，不明不白的？"金秀奇怪地望着杜为人。

"是呀！妈妈的，说的什么黑话？"小冯也弄不明白。

杜为人说："这不明白吗？翻译起来大概是这意思：覃俊三通知梁正，赵光甫已经靠不住，想洗手不干了，他老婆同工作队正在讲价钱，打算把枪支也带回来。他的意见要设法让花心萝卜上山一趟，告诉他们把赵光甫搞掉。叫梁正去问他们的上级是不是同意。最后嘱咐梁正不要露马脚，加小心，耐心等待。共产党的天下不会太长等等。开头三两正，是梁正的外号吧，三两木是梁字不是？"

杜为人的话才一落音，金秀不禁拍巴掌说："这就看明白了！三两木是梁字，不错不错。"

　　杜为人不管金秀他们讲话，自己继续思索这个问题，看了看马仔和丁牧他们说：

　　"敌人可是好厉害的哩，可见我们工作还是有许多漏洞，他已经被扣押了，消息还那样灵通。"

　　"可能是他家里人通过送饭的关系，把消息透露给了他。"小冯说。

　　"不是可能，一定是。"金秀肯定地说。

　　"你这不是太主观了吗？"小冯的语调软，口气却挺硬。

　　"地主阶级是要同我们拼到底哩。好吧，我们讨论的题目要变一变了。"杜为人表现既严峻又轻松。接着问：

　　"大家看怎么搞？梁正、花心萝卜怎么处理？"他对每个人都扫视了一下，好像要考一考大家似的。各人都抑止不住激愤的样子，纷纷发表意见，有的说，马上去把两个家伙抓起来，不然他们跑了；有的说，还是把信交给梁正，我们派人盯着他屁股，看他怎样搞鬼，抓他的尾巴；有人马上反问：谁把信交给他呢？要亚珍送，她死也不肯的，同时也容易走漏风声；有的说：梁正是岭尾村的盖子，大家被他压住了，连我们也给他蒙了眼睛，难怪群众动不起来。

　　"你说怎么办好？"杜为人看坐在一边的廷忠问。

　　廷忠望了望小冯又望了望丁牧，说："地主真是田里的蚂蟥，你拿它上路边来晒干了，也弄不死它，一见到水，又活了。我早就说了，山上几个家伙留着是祸害，他一定是跟地主有勾结。"

　　"你说现在怎么办嘛！"马仔看廷忠扯远了，急着把话引到正题来。

　　"我说，先不张扬出去，反正梁正没收到信，他不会怎么的，我们把赵光甫劝回来了。三面对证，他就没话说，也没地方跑了。"

　　"有了这信，梁正还硬得了呀？"金秀说，"你不快点抓他，这个村子老也打不开，等到别处人家都分田了，我们还是乌龟爬沙，拼命撵也撵不上。"

"大家都说了，我也讲讲我的意见。"杜为人说。

各人马上静下来，都注意地听他讲下去。他说从这封信来看，山上几个土匪一直坚持不下来，同我们顽抗，不但有地主支持，甚至还有政治背景，他们的靠山不止是覃俊三。信上写了覃俊三还有个需要请示的"上峰"。现在就必须把这个"上峰"找到。杜为人认为大家的意见有的是对的，但只说了一方面，根本问题还没有讲到，或者讲到而没有说完全。他主张采用放长线钓大鱼的办法，认为廷忠和丁牧把亚珍藏起来是对的，打算把她继续藏起来，在外头就说她投河自杀了，好迷惑一下敌人；对梁正要加强监视，在群众场合尽量减少他的影响；另一方面要加紧做赵光甫的工作，可以答应他的条件：保证他生命安全和生活出路，允许他戴罪立功。要是他带武器回来有困难，不带也行。花心萝卜就是花萝卜，他本人没有什么骨头。但也派人盯着他，做他的工作，叫他转到我们这边来。不过要小心，不能让梁正发觉。如果赵光甫回来，花心萝卜又起义，他们的"上峰"就会露馅。再就是要赶快报告请示上级，派公安人员来配合。长岭的划阶级工作，由则丰多负责干；廷忠和苏嫂着重搞这件工作，小冯要把梁正盯住，再找一个积极分子配合。

杜为人这样一布置，大家都说解决问题了。

"看起来敌人跟我们现在是短兵相接了，同志们晚上走路可得加小心。马仔，你把廷忠和丁牧两个同志送回去，明天再回来。"最后，杜为人这样补充说道。

大家都带着既紧张又松快的心情离开了座位。有的试试电筒的光轮，有的拿出手枪来检查一下子弹，有的往灯边点烟抽。

"狗入的，梁大炮、赵佩珍都是一路货！"马仔说。

"我早就看他不顺眼！"金秀说。

"花心萝卜近来怎么啦？"廷忠问。

"他，就是一条癞皮狗，谁手上有块臭肉，就跟谁。那天他斗争覃俊三就是做戏，别看他声音大，空打雷的家伙。"廷忠说。

"我看呀，还有一个大家伙我们都给忘了，何其多这个人，清匪反霸时我们把他堂兄何其仁打死了，他就那样甘心呀？别瞧他假装开明，献田献屋的，嘿，我看靠不住。"金秀站着不动，好像余意未尽似的，还要谈下去。

　　"何其多我找他谈一次，摸他一下。花心萝卜你们找个空同他谈谈看，可能他会转变得过来的。廷忠你们走吧，明天来汇报赵光甫的情况。"杜为人一边说，一边站了起来。

二五

    季节催人，转眼就要到清明了，白色的桐花铺满了一地，瓜田里开着星星点点的金花，草莓不声不响地在绿色的刺藤上呈现着它红宝石似的娇态，玉米一天比一天长高了，花生和甘蔗也长出了新叶，田野里披上嫩绿的春装。布谷鸟日夜催人，是农事正忙的时候了。

    村里的人，白天忙着农田的活路，夜晚紧张地开会、划阶级、没收地主财产；有的人还要抓紧清除残余土匪和进一步挖掘武器的工作。

    后天就是寒食节了，这地方的风俗，扫墓是在三月三举行的。扫墓那天，家家户户多少也蒸点糯米饭，带些元宝、蜡烛和白纱纸剪成的纸钱去上坟，有钱的人家带着煮好的鸡鸭，和整只猪头等三牲去祭奠；没有钱的就只买一斤半斤肉，或者拿切成方块的冬瓜象征猪肉做祭品，也算过了一个节日了。糯米饭用枫叶染成紫蓝和黄姜染成黄的掺杂在一起，捏成彩色的宝塔式的饭团。

    马仔和小冯抽空上山去摘枫叶，准备后天早晨蒸糯米饭。将近十天来没有下雨，地面发干，玉米的叶子都卷了，今天天气特别闷热。一早起来，树梢、水面都是定定的，没见丝纹波动。在太阳光下，不干活，汗珠子也会悄悄地在鼻尖、额前出现。

    "你们这地方真怪，春天还没过去，夏天就来了。"小冯一边揩汗，一边在喘气。

    "我们有句俗话：'翻风不怕冷，单怕日头猛。'这两天热得好闷人，准会要下大雨了。"马仔看了看天说。

    天空阴沉沉地铺着云层，太阳时隐时现。山鹰在翱翔、鸣叫。

"老鹰叫雨了，可能今天就要下。我们砍他两捆枫叶就回吧。要真的下起雨来，我们可要扯着耳朵当雨帽了。"

马仔说完，就像小松鼠般敏捷地爬上一株高大的枫树去了。他在树上一边笃笃地吹着树，一边吹口哨叫风，唱山歌。树林里很静，斑鸠不时叫唤几声。

"喂，老冯，你看金秀怎样?"马仔唱完了山歌，突然问。

"没见得怎样。"小冯不知对方是什么意思，含糊地答道。

"我看她对你倒是一团火似的。"

"你别胡扯!"小冯不觉脸发红。

"我才不胡扯呢，前天她不是给你补衬衣领子吗? 我的衣服也破了，她为什么不给补?"

"你不求人家嘛!"

"你也没有求她呀。"

"算了，说你自己的吧。银英不是挺好吗?"

"好也没法呀。剃头的担子，一头冷，一头热。"

"我告诉杨眉，帮你通通气好不好?"

"不，不要。这玩意旁人是帮不了的。我们土话说:'低头就见茅草，霎眼就成情人。'什么话，嘴巴不好说的，眼睛都能说得出来。"

"嚯，你倒是像个老行家，可不简单了。"

一会马仔从树上蹦下来，揩了揩汗水，马上同小冯一起收拾着嫩叶的树枝。

太阳忽然被云彩遮住了。远远的天边轰隆隆地响着雷声，云头从东边涌上来。"快，雨要来了。"马仔说着，加快了动作。果然，南面的山峰已经被雨雾笼罩了，就像从天空挂下一匹灰白的帐幕似的，鸟雀都往树林飞来。

马仔和小冯连走带跑地向磨坊奔去。大雨的前锋已经到了，地面上噼噼啪啪地落下好大的雨点，像一面筛眼似的。一眨眼工夫，雨猛然在头上倾泼，两人拿着枫叶遮着头直奔磨坊来。

磨坊的丁老桂迎着他们进屋说，昨晚他看就是要下雨。蚂蚁纷纷搬家，好几条蚯蚓爬出地面来，门口的石头潮潮的，盐罐也出水了。"你们后生人就贪轻巧，出门不愿带个雨帽。"老头一边嘟哝着，一边吸着竹筒烟袋说。

外面的大风大雨正在摇撼着大地。树木、芦苇、庄稼，都在风雨里摇摆、战栗，麻雀躲到屋檐下唧喳叫唤，天空一道闪电过后，一声霹雳，立时在附近打下来，仿佛要把天地劈开来似的。随即前面不远的一棵高大的橄榄树被雷殛了，巨大的树枝倒挂下来，半边的树身露出一大块裂口。

"下大雨的时候，雷公就爱在大树上试它的斧头，森林最易起火，我在树林里解了一辈子的木板，这种事情看得多了。"丁老桂走到门口看了看。

一声霹雳过后，不久，风停了，接着就是紧下了一阵瓢泼的密雨，随后雷声走远了，雨慢慢地收敛，变小变稀了。小河却顿时喧嚷起来：山洪从上游奔流而下，混浊的黄浪卷着草根、树枝、沙石，犹如一群突奔、咆哮着的猛兽。原来窄小的河滩猛然成了一片宽阔的汪洋，声势越来越猛烈。人们和牲口都暂时被阻在对岸了，燕子们掠过水面，欢乐地在细雨中飞翔。

约莫两个钟头过去了。雨已停止，河水退了不少，水势慢慢平静了下来。天空露出太阳，在东边出现一道鲜明而美丽的长虹，大地是一片清新的欣欣向荣的气象。田里都注满了水，庄稼有的倒伏了，瓜棚有的倾斜了，树叶涂着一层泥沙，有的草根挂在树枝上。鸭群在注满了水的鱼塘里嬉戏，鼓着翅膀呷呷地叫。被阻的人们又在田里和道上出现了。

小冯和马仔两人离开磨坊，把长裤脱了，只穿条裤衩，准备涉水过河去。丁老桂嘱咐说："加小心呵，刚才那么大水，把石头都冲走了，河床有变动。走一步探一步才行，可不敢同水逗啊！"

"老爷爷，你请放心！"小冯说，跟着马仔走了。

他们过了河这边，沿着河岸往岭尾走。走不远就到另一处渡河的口子。对岸有几个十一二岁的小孩从山上采草莓回来。他们个个脱得精光，把衣服放到小篮子里，然后把篮子顶在头上，蹚过河来。

"这帮小鬼好勇敢呵，这地方水深不深?"小冯看了看他们说。

"你替他们担心，真是'雨过送蓑衣'，用不上。他们成天在水里玩，野鸭还赛不过他们呢。"马仔说。

但是马仔这话才一落音，只听得"哎呀"一声的叫嚷，小冯回头一看，一个小孩的小篮子歪倒了！其他几个小孩都在齐声惊呼："救命呵!"

"救命呵!"

"快！快！糟了!"有的小孩马上又退回那边岸上，拼命呼喊。

小冯立时把裤子和树叶一掷，跳进水里，用尽平生气力往河的中流游去！

马仔跟着跃身跳下水去了！

"老冯沉着，看那小篮子!"马仔见小冯被急流堵住，不能冲到小篮那地方，大声喊叫。

小篮子已经离开人头，自己漂走了。人头在水涡里冒上来又沉下，马仔排开了激浪，迅速抢过去……

小冯被一个漩涡冲到木棉树下的地方，头发一沉一浮的……

"小冯，你怎么啦?"马仔惊慌地呼喊。

岸上的几个小孩直跺脚，齐声号叫：

"救命呵!"

"快救命呵!"

这边岸上，金秀挑着水桶出来，听见叫声，又见到河里的人头和波浪搏斗。一看河边上的衣服，脸色霎时变青了，立即丢下水桶拼命往村里边跑，边呼号：

"救命呵，淹死人了!"

这时，丁老桂迎面赶来，金秀没有顾得跟他讲，直往村里跑。老头直奔到河边，立即纵身跳下水去，马仔已举起孩子的头往河那边岸上移动，回头见到小冯挣扎，焦急地喊：

"小冯不行了，在木棉树下边，往那边游去！快!"

丁老桂在河中转了个弯，游到木棉深潭那里去……

杜为人和村里的人都赶到了，一个个地往河里跳。马仔把小孩一个一个往这边带过来。

"糟了！"丁老桂从水里冒出头来失望地喊，随即又潜进水去。别人也跟着潜下水去一阵，又上来，下去一阵又上来，都带着失望的眼光望望水面的漩涡。

金秀眼泪不由自主地直掉，在岸上哭泣起来。

"再找！快！才一会工夫嘛，还有希望。"杜为人浮上水面招呼大家，自己又潜下水去。

马仔把孩子交给了金秀，自己也下水去了。

"来人呀！在这里了！"丁老桂在离大家十多二十公尺地方冒起头来喊。

大家一阵喜悦，往他那边游去。金秀抹了抹眼睛，直望着水面的浊浪。

"完了！"马仔作了一声绝叫。

随即两三个人迅速地把小冯弄到河岸上。

"还有希望，快做人工呼吸！"杜为人沉着而敏捷地把小冯上衣解开，跑到他前面，按压他的腹部。

小冯的脸色纸一样的白，鼻孔已经没有气了。

大家照着杜为人的做法，轮流给小冯做人工呼吸。

金秀也俯下身来听了听，禁不住地抹着眼泪。大家也都深深叹着气。

"是哪一个小孩呀？"有人向小孩们发问。

"是亚升！"

"是你叫我们过的嘛！"亚升怯惧地扭绞着衣角。

"哎！你就是野种，你爸爸害我们操心，分不了田，你又来捣乱……"

"是呀！都是——"

"小孩子知道什么，别说他了。"杜为人劝解说。

小孩眼睛呆呆地瞅着，好像打破了碗，正等待挨骂的一样，不敢说话。

"木棉树下是个漩涡，人到了那里——"丁老桂这才说话，将上衣脱下把水拧干，抹了抹湿漉漉的头发。

"怎么的呀！老冯吗？糟糕！"梁正慢吞吞地来了，却装得好像是挺焦急挺伤心的样子，一边说一边蹲下来，"杜队长，让我来，你去换件衣服吧！"

"不用。"杜为人不睬他，仍旧继续做着他的动作。

到太阳落山的时候，小冯仍然是一点气也不透，皮肤越来越白了，看看没希望了，丁老桂提议把他抬到磨坊去，好给他商量后事。杜为人尽了最后的努力，看看实在救不过来了，只好同意丁老头的意见，叫大家把尸体抬到磨坊去。金秀和马仔进村去拿他的干净衣服来给换上，有的人去把清匪反霸时没收的何其仁一副名贵的楠木棺材扛了来，给他收殓。叫石匠给准备着石碑。……各人都忙了一夜。

第二天一早，廷忠带着极大的悲哀赶来了。一进磨坊，什么人也没看，什么话也没说，忽然跪到棺材旁边，放声大哭起来。

"小冯，冯同志，你怎么丢开我走了呀！……天呀……你你没有眼呀！"

在旁边的丁老桂和苏伯娘抹着眼泪擤着鼻涕，一下子屋子都静了。河边传来杜鹃的悲啼，显得格外凄切。

"他两人从我这里出去，我还嘱咐他加小心。谁料不到一袋烟工夫，人就没了。他在这儿躲雨，有说有笑的，还说将来回北京给我买副花眼镜，买几张北京的画片来这屋里挂，让大家来了好看看我们毛主席住的地方。想不到这样快就再也见不到了！哎！"丁老桂一边说，一边重新装上烟，却没有吸，把烟斗撂在桌上，忧郁地凝视着小窗口的天空，又看看笼里的画眉鸟。

"你说，雷公打橄榄树那一下，是不是神明来召他回去？"苏伯娘在屋角剪着纸钱，疑惑地问。

"反正很巧，都凑在一块了。"丁老桂漫应着。

廷忠揩了揩眼泪，站了起来，沉痛地走到丁老桂的床边。"可惜呀！那样好的一个后生！"丁老桂深深叹口气，盯着廷忠发红的眼睛说。

一会，杜为人、全昭、金秀、杨眉、丁牧、徐图……都回到磨坊来了，各人手上都拿着一样东西给死者作祭奠。有人拿野花编了花环，有人写了挽联，有人用高粱秆扎成了相架，装上死者的照片。俞任远和张文代表着土改团来追悼。张文扛着用金英、杜鹃和其他不知名的花朵编起来的大花环。手上还拿着一些别个同学给死者写的挽联什么的。

杜为人对廷忠、俞任远和张文说，他们几个人商量了一下，打算就在磨坊设置灵堂。把他的照片挂到墙上，布置好以后，老乡们要瞻仰祭奠的，就让他们来这里。到下午四五点钟把他送上山去。廷忠听了很赞成，还说过后就将他的遗像挂在磨坊这里，好让全乡的人来回都能见到他，纪念着他。最后，他像想讲什么，可又不好意思讲似的，犹豫了一下，又把话煞住了。

"你还有什么要说的就说嘛！"杜为人和善地望着他。

"刚才我们三个说，是不是请道公来给他超度。我叫福生扛幡都行呀！"他望了望苏伯娘，又望了望丁老桂然后说。

杜为人默默地同俞任远、张文互相看了一眼，意思是说："这个农民可是个老实人呀！"

"老韦，你还信这个呀？"杜为人淡淡一笑。

"信不信就是为的尽我们一份诚心。"廷忠说。

"老杜，你不要说不信，人死了不念个经叫他得到超度，不是让他魂灵受苦吗？"苏伯娘说，停止她手上的动作，直望着对方。

"妈，现在不兴这个啦，鬼神这个东西，你不睬它，它也就不来找你啦。"全昭说。

"有没有鬼可不知道，"丁老桂说，"水这个东西倒是不能玩。那年我在龙州给人拉大锯解棺木。城里正开什么运动会，比赛游过龙州那条河面。有个学生，也有小冯那样年纪吧，他原来是游过来了，得了个头名，大家都为他拍巴掌。他自己也高兴得不知道自己是老几了。当中有个人就用话激他，说是有本事的再游过去一趟给大家看，他果然又跳进水去了。游到河中间时候，头慢慢抬不起来了，当时救护的船已经没有了，等到大家去把他捞起来，已经没法救了。他就是力气用得太过了，腿抽筋，你说这是命不是？"

231

听了丁老桂这样一说，有人正要说什么，则丰、苏嫂、银英和马仔一帮人进来，把他的话打断了，杜为人把刚才决定的祭奠办法告诉进来的人。

"则丰，我们找几个人带着家具，给他找个下葬地方去吧！"廷忠说。

则丰的意见，这件事由他同别人去就行了，叫廷忠在这里料理。

"不，我要亲自给他找个地方。"廷忠说，"走吧，这里有苏嫂她们就行了。"

"把他送到苏民旁边去吧！"苏伯娘望着走出门去的廷忠和则丰喊，擤了一把鼻涕，眼睛淌着泪水。

苏嫂说是要做点饭给大家吃，招呼银英，马仔一块走。一会伯娘剪好纸钱也走了，剩下工作队几个人，给屋子收拾了一番，然后把挽联都贴上。

大家把要做的事情都布置停妥以后，才对这些挽联一张一张地看起来。

"喏，这是全昭写的，"杨眉指着用白色有光纸写的那一张。

大家都凑来看：

> 江水滔滔，一去不回怜君逝！
>
> 匆匆花草，三春先谢增人愁！

"唔，不错的。真是多情人说的话。"俞任远说。

"想不到你还挺会作诗呢！只是太感伤了。"

杜为人惊异地打量全昭，好像是重新认识似的。

"这恐怕是思想没有改造过来，才保留那种情感吧。"全昭抱歉而又诚实地对杜为人低声说。

原来全昭的祖父是清末最后一次科举的头名秀才，后来参加过同盟会，晚年好藏书、画，爱喝酒赋诗；父亲是中学校的文史教员。从小受书香的熏陶，对文学发生爱好。但当她考虑选择终生职业的时候，却决定读医科，认为做个大夫为大众直接做点有益的事业。文学，只能当做业余的爱好。

"看看杜队长的吧，写得不错。"徐图高声说。

杨眉凑过去，朗诵起来：

死了——而活在人们的记忆里，

并不可悲；

可悲的是：

活着

而在人们的心中，

却被遗忘。

"杜队长，说得好。"俞任远说，"'留皮才识豹，啼血却怜鹃'，人生一世，应该留下点痕迹才不负国家社会呵！"

"杜队长这副挽联，看来好像是轻轻两句话，其实，分量很重。"徐图若有所思地低声自语。

"昨晚请你给拟一个墓铭，写出来了吧？"杜为人并未注意他们的议论，只向丁牧问。

丁牧从口袋拿出一本活页簿来打开，取下一张来说："写了两句，没有写好，看看行不行。"

全昭一下接了过来，说："我念一下，大家听听吧。"

在这里埋葬着的，

是一个为着救护别人，

而牺牲了自己的青年：

他的名字——冯辛伯，

和他的崇高的品德一样，

将给人们纪念难忘！

1952年4月5日

233

"写得挺好。"杜为人说。

"我这是只能说实在的话。"丁牧说。

丁老桂含着烟斗在旁边听来听去，似懂不懂的，最后说：

"你们都说他这个那个的。我看他确实是我们农民的好弟兄，是不是？"

老头正说的时候，门口突然拥进十来个小学生，他们拿着鲜花，拿着刚采下的红宝石似的草莓、两只金色的柚子和蜡烛什么的，一样一样地摆到灵台上。后面跟来两三个教员，把磨坊挤得满满的。

全昭和杨眉要走了，杜为人叫她们拿丁牧写的墓铭去给石匠；另外，要她们去把小冯的东西收拾好，给他家带回去。丁牧要亲自去交代石匠，也跟着他们走了。

在老师的指导下，学生们在灵前进行了俯首默哀等后就回去了。老师留了下来，同俞任远他们说话。表示没有把学生管教好，才害得冯同志牺牲，感到非常抱歉。老师里头有个梁上燕，他开头发现张文也在这里，显得很尴尬，后来见杜为人和张文对他们都很客气，才敢怀着内疚的心情和张文拉了拉手说："过去太对不起了，一时糊涂……"

"知过不为过，以后好好为人民服务吧。"张文说。

杜为人听他们正说着话，也凑上来认真地盯着梁上燕的眼睛问：

"你们两人谈什么，讲和啦？"

"杜队长，都是我错了，老张，唔，张队长是——"

"你现在——"

杜为人严肃地正要问问他什么，他却马上接过来说："我们学校教师现在都配合搞宣传。"

杜为人问："你个人怎样？你同梁正是一家的吧？"

"不，他是他的。我家同他不在服内了。他这个人，就是旱天雷。唔，不了解他。"梁上燕说话吞吞吐吐。

别的几个老师跟俞任远说完话，转过来同梁上燕一起，又跟杜为人说了

234

说，就走了。

随后，苏绍昌领着几个老乡也拿了一对蜡烛、纸钱来烧，在灵前作了揖，然后同俞任远、杜为人说了说话。表示很对不起，平时没有把河道危险的地方给工作队同志介绍，本来大家翻身是好事情，结果发生了这样的事故，真是太抱歉了。

杜为人说："危险的河道容易调查，只怕危险的敌人不好认识。大伙想办法快点把地主阶级推倒，大家快翻身就好。"

"那是的，现在，我们正在搞划阶级呢，把阶级定了，谁该是什么就什么，大家都放心了！"

"你现在放心了吧？"张文问。

"我反正是个中间，怎么也够不上地主！"

"中间总是要往一边倒呀！你到底拿什么主意嘛。"

"当然是往人多方面靠啰。"苏绍昌说，疑惑地望着杜为人，担心说错了话似的。

"你是苏伯娘一个祠堂的吧？"杜为人问。

"是。"

"那，你苏家早就出个革命同志哩！"

"哎，他人死得太早了。同小冯似的，可惜呀！"

晌午，苏嫂和银英把饭送来磨坊，廷忠他们也回来了，一起把饭吃完。又去组织些年轻力壮的来，把杠子、绳索一切准备停当，到下午四点半钟，就把灵榇送上山。

杜为人和俞任远他们本来是不主张扛幡的，到要起灵时，苏嫂把福生抱来了，亚升的母亲也给儿子包块白布头巾，腰上扎条白布带跑来送灵榇上山。灵榇被抬走时，大家都被一股沉痛的心情压着，有人不断地揩着眼泪，金秀扶着银英泣不成声。木棉树上一只乌鸦叫了两声飞了，杜鹃在什么灌木丛里啼哭。

二六

送殡回来的路上，廷忠告诉杜为人，赵光甫的老婆为着小冯救她的孩子很受感动，她答应等过了三月三，赵光甫回不回来的问题就有回话。廷忠说，这一定是等赵光甫回家过节，他两口子商量好再答复我们。要不要叫民兵明天晚上去把他逮起来？杜为人认为他既然还敢回家来，说明他舍不得老婆孩子，那，终归要出来的。等他信得过我们，愿回来了，他什么都肯讲了。如果硬要抓他来，什么话也不肯吐露，反而不妙。杜为人告诉廷忠盼咐全昭、杨眉和苏嫂今晚和明晚都不要去找她，让他两口子商量。

"赵光甫一定是在附近不远。"廷忠又补充说，"听说他老婆几天来都呕吐，尽找酸东西吃，一定是怀了孩子。"

全昭见廷忠同杜为人说着话，也凑上来插嘴。杜为人回头见老乡们都跟上来了，便说："回头再说吧。"接着问："金秀怎么回事，情绪特别沉似的？"

全昭说她过去一直是好好的，说不清这两天是什么事情引起她那样。杜为人嘱咐全昭跟她聊聊。他马上要同俞任远一块去土改团向党委汇报和请示山上几个土匪的问题，明天才能回来。

"那，要有什么事情找谁商量？"廷忠听了插上来问。

杜为人看了看全昭，然后说："有事情你们几个人商量着办，大胆点干，别怕。将来我们走了，还不是你们干吗？"

"我们还是不行呵。"廷忠惶惑地望着全昭，意思是说："你看行吗？"

"大伙一块商量吧。"全昭看看廷忠，鼓了鼓他的勇气。

晚上，全昭和杨眉参加廷忠他们研究群众对第一榜公布的阶级成分所反映的意见，同时，讨论公布第二榜的问题。开完会回来，杨眉因为银英到婆家过节去了，她一个人不敢回去睡，说是一闭眼睛就看到小冯的死样，很害怕。要跟全昭一块孖铺。两人不知怎么回事，兴奋得不想睡，就利用这个时间，清理冯辛伯的遗物。杨眉给收拾衣服，全昭负责整理书籍和书信。当她们快清理完了的时候，全昭在一大沓来信当中，发现有两三封没有邮票，也没有写什么地址，只有收信人的名字，字体写得歪歪扭扭。"谁写的呢?"全昭看了再看，想不起是谁的笔迹。好奇心促使她把信瓤抽出来看了看，一时呆住了。杨眉见她忽然变成这样，问她怎么回事，全昭默默地把信交给她，低声说："你看吧!"杨眉接过信，凑到灯旁去，还把灯芯捻高些，不觉轻轻地念出声音来：

冯同志：

　　你不嫌气（弃）我吗？你太好了，以后你多帮助我吧。我文化太少，总是有话说不出来。……

"别那么大声，伯娘要睡觉。"全昭说，还是继续整理着东西。
"你听听，还有哪!"杨眉说，又念：

小冯：

　　听说你们五一前要回京了，你不能不走吗？大家多欢迎你呢。要有一天，我能上北京，见到你，多好呵。只怕那时候，你都记不得人了。……

杨眉念到这里，停了下来，凝视灯光，遐想。一会，望了望全昭说："想不到她工作起来那样泼辣坚强，感情上却那样缠绵。比你还多情哪!"
"我什么多情？你别糟蹋人吧。"
"是俞教授说你的嘛。"
"算了吧，以后别说这个。"全昭又回头去做她的事情。
杨眉过来把全昭已经放好的笔记本翻了翻。

"找什么，你这鬼东西。"

"我找小冯的日记，看他有什么反映，"杨眉一边说着，一边翻到了一本"1952年生活日记"。

两人都趴在灯下翻开来看。日记本有的叠了角，有的夹有彩色的翎毛、树叶、花瓣或书签。翻到哪里她们就看哪里。

下面就是她们翻到的地方：

2月25日，晴。（在长岭村韦廷忠家）

明天我就要离开这个家，离开这位勤劳、淳朴，而克己、善良的农民了。这些日子来，同他一块生活劳动，使我体会到另一方面的人生，见到人民的智慧和力量。与其说，我来启发他的政治觉悟，毋宁说，他给我极大的实际的宝贵的教育。

廷忠这个受过折磨的农民，一如经过风霜的松柏，它是比较坚实的木材，应该成为农村中建起社会主义大厦的支柱。

比起他们来，我们才只是苗圃中的树秧，有什么值得骄傲呢？今晚上，全昭和杨眉给我批评了，觉得她们能及时给我提醒，这种同志式的帮助是可贵的。……

2月28日，雨后转晴。（在岭尾村）

到这新的环境来已经三天了。

同在一起工作的是一位女同志。解放前她名义上是个小商人家的养女，实际上是个丫头，尝够了人生的辛酸。解放后逃了出来，在一个车缝厂做女工，后来参加了工作队。上过四年小学，人倒是挺聪明，现在报纸也能看懂了。

朴素、单纯、坚定是她的标志，不像个女子。同她合作能不能搞好？很难算这个卦。……

3月18日，晴。（在岭尾村）

在北京，最后一场雪也许还没有过去，在这，却是万紫千红、春光明媚了。

在这，我看到另一个天地，一个坚定有力的脚步，我前面的道路出现了，一个单纯而真挚的手，在叩着我心灵的窗扉！这位既亲近又疏远的尊贵的宾客呵！叫我怎样接待呢？？？——

3月31日，晴。（在岭尾村）

今天是三月最后的一天了，明天就是四月的开头。一个唯物主义者，应该相信事物是发展着的。

既然一个北京的大学生可以到农村来，为什么一个工人和农民不可以到北京去？如果说，我被大家看成了工农群众的朋友，她为什么就不能成为知识分子的伙伴呢？

"这写的什么呀！简直像叫人看不懂的歪诗。"杨眉说，把本子合上了。

"本来人家的日记就是写给自己看的嘛。你也太笨，你把它和两封信联系起来看，不就明白了吗？"

"他正矛盾着呢，可平时蛮能克制，一点也看不出来。"杨眉想了一会说。以询问的眼光看全昭，看她同不同意自己的说法。

"你们还谈什么呀！"苏嫂悄悄地走到她两人跟前问。

全昭带着沉痛的心情看了看苏嫂，一时想不出说什么好。杨眉说："我们正看小冯的日记呢。"

"我听你们说，金秀对他怎样啦？"苏嫂在床边坐下来问。

全昭怕杨眉心直口快地说些不恰当的话，赶紧抢着说："没有什么，大家同志在一起工作，一旦分开了，总是舍不得的。"

"哎，这都是你们年轻人的事了。你们搞完工作回北京，快找个对象吧。"

"我不要，一个人爱干啥就干啥多自在。"杨眉不假思索地说。

"那不行。说是说，正经是办不到。那么年纪轻轻的，别打这个主意。"

"你怎么就能行呀，你也还不老嘛。"杨眉又冒冒失失地说，"我看你近来年轻多了，脸上总是笑眯眯的。"

"那是你们来了，把我也——"

"把你也变年轻了！"杨眉逗趣地说。

"你这鬼丫头！"苏嫂不好意思地瞟了杨眉一眼。

"苏嫂，"全昭赶快把话拦着她，看着苏嫂修得整齐洁净的眉毛说，"我们正要问你，你真的就不想找个人做伴吗？"

"亚昭，你真是好心的姑娘。你管这些事干吗？"

大家都不好说什么，沉默了下来。屋外的青蛙和昆虫还不停地叫唤，夜已很深。

"明天又要上坟去了。一个人好去，要是听你们的话，有了旁人就不好去了！"苏嫂眼里含着感伤，苦恼地说。

"你这都是封建感情！"杨眉叮当地又冒了一句。

全昭瞪了她一眼，马上给解释说：

"苏民同志是革命烈士，真有灵魂的话，他知道你现在这样子过，他准是不赞成，你说不是吗？"

"哎，那么多年都过了。——"

"那是没有解放嘛！"全昭和杨眉齐声说。

"你们没有睡呀！尽说什么，成天总是讲不完。"房里传出伯娘嘟嘟哝哝的混浊的声音。

杨眉看看表，已经一点二十分了，大家悄悄走散，准备睡了。

清早，全昭和杨眉才起床，金秀就跑来了，大家以为发生了什么事，都紧张地盯着她，特别是杨眉从上到下特别留心端量着人家，仿佛是头一回见到的一样。她没有什么改变，只是近来太阳晒得更加黑了一点，但也更加坚实了。头发原来是梳的两根辫子，因为天天梳费工夫，和杨眉一起把它剪了，这样，人反而显得活泼一些，眼里虽然留下一点伤感，但被坚毅的理智的光芒盖住了。

"杨眉干吗这样看人？"金秀问。随着，沉着而镇定地把手枪往桌上放下，将口袋里的小本子掏了出来，准备要同全昭商量什么事。杨眉告诉她苏嫂她们马上要上坟扫墓去了，问她们两人去不去。

金秀和全昭互相看了看，意思说："你说去不去？"

"金秀，你去不去呀？"杨眉意味深长地瞟着她的眼睛。

"不去了吧，昨天才—— 一去又是半天。有些事要马上商量。"金秀倒是老练而平静。

"不去就不去吧。"全昭说，"我们找丁牧同志和徐教授来一起谈。廷忠和则丰他们去扫墓，就先别找他们了。"

说着，金秀出门去先找他们两位去了。全昭和杨眉吃了早饭才到廷忠的屋子来，听金秀的报告。

事情是这样，昨天晚上，李金秀没有回岭尾村，在农会住下了。花心萝卜来找杜为人，没有见到，他就向她坦白了。

他临解放时输了八十多块银洋，人家要拆他的老屋拿砖瓦顶账。他没法，只好帮梁正跑腿拿烟土和子弹去卖，把赌债还了。就这样辫子却给梁正牵着了。梁正有什么事用到他，他都得去跟着干，不管黑天白日，上山下地的。特别是解放以后，清匪反霸期间，解放军要肃清残匪，号召各人坦白交代，与土匪分家，当时他想向人民政府坦白他解放前卖子弹枪支的事（因为同他买子弹枪支的那些人后来都上山当了土匪），梁正却吓唬他，说是坦白了就有了口供，不得了；不讲嘛，也只有他们两个人自己知道，不怕。他果然听了梁正的话。

后来，梁正知道他有了这点把柄，进一步威胁他，要他做这做那，他也认为，自己手上沾了屎，总是臭的了，一不做二不休，硬着头皮顶吧。而且梁正时常对他造谣欺骗，说什么蒋介石国民党不久就要反攻大陆了，只要蒋介石一回来，又是他们的世界了等等。开头他是相信的，往后一天一天地感觉不是味道，好像从前救济总署发的口香糖，越嚼越淡。这次土改运动，比清匪反霸深入了，老乡们慢慢地都能辨别出谁是真心为老百姓办事，谁是把人民当牛当马。他想，如果还是走那条黑路，不知哪天总归是要倒霉。特别是那天杜队长找他谈过话，给了他好大的启发，这次划阶级，大家又把他划为贫农。他觉得共产党办事公道，得人心，这个江山一定能保得住。想来想去，终于硬着头皮来坦白了。但是，他要求给他保守秘密，以后梁正叫他做什么，他一定来报告。

金秀讲到这地方，杨眉不耐烦地插进来问：

"那，他到底是干了些什么呀？"

金秀继续说，花心萝卜交代：他就是听梁正一个人的指使干的，梁正叫他上山找过那几个土匪，给他们送打火机，有一回还送子弹和罐头；另外，平日就散播谣言，在村里贴反动标语什么的。那天骗大家去请愿，也是梁正叫他去活动的，回来他还给钱买条狗来宰了，他们几个人喝了一顿。

"那，梁正又是谁指使的呢？"全昭问。

"对啰！"大家齐声说。

"我也这样问过他，他说他不知道。"

"这里头还有鬼！"丁牧说。

金秀说："不过他说，可能是覃俊三在后头牵的线，有一次梁正喝醉酒讲过，他跟覃俊三的丫头如何如何。"

"花心萝卜就是覃俊三的堂侄，梁正跟覃俊三有没有勾结他还不知道？"全昭问。

"我也这样问过他，他说他不知道。"金秀说，"他说他自己有时也到覃俊三家去通风报信，就是没见梁正在场。"

"这里头还有鬼！"丁牧又说了一句。

"这些事，他敢不敢把它写出来？"全昭问。

"他不认得字。"金秀说，"不过，他说如果我们把梁正抓了，他就不怕了，随时都可以作证。"

各人听到这里，觉得花心萝卜是墙上草，见我们这边风大，就倒过来了，可能是真的。不过，他一定还有事情保留着，没有全端出来；不管怎样，总算又突破了一个口子。

大家正高兴的时候，廷忠抱着福生回来了，苏嫂帮他挑回上坟的东西，也同时进的门。廷忠把福生放下，将草帽摘了，额角上有一道帽圈的印子。脸上还淌着汗，用草帽往怀里扇风。

"前天一场雨，今天太阳一晒，庄稼可好了。"廷忠说。

"锅里有米汤，你喝吧！"丁牧对他说，然后又对着苏嫂，"你也喝吧。"

苏嫂从篮子里把廷忠的东西取出来帮他放进另一只篮子，拿到屋檐的墙上挂起来了，然后在另一只篮子拿出好些草莓来请大家尝尝。大家一边吃，一边谈话，全昭把刚才金秀汇报的事简单地向廷忠和苏嫂说了。他们两人几乎是齐声说道：

"花心萝卜到底还有良心，太好了。唔，我们也有好事情呢。"

大家不知道他们说的是什么好事情，互相看了看。全昭和杨眉特别交换了眼色，笑了笑，以为是他要向大家讲他同苏嫂两人的事。哪知是，刚才在山上，赵光甫的老婆带着亚升特地过来给小冯的坟烧了香，然后同廷忠和苏嫂讲，赵光甫听到工作队同志为了救他的儿子牺牲了，觉得对不起大家，不管怎样，自己是决心下来了。另外，有的人也要下来。廷忠说，看样子，旁的人是叫他先下来试试看。

"这件事情怎么办？他今晚要等回信。"廷忠说完话，向全昭问道。

全昭想了想说："就这样吧，这两个情况都很重要，杜队长不知今天回不回，干脆去团部找他汇报去。"

"我同意，不然，我们真的是拿不稳。"金秀说。

接着，大家你一句我一句，都说找两个人去一趟，快去快回。哪两个人去呢？各人又商量了一阵，认为让金秀、全昭两人去走一趟。全昭的意见让廷忠或苏嫂也去一个，因为赵光甫老婆怎么说的，有他们去，讲得清楚些。

廷忠觉得很为难，推给苏嫂，苏嫂又说要跟亚珍谈话，最后还是廷忠去了。

"又不是大姑娘出嫁，怕什么？"丁牧鼓了鼓气。

"到公家地方去，我就有点不惯。"廷忠说。

"一回生二回熟，慢慢就惯了。"徐图也鼓励了一番。

他们三人终于走了，在家的人就准备下一场斗争。照杜队长的意见，把第二榜的阶级成分马上公布出去，使大多数贫雇农有了底，进一步孤立富农，打垮地主。苏嫂赶紧找亚珍谈。撑她的腰，打消她的顾虑。

"她这两天想开了，说是要认亚婆做干妈，就在我们家不走了！"苏嫂说。

二七

全昭他们三个人走到半道上，土改团的通讯员迎面赶来，见了他们很高兴，说是杜队长要他送封紧急的信，随即把一张叠成三角形的字条给了全昭。

全昭看了信，脸上浮着笑意。廷忠和金秀看她高兴的样子，问是怎么回事。她把信交给金秀，顺口对廷忠说：

"我说要你一道来正说对了。"

原来是省委贺书记到土改团来专门了解长岭乡的情况。杜为人就是要他们这三个人去团部汇报。

"杜队长一定要我去吗？不要我讲话吧？"廷忠担心地问。

"要讲就讲呗，别害怕嘛，你胆子那么小的。往后，你要学多讲话才行呢。"

"这可是难了，我愿犁半天田，也不愿开会讲一回话。"

"讲话也是学得来的。起初，我还不是不愿说话，后来慢慢的也敢讲了。"金秀说。

"是的嘛，好像我们工作同志这回学挑东西一样，开头很吃力，现在不是也学会了。"全昭说。

他们就这样你一句我一句地边谈边走，不觉就到麻子畲了。时间已经是晌午，团部的同志正在休息。一会，通讯员去找到杜为人来了。杜为人说，过午团部还要继续开会，贺书记专等着听他的汇报。要全昭他们马上就把情况告诉他。

开头，全昭说了说，然后，由金秀和廷忠分别将花心萝卜的坦白和赵光甫想回来自首的详细情况向他讲了。最后，全昭又把他们刚才在村里安排的事说了说。

"好，好，太好了。你们倒是主动地来了，我还派了人请你们呢。"杜为人眼睛里闪着胜利的喜悦，"这一下，我们的工作进展就快了。你们先别回去，等我开罢会，一块吃了晚饭再走。你们可以去参观参观这里麻子畲村的斗争会。我现在准备一下，马上就开会了。"

杜为人收起笔记本走了。全昭他们三个人走到麻子畲的农会看了看。会还没有开始，家家户户都上坟去了，开会的人还没到齐。廷忠在这里有个表兄弟，到他家做戚去了。全昭同金秀到通讯班去找报纸和信。三中队的信不少，有杨眉的，有丁牧的，有徐教授的，也有全昭自己的；另外，还有一封是给冯辛伯的，上面没有写同志也没有写先生，就只写冯辛伯亲收。是一般女子写的字。金秀拿起来，疑惑地看了看，全昭轻轻地说："这一定是他妈写来的了。"金秀眼睛直直地没有说什么。全昭把信全放进口袋，好回去分给大家。然后同金秀慢慢地走到小学校的操场来。全昭几次想同金秀说些什么，就是不好开口。终于，倒是金秀先说话，她问道：

"傅同志，你说，像我们这样的人，要读几年书才能跟你们一样呢？"

"我们读是读了十来年，有些东西读了也不顶用。"

"都能跟你们一样有文化多好呵！"

"你以后慢慢学也就有了。像你们那样，把工作做好了，将来也还可以到大学甚至到外国去学习呢。"全昭用羡慕的口气对她说。

"学习没有人帮助总是不行的。"

"在革命队伍里有同志，到学校去有老师，怎么没有人帮助呢？"

金秀又不说了，全昭这才想起对方的话中有话，一时也觉得自己太不体贴对方的心情了，有点抱歉。

一会，廷忠来找到她们，说是斗争会要开了。在会场周围找了大半天没找见她们，以为她们先回了呢。

"哪能这样呢。走吧，向人家学习学习去。"

全昭说着，同大家一起往会场那边走去。

吃晚饭的时候，杜为人告诉廷忠他们说，等一会，贺书记要找他们谈话。

"谁？跟谁谈话？"廷忠立刻紧张起来，饭都吃不下的样子。

"没有什么，先把饭吃好了再说吧。"全昭安慰着他，同时看了杜为人一眼，意思是："他这人好怕生的呀！先别告诉他吧。"

吃完晚饭，廷忠、金秀和全昭来到土改团办公室等杜为人。办公室是没收来的地主的大厅。中间是两张八仙桌拼起来，两边摆着几个太师椅。两边墙上都挂些土改运动的宣传画和各个中队的工作进度和统计表。廷忠刚进来时有点紧张，眼睛不敢张望，半天，心情才稍微平静下来。

一会，杜为人和郑团长跟随着贺书记进来了。全昭和金秀立即站了起来，廷忠也跟着学样，刚站起半截身子，"坐下吧，坐下吧！"贺书记和郑团长连声说。

廷忠坐在全昭对面，直盯着她。好像是说："怎么办呀？"

"我来介绍一下吧！"杜为人说，"这是我们省委的贺书记，这是郑团长，这就是廷忠同志，这位是全昭同志，北大同学，这是金秀同志，我们省里工作队的。"

"好呀！同志们工作得很好，很有成绩，我们很满意。"贺书记用长者慈和的眼光对这三个人看望了一番。手上翻弄着火柴盒，"你们抽烟吧。都不会？熬夜不会抽烟可不好顶呀！"他自己从烟盒抽出一支烟来，划着洋火点燃，吸起来。

廷忠这才偷偷地看了两眼。这位贺书记大约有四十多岁，脸色红润，精神旺盛，看他从来就没发过愁似的。

"冯辛伯同志是你们北大的吧？"贺书记对着全昭问。

"是。"全昭点点头，静静地说了一声。

"这位青年很好，在南宁我见过。可惜呀！土改完了，我们马上就搞建设，需要许多人才。培养一个大学生就不容易!"贺书记边说边翻弄着火柴盒子,边考虑什么问题。"别的同学情绪还好吧?搞了一阵'三同',都吃得消吗?"

"还好。大家都觉得受到锻炼,同时,也向老乡学习了不少知识。"全昭说。

"是这样吗?廷忠同志,你看他们同你们在一块过得来吗?"

"好。可以,可以——"廷忠像口吃似的,脸有点发红。

"冯辛伯开头就在他家住的。"杜为人接过来说。

"是呀,在一起共同生活,慢慢就会交成朋友的。只有同地主在一起可就不能这样。廷忠同志不是就在覃俊三家熬了几十年吗?结果,他还是要把你吃掉。因为他不把你吃掉他就不成为地主了。这地方的老乡,把地主叫做蚂蟥,这比喻很好。"

贺书记谈笑风生。各人也都注意听他的,没有谁想到要说什么。他的谈笑声一停,屋里突然显得静了。

"看大家还有什么要谈的吧?"一会,贺书记望了望大家问。

"没有什么了吧,"杜为人说,"金秀,你看还有什么?"

金秀脸红了一下,望着杜为人,摇摇头。

"没有,你们就回去积极行动吧!我们刚才已经商量好了,为人同志回去同大伙再具体部署。马上给它一个歼灭战,连根拔掉!但是,行动要小心,敌人很狡猾,要注意发动群众。只要群众跟了上来,就不怕了。好吧,祝你们胜利!"

贺书记站了起来,跟每个人都握了握手。廷忠把手收起来,只是稍为弯了弯身子,就急忙挤出门外来了。

到了路上,廷忠才放开心怀来向全昭和金秀问:"刚才同我们说话的是贺司机?——"他的话还没有落音,金秀就哈哈笑起来,全昭和杜为人也不由自主地笑了笑。

"什么,他——"廷忠感到愕然。

"他是省委会的书记，就像区委县委那样，他是省里的首长!"

"区里没有谁叫书记嘛。不是都叫区委吗？县上刚解放有个叫政委的，县里什么事情是他讲话，不是吗？"廷忠反问着金秀。好像说，他并不是不懂。

金秀对他说，县委会的书记现在不叫政委了，都是叫书记，军队里才叫政委；区委应该叫区委书记，大家都把它减省了。

"那，我明白了!"廷忠说，"那，贺书记就跟旧时一个省长一样吗？"

金秀对他解释了一下。

"旧时的省长你见过没有？"全昭问。

"到哪里去见呀! 没说省长，就是自己土佬的区长也难得见呢。"

"那，你看，今天你都见到省里的首长了，还谈了话，可惜你没有跟他拉手是吧？"

"哎，我这手就不会伸出去。"廷忠这才感到有点遗憾似的。

"以后不管哪一位同志同你谈话拉手，都不要拘束，都是自家人嘛。毛主席也还同老乡们见面，谈谈生产的事呢。"杜为人说。

"对啰。你搞完了土改，把生产搞好，当上劳动模范，上北京开会，就能见到毛主席。"

"上北京？是早先皇帝住的京城吧？"

"对啰。"

"那得多少钱，多大工夫才能到呀! 先前人家地主上京求名，不是要走三年两载的吗？"

全昭和金秀同他说了说，他好像都觉得挺新鲜，很感兴趣，对生活满怀希望似的。过去，他一天就愁生计，很少同人拉扯闲话；虽然解放了两年，也不大参加开会，觉得梁正这些人不顺眼，也就不愿跟他一道，新的事情知道得太少了。

"公家的事以后还是让则丰他们多管好了。"最后，他说。

"那，不行。你要打退堂鼓怎么行呢？大家的事情，大家都关心才好办。"

杜为人说。

他们回到长岭已经是黄昏了。杜为人和全昭他们都同廷忠到他的家里。正好马仔和杨眉他们几个都在那里等着。杜为人叫马仔去把苏嫂、则丰和徐教授他们找来。同时，叫他顺便上树顶广播：吃过晚饭，各个贫雇中农小组组长都到学校开会！杜为人马上变得十分严肃，好像一个指挥作战的将军。别人都不敢问他什么。全昭憋不住，问："打算怎样搞法？"

"等一下就知道了。"杜为人回答得很干脆。

"哎哟，对我们也保密呀？"全昭说。

"不一定是保密，可也没有必要先说。"杜为人还是那样冷静，像个哲学家在沉思。

丁牧和全昭互相看了一眼，也都不做声。不到一袋烟工夫，则丰、苏嫂他们都来了。杜为人才同大家说，省委特别重视他们这个乡的工作，贺书记今天亲自赶来了，要求各人一定认真地把各人的工作负责搞好，这地方，从现在所发现的情况和公安部门掌握到的线索来看，不仅是几个封建地主的问题，而是还有帝国主义间谍的问题；山上几个家伙，不仅是杀人越货的强盗，而是一种武装的政治土匪。现在，把它们一网打尽的时机已经成熟了。马上就要开会，先把梁正叫来坦白交代，看他讲不讲，他不讲，就让花心萝卜和亚珍出来当场剥他的画皮。

"我们要走好这一步棋，通过这生动的事实来大做文章，教育骨干和提高群众觉悟。"杜为人说罢又转向杨眉问，"赵佩珍态度怎样？肯不肯坦白交代？"

"她肯讲。她很怕死，她说只要——"

"只要她肯讲出来，可以给她宽大。花心萝卜不会变卦吧？赵光甫他要回山上，准他回去。他们的根这一下子给挖了，他们不下来，在山上啃树皮吗？"

杜为人把话说完，环视了大家一眼。各人都紧张地沉默着。

"没有什么了不起的，这些沙洲虾，跳不了几下。你们负责把他们带到会场去吧。先不要他们露面，让他们每个人单独住一个房子，等叫到哪一个，再把他领进会场来。"

"梁正这个家伙力气好大的呵！"则丰说。

"力气再大，也飞不了。我们是叫他来开会的嘛，他不一定知道。为了妥当一些，找两个民兵去盯着他的屁股，怎样？"

"好，这样保险些。"

正说到这，赵三伯含着烟斗，不声不响地推门进来，让大家都愣了。杜为人马上招呼他：

"赵爷爷，等一下我们马上在学校开会，你也去听听。同志们，没有什么意见的话，各人就干各人的事去吧。"

杜为人的话刚说完，每人怀着既紧张又愉快的心情走了。

赵老头含着烟斗不离嘴，坐到丁牧的床上，一会才轻轻地对杜为人说：

"听说赵光甫回家过节来啦！今个还没走。"

"知道。不几天他们全都会回来的。赵爷爷，走吧，我们到学校去。"

杜为人检查了一下手枪里的子弹，然后同赵三伯往学校去。

二八

　　杜为人到了学校，看了看周围环境，又看了看准备做会场的教室。教室现在点着一盏汽油灯，照得人耀眼。黑板上还有小孩画的斗争地主的画。课桌歪歪斜斜，墙上贴了些土改标语。他想起了什么，同马仔说了说，马仔就走了。等到人都快到齐的时候，杜为人和廷忠、则丰、苏嫂在教员备课室商量了一下，然后由则丰去把梁正叫了来，见大家都坐下了，杜为人把下面的意思和大家说了一说：

　　为了要把工作搞得快一点，希望乡干部们都起个带头作用。前些时候工作队进行了一次小整风，各人都做了检讨，工作就有新的进展。村干部这样做也有好处。今晚就开始，而且要梁正第一个带头检讨。叫他想一想，把自己对不起群众的事都在会上说一说，说了，就算是自己的进步表现。

　　梁正一边听着，一边吸着烟，眼睛直打转，看看廷忠又看看苏嫂，神情惶惑不安，却极力装作镇静。末了，他表示既然指定要他带头，他就先讲也可以。说是自己缺点是有，脾气暴躁，爱骂人。

　　"你想想，除了这些作风上的问题，还有什么对不起群众的行为没有？"杜为人直盯着他的眼睛。

　　"解放后的没有。解放前，那，那是在军阀军队里头，很难说。"他把眼睛避开了，支支吾吾地说。

　　"就说解放后的吧。"

　　"解放后的没有。我一来就靠近人民政府和解放军工作队的嘛，乡亲们都看得见。"

"要是乡亲们帮你讲出来怎么办？"

"那，没有。哪里会有呢？"

"你还是自己讲讲吧。"

"我自己知道自己，没有什么。……对啰，可能赵佩珍胡说什么吧。她，反正大家都知道，嘴巴比屁斗还宽。谁知道她胡说了什么，同志们恐怕也不会信她的。"

"当然，不会就信她一个人。我们以为还是你自己讲出来好些，这完全是为了你好，反正做过了的事抹也抹不掉。"

"好吧！我想想，有什么就说什么。"他又抽出第二支烟来接着吸起来。

"人都到得差不多了！"马仔进来对杜为人说。

"好吧，开会去吧。"杜为人招呼大家跟马仔到会场来。

会场来了二三十人，稀稀拉拉地坐着，杜为人请大家坐到前面来，大家才挪动了一下，刚好占满了半个教室。杜为人叫学校的几个教员也来听，他们也都到了，看磨坊的丁老桂也坐在后面一排。杜为人请他坐到头前来，他不肯，只是移动了一下，往前两排的空位子坐下了。杜为人又叫廷忠他们几个坐在讲坛左面的桌子旁边来，好商量事情。会场经过调整以后，杜为人没有上讲坛去，只是站到前排当中的地方宣布开会。他说，今天是工作队召开的会，请大家一起来听听农会几位干部报告这段工作的情况。现在首先由民兵队长梁正起个头，请大家注意听，等他讲完了，大家可以发表意见。

这一宣布，原来农会的几个干部都有点紧张，觉得很突然，没有准备。苏绍昌马上过来问怎么个讲法。杜为人说，今晚梁正一个人先带个头，不会轮到他，叫他安心听好了。苏绍昌才平静了一些，回到座位又唧唧喳喳地告诉了别的人，谁嘘了两声，会场才平静下来，注视着讲坛上的梁正。他脸色灰暗，眼光泄露着恐惧。腮帮上那颗长毛的红痣，像田里割剩的草，叫人看了很不顺眼。

会场中，马仔最活跃，他背支杜为人给他带着的卡宾枪，来回走动，"这下可有好戏看了！"忙了一阵以后，他凑在银英旁边坐下，悄悄地说。

"去你的吧，别在这里嚷！"银英说，看也不看他。

谁又嘘了一声。

讲坛上，梁正讲话了，大家都集中注意力认真听。

"我梁某缺点毛病是很多的，杜队长刚才同我讲了，叫我想想有什么对不起大家的事情。自己想了想，对不起人的事怎么没有呢？比如说，脾气躁，动不动就骂人，军阀作风。这都是要不得的，伤和气，另外还爱喝酒吃狗肉，这都是旧军队学来的腐败东西——"

"不要你说这一套！"

马仔突然吼了一声，把大家都吓了一跳。梁正也把话咽住了。用哀求和询问的目光看了看杜为人。

杜为人不动声色，依然那样沉着而严厉。

"你赶快交代你挂羊头卖狗肉的邋遢事情吧。"马仔说。

"那，我没有。杜队长，我……别的没有说的。"梁正望着杜为人哀求。

杜为人瞪了他一眼，说："你暂时不愿说，就下来吧，坐在这地方。马仔，叫赵佩珍进来说话。"

马仔立即敏捷地背上枪走出门去。会场里人声嚣动起来。一眨眼工夫，赵佩珍被全昭、金秀送进来了。杜为人叫她站到讲坛上去讲。她头发蓬乱，脸色憔悴多了，忽然老了十年似的，像个五六十岁的老太婆了。她说，自己名分上干的坏事，前回大会上各人都顶出来了。现在，她只是说梁正的反动阴谋。她说，她造的谣和说的工作队这样那样的坏话，都是梁正教给她的。梁正对她说过，现在共产党叫人不信仙姑巫婆不要紧，等国民党一回来，又是我们的世界了。

"梁正，你是不是这样跟我说的呀？"赵佩珍朝着梁正问。

"我没那个记性，你记得，你说吧。"梁正抽着烟，满不在乎的样子。

赵佩珍讲完下来的时候，杜为人马上对旁边的则丰说："去叫花心萝卜来。"梁正听到后眼皮跳了一下。花心萝卜一进来，自己就上讲坛，还舍不得把快烧到手指的烟头丢掉，吸了吸，又干咳了两声。

"别装他妈的洋蒜！"

"看他这个鬼样子真够受！"

人们低声地咒骂。

"我，大家都看不顺眼！"花心萝卜咳了两声说了，"但是，也不是我自己愿意的。人家好比药鹧鸪一样，给我一点甜头，我自己没有吃，嘴馋，你有什么办法。只好进人家圈套！——"

"嗨，他做了坏事倒是有道理呢。"还有人私下里讲话。

"嘘，别嘈嘈！"

花心萝卜丢掉烟头，咽了一下口水，又说：

"现在，我一天一天看共产党、人民政府才真是同我们穷人老百姓一道的。我心想，不为我自己，单为了几个孩子，我也不能再干下去了。"

"你说你干了什么坏事得了，别跟教不好的牛似的，老拐弯，拉不正犁耙。"

"我干了什么？我帮了梁大炮去勾通山上的土匪！——"

"哟！"好些声音一齐惊叫起来。

"我真是去了，大家不要惊慌。我去了好几趟。苏主任不是还记得吗，苏嫂的牛跌到羊谷去的第二天，你去给老丈人迁坟，我们还同了一截路呢。"

"那，我可不知道你是去干坏事的。"苏绍昌惶惑地赶紧声明。

"苏主任放心好了，我也没说你知道。我好汉做事好汉当，不会赖别人。梁正叫我去做，我就说他叫我去做。可是，谁叫他做的呢？我不能替他讲，反正他自己明白，叫他讲吧。"

花心萝卜刚一说完，会上又是一片抑止不住的声音掀起来。有人就喊：

"要梁正交代，谁叫他去通匪的。"

梁正满脸通红，眼睛转了转，看看杜为人是什么态度。杜为人不动声色，依然那样沉着而严厉。

"你有话要说吗?"杜为人向梁正问。

"我……"梁正欲言又止。

杜为人同廷忠耳语,廷忠走出去了。不一会儿,苏嫂陪着亚珍进来。亚珍和原先大家看到的完全两样了:这些天来,全昭把她打扮得挺齐整,两根小辫子剪掉了,现在是短短的头发,好些日子不晒太阳,脸色白了一些,也胖了些,眼睛闪着光。身上穿一件全昭为她在圩场给剪来的青士林布衣服。

"这不是覃俊三家的亚珍吗?"

"是呀!不是说在河边什么地方跳水死了吗?"

会上又是一阵骚动。有的对她的过去表示怜悯,有的为她现在得救表示欣庆,有的疑惑,有的惊讶。梁正却把头低下来了,不敢抬头望一望。

亚珍死也不肯上讲坛。苏嫂也没有勉强她,只让她站到前面稍为当中的地方。无数的眼睛全盯着她,坐在后排的人伸直脖子,站起来看,使她更不敢抬起眼皮来,两只手搓揉着衣角。"别怕,你把话都说出来就完了。"苏嫂在她耳边说。

会场终于静下来了,亚珍嘴唇颤动了半天,用着最大的力气,终于喃喃地说:

"没良心的覃俊三,他让梁正这个麻风把我害了。我怕见他。地主婆叫我送信,我不敢去。我不想活了,遇到廷忠叔叔才把我救了……"

"啾!地主真是没阴功呵!"

"她这一下倒是走运了。"

会场为这个受难者松了一口气,同时对梁正也增长着无比的憎恨。接着,全昭把覃俊三给梁正的信给大家念了一遍,念完又作了一番解释。全昭的声音刚停下,大家就抑止不住了,纷纷要梁正自己讲一讲。

"你再讲一讲吧。不要都叫旁人讲完,自己就没说的了。"杜为人带着警告的口吻对梁正说。

梁正站起来,转了转身,也不敢再看大家,半吞半吐地说:

"就是覃俊三叫我干的。他给我钱花,我见银眼黑,就干了。"他说到这里停住了。记不得坐下来似的，直挺挺地站着。

"不对，他信上不是叫你去问'上峰'吗？'上峰'在哪儿？"看磨坊的丁老桂说了。

"我没收到信，不知道。'上峰'就是山上的几个土匪嘛。"梁正支吾地说。

"你别装蒜，什么山上的土匪。见你的鬼。"有人高声怒斥。

"你怎么不说呀？"杜为人严厉地质问。

"就是覃俊三叫干的。"梁正不敢大声说，随即坐了下来。

杜为人看了看手表，现在是十点五十分。他有所等待似地沉思了一会，然后，站到刚才他讲话的地方，环顾着会场。会场是喧闹着的，都为这个案件惊动了。几个小学教师在交头接耳地议论。梁上燕好像是有所悔悟似的跟他的几个同事议论什么，大家见到杜为人站到前面来的时候，声音才一下子静下来。所有的眼睛都注视着这位队长，觉得特别亲切，等声音完全静下来之后，他才用坚定不移的语调说了：

"我们是为了给梁正有个承认错误的机会，所以才让他在大家面前把事情交代出来，好宽大他。可是，他到现在还装糊涂，以为我们都是可欺的。我现在可以告诉你，"杜为人看着梁正严厉地说，"你们下的赌注全输了！山上那几个土匪不是什么'上峰'，而是'上峰'的爪牙！他们的'上峰'，并不太远，就在这里，就在我们身边。"

一声霹雳，震撼了整个会场！会场立即骚动起来，人们你一言我一语，猜疑、惊讶、询问的声音此起彼伏。

杜为人停止了说话，直瞅会场的人，让大家又静下来之后，才接着说：

"就在这个长岭乡！现在，还允许坦白，谁知道的，跟他们有过瓜葛的，自己说出来就能得到宽大。"

杜为人把话说完，望了望大家。各人你瞧我我瞧你，不胜惊异，唧唧喳喳的耳语又充满了会场。梁正抱着脑袋不敢看人。花心萝卜想讲个什么又收回去了。徐图和丁牧也怀着激动的心情等待事态的发展。有时，看看杜为人的神

257

情，觉得他有一股力量，操纵着周围的生活。

汽油灯的气不够了，一个小学教师同一个民兵过来给它打了打气，光线又明亮起来，一些不知名的昆虫在灯罩周围飞扑。

看看没有谁说话，磨坊的丁老桂想了想，敲敲烟袋，然后，伸着脖子高声喊：

"我老头是本着良心说话——"

"好呀，你站起来说。"有人以为是他要坦白，用命令的口气对他叫。

"我可不是给自己坦白！自己还没那份能耐。我只说我们岭尾那位何老爷，他几十年来在外头做官，从来没回村一次。这回嘛，快解放了，他倒反跑回来了。像他这样的人，按理应该知道解放军来了就要分田地，打地主的啰，凡是大点的地主谁不是往城里躲？有的还跑香港、澳门什么的，可他老爷就出奇，倒反往村里跑，还搬来一船的箱笼。听人说，好几个人搬了一夜，第二天早上，码头上还有不少的箱子没搬完呢。大家想想看，是怎么回事。清匪反霸那时辰，都说他是开明士绅，让他混过去了。跟覃俊三的一样，都说他是抗战地主，留了他，什么也没动。现在，大家不是看到了？——"

"你说话干脆一点得了！"有人喊了一声。

"让他讲完。"杜为人马上说，"以后谁说话都让人家说完，不要打断话。老桂爷爷，你说吧！"

"我没有了，让大家说吧！"

"我看丁老桂讲得有道理。梁正老跟姓何的杀狗喝酒，要他坦白讲讲。"有人马上接着嚷。

"何其多同覃俊三是两家亲戚，一定有勾结！"

"要梁正讲！"

大家你一言我一语地叫唤，会场一时静不下来。

"梁正，有没有话要说的?"杜为人又问。

梁正摇摇头。一个解放军的同志进来同杜为人耳语。"把他带进来！"杜为

258

人说。

猛然，门口进来两个气势昂扬的解放军公安部队同志，随后是一个已经戴上手铐、垂头丧气的何其多，再后面是三四个解放军跟着。杜为人对解放军战士示意，叫他们监视着梁正。

会场的板凳在响动，人们都站起来伸着脖子看。杜为人叫解放军同志把人带上讲坛去让大家看。人上了台上，大家又坐下来，都屏住气静听。空气像一下子冻结了似的。

"问他有什么话要说的。"杜为人对马仔说。

"真没想到呀！"杨眉伏在全昭的肩上耳语，感到又紧张又痛快。

何其多是个老奸巨猾的家伙，他装得老练、从容，极力掩饰他内心的慌乱。马仔问他话，他爱理不理的，沉吟了一会，才拿混浊的语气说道：

"兄弟在外做事几十年，一向是廉洁奉公，解放回乡来乃系告老归田，无非想在晚年稍尽绵薄之力，造福桑梓，早晚得与乡亲父老共话桑麻之乐趣。解放事业，只要用得到兄弟之地方，无不尽力以赴。清匪反霸时期，兄弟曾经尽过微力，事实俱在，同志们可以明察。"讲到这里，他把话煞住了。

"完了？"马仔问。

他不屑于回答似的，不做声。

杜为人马上站起来，叫马仔把他带下去，让他站在右边的角落里。之后，杜为人走上讲坛去了。大家都紧张地期待他的话。

"刚才老桂爷爷猜对了！"杜为人开始他的说话。

大家都用尊敬的眼光回头去找丁老桂。

"这个人，"杜为人将眼睛转向右边站着的何其多，"他就是覃俊三的'上峰'。他自己的'上峰'就是蒋介石和美国帝国主义。这里的教堂就是他们的狐狸窝！"杜为人讲到这里，低声对解放军同志说："把东西拿上来。"

解放军同志把电台、手枪、弹药、文件和反动传单拿了进来，放到讲坛的桌上。

"这些玩意就是他们同美帝蒋介石通风报信的电台，就是谋杀我们干部的武器，就是欺骗老百姓的反动宣传品。何其多这个人，在外边几十年不是像他说的那样，什么廉洁奉公，而是专做谋杀革命干部的特务；他回来不是要做什么造福家乡，而是回来躲藏隐蔽，组织土匪武装暴乱。梁正是他们的先锋，他把我们骗了，现在我正式宣布：逮捕他依法归案。"

解放军战士马上走上前去，用手铐把梁正的手铐上了。

"他们搞的罪恶很多，大家可以继续控告！"

杜为人讲到这里，站到一边看了看大家，人们都沸腾起来了！

"打他！"谁大声喊起来。

"打！该死的！"随即有人附和。

激怒的情绪弥漫了整个屋子，有激动地淌了泪的，有一时泄了恨的，有顿然觉悟过来的，有惊叹解放军的功劳的。

廷忠走过来颤着声音，要跟杜为人讲话。杜为人叫他上讲坛来。他对杜为人说："我看，要开个大会，叫全乡的人都来看看这些坏家伙。"

"好，你现在就跟大家说说。"杜为人支持着他。

廷忠这下可忘记在什么地方说话了，很自然地走近桌边去，向着大家，用激愤的语气高声说：

"各位父老兄弟，我实在忍不住了。我们被人骗，被人欺，被人害得太甚了，我们要把这些坏蛋让全村的人都知道，让全乡的人都知道。让大家都来看看，都来听听。他们可是把我们害得太狠了。开大会斗他，赞成不赞成？"

"赞成。"全场齐声吼叫。

"我说，要干就趁热打铁，明天就开大会。"则丰大声喊。

"明天就明天，我的田也不插了。"

无数声音汇成一片，分不清谁说了什么了。

"我主张明天午晌开大会，斗争这些反革命分子，同时公布第三榜阶级成分。大家说行不行？"廷忠望着激动的人群说。

"赞成，赞成！"又是一片欢呼。

"我也同意廷忠的意见，"杜为人站起来和大家说，"现在散会，请各小组长回去通知各户，明天务必按时到会。"

"廷忠可不简单哩！"徐图有了新发现似的，跟丁牧说。

"事物都在不断地发展和运动的。"丁牧说。

散完会出来，赵三伯跟着杜为人一块回到农会。杜为人看看手表，已经一点过五分了，赵老头却一点也不意识到夜已很深，看他挺精神，从从容容地坐到杜为人的床边，重新装上烟丝凑近灯火点燃，悠闲而舒坦地吸着。杜为人觉得他有什么话要讲的样子，默默地观察着，等他开口。他吸完了一袋烟，敲了敲烟灰，然后望了望杜为人，说：

"我们长岭乡这一趟，可是跟田经过三犁三耙一样，把那些坏杂种都给拔了，我看再也长不起来了的。这些反革命，好比掉下井里的石头，你说还能翻起身来吗？"

"你老人家看呢？"杜为人反问他。

"看倒是比你们后生多看过一两回了。见识不一定比你们高。从这一回看，来头可是跟从前不一样。"

"这怎么说呀？"杜为人未免诧异起来，觉得赵老头话中有话。

"你等着，我回头拿件东西给你！"赵老头敲敲烟灰就走了。

杜为人更觉疑惑，望着赵三伯走出去的背影想："老头到底怎么回事呢？难道——"

"杜队长，你还没睡呀？"马仔进了来，把手上拿的两筒罐头往桌上一搁，然后将卡宾枪从肩上放下来，揩了揩汗。

杜为人拿眼睛问他："怎么回事？"

"你看这两罐东西，不是跟杨眉同亚升拿来的铁罐一样吗？"

"哪里拿来的？"杜为人拿过罐头看了看问。

马仔说是从教堂的地下室起出来的，同弹药在一起，在一个铁皮箱子里装着。

"刚才应该把它同亚升的那两个铁罐一起拿到会上去，让大家都见识见识。明天开大会记得拿去。"

正说着的时候，赵老头回来了，他拿来一包用块褪了色的破旧土布包着的东西，还用麻皮捆得像只小粽子一样。

"老杜，这是我保存了二十五年的东西，解放三年了，我还不敢拿出来呢。就是怕你们又走了，那些杂种又来找我这个老头算账。这些日子来，我想了又想，反正我老头也快到时候了，就押这一宝吧。我算豁出来了，把它交出来，也表个心意，你看吧。"

杜为人和马仔交换了眼色，都注视着这包东西。

赵老头说完话，把麻皮扯开。麻皮已经过劲，很脆，一扯就断。布包解开来里头还有一层是用一张民国十六年（1927年）的南宁《民国日报》包着，再打开来，才见到是一面红旗！老头把它铺在桌面上，那面旗的中心是用黄缎子剪贴上去的一张犁头，靠旗杆边是用黑缎子剪的字：长岭乡农民协会。

杜为人一下子激动得不知怎样好，用两只手握住赵老头那双多茧的手：

"老爷爷，你——"杜为人高兴得眼泪都出来了。

"我原来就是扛过这张旗子的，旗子是我拿自己要缝衣服的钱先垫着，去城里制回来的呢。"赵老头说到这，掏出烟来装上，吸了起来，感到胜利地浸沉在遥远的回忆里。

杜为人把那张旧报纸看了看，上面就有污蔑共产党煽惑民众图谋不轨等等的反革命言论，和反动国民党省政府宣布解散农民协会的命令。

赵老头接着讲起他的故事来。他说："民国十五年快到过年时候了，从县上传下来说是现在广东、湖南的国民革命军要北伐打倒军阀，在后方的民众都要组织起来成立后援会，农民有协会，工人有工会，妇女、青年、小孩都有自己的团体。不识字的，男男女女都上夜校，认字唱歌什么的。那时，上省城读书回来的苏民，就对大伙宣传：以后不准许谁压迫谁了，也不准放债剥削，个个人都平等，老百姓见县官也能平起平坐，当丫头的都解放出来自由了，欠债也不要还，地主的田要平分给农民。经他这一宣传，像我们这些穷人听了，都高兴得不行，一下子就闹起来了。

"那时，也是天天开会，游行唱歌。把地主老爷吓得也是够受。谁知道，第二年的七月节还是八月节，记不大清楚了，反正是割早稻那时辰，忽然什么都变了。说是：这是共产党造反。县政府的县警，和原先团总的团丁都来了，把农会、工会的带头人，抓的抓，打的打，把刚闹起来的什么会什么团都解散了。有的人挨抓了去坐班房，有的当时就给砍了头。苏民当时回省城躲去了，后来又回家来，才被覃俊三盯梢抓了去的。我当时就想，是很好的事情怎么就是造反呢？反正这些话都是他们财主们说的，因为我们要同他们势不两立。他们能甘心吗？那时我想，这事情一下子有那样多的人赞成，终有一天又闹回来的。再说，这张旗子是我自己花了钱制的，农会还没给我钱，更不愿交出去让那些杂种毁掉，把它藏起来了。

"当时为了怕他们搜，我就把它绑在屋梁上，一直不去动它，就是前回斗了覃俊三才把它取下来，想交给你们，又寻思这些杂种还没除净，不忙冒这个头吧。今晚看了看，番鬼佬的教堂我们解放军都敢抄他们的家了，这回有九成是赢了，我这才把它交出来给大伙看看。老杜，我们老一辈人也是跟地主土豪干过的，那时我也跟廷忠、则丰他们现在这样的岁数。苏民那个小伙子，人可是好呵，正跟全昭他们这样，成天就是知道为着大家办事。可惜叫覃俊三他们害了，不然，他现在恐怕也是在省里做事了。"

"好！你是个老农会会员哪！明天开大会，你老人家上去跟年轻后生讲讲，让大家认识敌人的残酷毒辣，懂得革命道路的艰苦，同时，也看到我们的群众的力量，树立胜利信心，看到光明幸福的前途。"杜为人说。

"你还说明天呢，公鸡已经叫第三遍，天都快亮了。"马仔说。

"今晚，你要睡也是睡不着呀！"赵老头说。

第四遍鸡声又响了，杜为人看了看手表，已经是四点四十八分。

二九

自从那天晚上逮捕了何其多、梁正以后，半个月过去了。

这半个月，长岭乡卷起了一股革命的旋风。

经过对何其多的斗争，人们见到了封建地主与蒋介石特务和美国帝国主义三方面勾结连环，拧成一条锁链，长期套在农民脖子上的活生生的事实；经过对何其多的斗争，人们更加相信了自己有力量能够掌握自己的命运，有勇气把敌人加给自己的枷锁挣开；有信心把美好的生活实现。

这半个月，长岭乡好像越过了千百年的时光。

人们的精神生活呈现着苏生的景象：恐惧、卑怯、忍辱和忧郁的云雾在人们的脸上消失了，听天由命的观点在这里开始瓦解，劳动的概念也减轻了它的重量，人们忽然有那样多的话要说呵，大家都变得特别勤快。

这半个月时间过得太快了。在这里，人们将黑夜弥补着白天，白天接连着黑夜。划阶级定成分完了，接着是没收分配，跟着就是选举新的农会和乡政府的负责人。同时，建立了党在农村的组织。

分配的预分第一榜公布出来的时候，廷忠跑来找杜队长重新表白他的态度。说是大家照顾他多年的穷苦，而且又是他家原来的东西，把覃俊三的砖屋和他原来被夺去的三亩水田分配给他。他认为没有那几亩田，那么些年都熬过来了，现在只要分得别的田也就成了，不一定要自己原来的田；同时，觉得自己人丁不多，又不愿离开自己出生的祖屋，也不愿搬去覃俊三那间屋子。他觉得则丰家人口多，让他搬进去比较合适，如果那几亩田同则丰的田连在一起，干活方便，分给他好了。

264

"等大家看完第一榜反应怎样再说，好不好？"杜为人回答了他。

"反正给我也不要，我一定要同大家讲讲。"廷忠说。

杜为人这才发现他有这样固执的脾气。只好答应他去同苏嫂他们商量决定。最后，大家也就没有勉强他。这样一来，分配时候有不满意的，也就不好意思多说了。

"廷忠就是那样一个老实人，他这种人品给自己人办事倒是难得了。"人们这样议论着。

在改选乡干部的那天，每人拿着玉米，认为哪一个候选人合适，就把它投入候选人背后的小碗里。结果，廷忠背后的小碗和苏嫂一样，得的玉米最多，其次才是则丰、银英、马仔、赵三伯和丁老桂他们。最后区上批下来：廷忠当乡长兼农会主席，则丰是副乡长，苏嫂是副主席。另外，他们又互相推举银英掌握妇女工作，马仔担负民兵队和青年队的责任，丁桂管理财粮，赵三伯和苏绍昌负责民政和福利。

党和青年团的组织，也是在这半个月中扩大了队伍，接纳了新的成员。廷忠、苏嫂和则丰成了光荣的预备党员，银英和马仔都是青年团组织的新分子了。

就这样，半个月过去了。

这半个月，大地在不知不觉中悄悄地改换了新装：村边和屋房边的枇杷树，在阔大而浓绿的叶子下，伸出了迷人的金色的果实；丰硕的荔枝一串一串地挂满了枝头；木棉的棉桃开始吐着飞絮，随着春风把它的籽送到别的地方；玉米已开始结穗了；瓜田的南瓜、冬瓜和西瓜，那带着毛茸茸的"婴孩"，已经裸露在藤蔓旁边，等待着给它铺着"产褥"；扁豆蔓儿争先恐后地攀到棚架上，接受雨露和阳光……

蝉声在浓荫里歌唱，报告着春意正浓、初夏快来的消息。

就在这暮春的夜晚，长岭乡开了一个庆祝胜利的大会。正当天黑下来的时候，全乡男女老少都来了，各人提着小风灯，拿着火把，带着电筒，在青色的星空把通往长岭村来的几条小道点成几条火龙。山歌声这里唱那里和的，在旷野里显得更为高亢。

庆祝会空前热闹。小学校的师生们编了一个话剧叫"土地还家"；青年们有的组织了醒狮队，有的跳着铜鼓舞；妇女们表演山歌联唱；有的老头和青年一块合奏着"八音"……

忽然，有个愣小子跳到台上大声叫唤，提议要新选出来的干部每人上台唱支山歌，问大家赞不赞成，全场马上掀起一片叫好和掌声。

跟着，不知是哪个小伙子的主意，第一个被拉上台去的是赵老头。别人为他担心，他自己可一点也不着慌。到了台上，他敲敲烟斗，咳嗽两声，说自己年岁大了，新歌没学会，二十五年前唱过的一支歌子倒是还记得。问大家要不要听，全场噼噼啪啪地鼓掌，有的还高声叫喊，表示欢迎。赵老头天真地用沙哑的声音唱起来。歌词是这样的：

青的山，绿的田，

灿烂的山河；

美的衣，鲜的食，

玲珑的楼阁；

谁的功，谁的力？

劳动的结果。

全世界工农们，联合起来呵！

"好！"有人狂热地鼓掌。

"请新乡长上台唱歌！"接着有人喊了一声。

廷忠赶紧要躲开，谁知有人在旁边立即抓住了他，非要他上去唱一支不可。

"我不会，我从来也没开过腔。"廷忠忸怩得像大姑娘要上轿，哭笑不得。

终于，被两个小伙子拉拉扯扯地，弄到台上去了。

"我也没唱过新歌。"廷忠到台上很难为情地望望大家说。

"要他唱歌才真是拿鸭子上架呢！"全昭对杜为人说。

杜为人怕自己也要被拉上台去唱，没有心绪搭腔。

"旧的也行呀！唱吧！"有人高声嚷。

"对啰！"

"嘘！嘘！"

声音静了一下。

廷忠看看下不来台，终于唱了：

　　花未曾开蜜蜂就来了；

　　　尝不到那口蜜露，死不了那个痴心！……

人们还没有听完他的尾音，他已经溜下台来了。

"不行，他没唱完！"有人大声嚷嚷。

"我走了。"杜为人轻轻对全昭说。像漏网之鱼似的，怕谁要抓他，转过身就走了。

全昭跟着他走到会场外边来。这时，下弦月已经出来了。天空的云彩已经消散，月光很清澈。地上铺着一片银色的光辉，田里的青蛙和各种各样的鸣虫，合奏一支热闹的夜曲。他们两人走到坟堆的旁边，就在墓碑上坐了下来。

"廷忠唱的那两句山歌挺美，想不到他有这一下。"全昭先说了话。

"是吗？我都没有听他唱了什么。"杜为人说。

"你那样怕呀？"

"我就怕出洋相。"杜为人说，沉思一会，"赵老头唱的那歌词倒不错，当时大革命给老头的印象很深呵。廷忠唱了什么？"

全昭瞟了对方一眼，然后把廷忠的山歌的意思说了说。

"听则丰说，廷忠和苏嫂他们两人小时候就有感情来的，后来叫地主给打散了。"全昭最后补充说。

"那，现在可以如愿以偿了！"

全昭这才把那天晚上看小冯的日记的时候，苏嫂所流露的情绪告诉了杜为人。

"人的感情总是不那样简单！"杜为人不觉感慨起来。

"我看你从来也没有写过信似的。"全昭终于把她近来想要向他打听的事情试探地提出来。

杜为人笑了笑，说："因为从来没有接到过信，所以也就没有复信可写。"

"你没有给人写去，哪里会有人写来呢？"全昭意味深长地看他一眼。

"是呀，事情总是两方面的。"

"你不能说说你的故事吗？前回你答应要告诉人家的。"

"我的故事很短。"杜为人看了看天空，沉在遥远的回忆中。

天空飘浮着白色的云彩，慢慢地把缺着一小块的月亮盖住了。杜为人把视线收回来，看到全昭也在沉思，不禁有所感地喃喃说：

"爱情是个老题目，文章则各有各的做法，特别是它的开头和结尾，都没有一个是相同的。"

"那，请谈谈你的'写作经验'吧！"全昭回过头盯着对方的眼睛。

"我那场考试算是交了白卷，没有什么好说的。"

"那，总是有个开头啰？人家说，写文章的第一句话，跟唱歌定音调的一样，关系着全局。看看你是怎么写的吧？"

杜为人凝视着对方，对方和他的目光碰着。那双眼睛像在恳求："你说嘛！"杜为人终于尽最大的努力说了。那是他在国防艺术社相识的对象。当初，他对她并没有特别印象，后来下乡宣传，两人常在一起，觉得她虽然有不少的不切实际的幻想，却有着可爱的谈吐。至于他自己有哪些地方使对方感兴趣，可就不知道了。总之，两人自然地特别亲近起来。一回，两人分开工作，她下到村子里，他留在镇上。她来信说，她有个煤油灯没有捻子，叫给她买条灯芯。他给她买了寄去，还附上这样一张字条：

把灯芯给你，

但愿你有油点着它！

"谁知一条灯芯和两句话引出麻烦来了，以后就宁静不下来了。"杜为人说，"这就是文章的开头。没有开好。也是那个时期我小资产阶级玩的花招。"

"后来呢？"

"后来就是现在这个样嘛，没有可写去的信，也没有可接来的书。哈哈！"

"杜队长，你可是挺幽默呢，你老老实实把它都讲完得了。"

"后来，我接触了党的组织，做了点工作，在文艺思想上从艺术之宫走到街头来了；在人生观上，从个人主义的王国一步一步往集体主义靠拢。谁知道，这样一来，她开始嫌我哲学气味太浓，叫她受不了。最后，她碰上一个她自己说的像伏伦斯基①一样风流潇洒的公子，两人一见倾心，终于结了婚。我的文章就这样没有再写下去，成了废品，扔进字纸篓去了。"

"她是学什么的？"

"声乐。女高音独唱，音色很美。"

"以后呢？"

"以后，我们分道扬镳，各走各的路。解放后我回到桂林听人说，她的那位骑士终于甩掉了她，境遇很不好。如果她不走那样的道路，也坚决地走进革命的行列，今天可能是个出色的歌唱家。"

"你自己呢？难道你——"

"我自己没有什么了，就这个样嘛。参加革命以后，原来那些旧社会带来

①伏伦斯基：《安娜·卡列尼娜》中的人物，卡列尼娜的情人。

269

的个人自由散漫生活被紧张的革命斗争慢慢地代替了。当然，当时受了那一点精神上的挫折也曾感到痛苦，可是，并没有颓唐。因为那时我已找到了党，有了党的组织就觉得有了依靠。因而曾经立了个志愿，说是失掉这点东西一定要到社会主义的灯光下再寻找。"

全昭没有做声。会场上传来一阵"八音"的音乐。

"正是因为这样，有的男同志说我是矫情；女同志则说我在这个问题上，是一个想从泥土中寻找金子的人，理想太高，脱离实际。"

"这是他们说的嘛，你自己看呢？"

"我自己觉得，倒不是一定要从泥土中去找金子，重要的是互相了解。与其找到外面闪亮的鎏金，还不如老老实实地拣起泥土，它到底可以做砖瓦或陶瓷。"

杜为人讲到这，没有再说下去了，全昭也不做声。田里的青蛙如同小孩乱擂着鼓一样地欢唱。

"你听，有几个声音在叫？"全昭突然问。

"先别去管青蛙吧，我已经讲了一大篇，该你说你的了。"

"我，"全昭看了看杜为人的脸，"还没有想好第一句怎么开头呢。"说完，带着笑，俏皮地盯了对方一眼。

"在这个问题上，女同志未免过于敏感了。"杜为人淡淡地说。

忽然，杨眉跑了来，说是银英要拉她上台去唱歌，她一个人上不去，一定要她一块上去唱一唱。

"去吧，不管唱好唱不好，也表示我们工作队和大家一块庆祝同乐嘛！"

"对，对，上去唱一唱吧！"杜为人说。

"唱什么呀？"

"唱《东方红》怎样？要不，唱《铁树开花》。"

"好吧！"全昭说一声，马上同杨眉往会场走去，走了几步，又回过头来，热切地瞟了杜为人一眼，说道："你也准备去唱一支呵。"

杜为人对她笑了笑，看着她的背影在人群里消失了，才移了移脚步。"你听，有几个声音叫?"全昭的声音在他的耳边响着。田里的青蛙仍然在大合唱。

一会，"东方红，太阳升"的歌声在夜空飘荡开来。……

"也是差不多的音色呵!"杜为人想起已被遗忘的熟悉的声音来了。

"历史是不会循环的，生活也不会再重复它的脚印!"他一边想，一边往农会走回来。

他担心徐图和丁牧给准备做总结用的材料，赶回来看他们弄好了没有。当他走到油榨房旁边的鱼塘附近，看见廷忠跟苏嫂两人在前面，一前一后地走着，轻轻地说着话。他立即把脚步放慢，悄悄跟在他们后面。

"你怎么还能记住那两句东西呀?"苏嫂问。

"难道你就忘了'烧火不叫火花飞'那几句了吗?"廷忠反问一句。

两人又没有话说了。塘边不知是一只青蛙还是蛤蟆，扑通一声跳进水里，风轻轻抚摸着竹梢，发出飒飒的声音，附近谁家屋檐下的蛤蚧嘚咯嘚咯地鸣叫。

"什么样的虫子总是要蛀什么样的菜根的，豺狼要吃肉，果子狸就是要吃山蕉，变不了。"廷忠说。

"老丁还在你家吧?"苏嫂问，把声音放得特别低。

"他搬回队部去了。"

"我去，"苏嫂回头瞟了廷忠一眼，廷忠一时有点惶惑，苏嫂马上接着说，"福生的衣服要洗了，我去拿一件衣服给他。"

杜为人轻轻地拐过弯，向农会的小道走了。

农会里很热闹，杜为人以为有哪些人在里面谈话，他推门进去，见就是丁牧和徐图两人兴奋地高谈阔论。

"材料搞起来了吧?"杜为人问。

"搞好了。"丁牧和徐图齐声说。说罢徐图把桌上一个卷宗送到杜为人面前。

271

"你们没有出去看看，谈什么，那么热闹？"杜为人接过卷宗问。

"我们又读了毛主席这篇著作，"徐图拿起《人民日报》给杜为人，上面是才发表的《矛盾论》，"这著作太伟大了。把问题分析得那样精辟透彻！杜队长，你在延安亲自听过这个报告吧？"

杜为人说，他是抗战后期才到的延安。一九四二年毛主席的《改造我们的学习》倒是亲自听到了。

"反正你们是马列主义思想武装起来的，难怪他对处理任何复杂问题都是迎刃而解。我们学校的党委书记也是一样，他分析一个问题，处理一件事情，总是叫你不得不服他。"

"我看黄怀白那样的就不一定服吧？"

"那，"徐图抬起头来笑了笑，"那是不可调和的矛盾。"

"我从桂林到重庆时，本来也是要去延安的，皖南事变一来，国民党对延安封锁更严，去不成了！"丁牧表示遗憾，同时也表白了自己一番。

"我说，老丁，你这回，诗的灵感该来了吧？"徐图表现挺活跃。

"我正酝酿，想写一写，题目就是叫'春天'。"丁牧认真地说。

"好呀！我们等待读你的大作！"杜为人放下卷宗插上来说。

"你应该今晚上就写一首，拿到会上去朗诵好了！"

"诗也是同荔枝一样，不到熟的时候，硬摘下来是吃不得的。"丁牧说。

第二天，全昭惊疑不定地跑来对杜为人说，苏嫂昨晚没有回去睡，伯娘问她，她支吾过去了。

"到底廷忠他们同你正式提过了没有？"全昭问。

"提是提过，我答应了他们。不过，没有说是哪一天。"

"昨晚我看见他们一块离开会场，往回走，夜里没见她回，就猜：准是有八九成到他家去了。"全昭松了口气。

杜为人默默地看全昭，同她的眼光碰在一起，意思是："这事情怎么办？"

"旁的都没有什么问题，就是老伯娘有点疙瘩。"全昭稍为踌躇起来。

"你去做做工作！"杜为人说，"我今天要赶写总结，你帮我给他们恭喜。"

"我看看去。"全昭轻快地走了。

走到门外头，全昭见廷忠担着水桶出来，全昭眼明嘴快地喊："廷忠同志，恭喜你，杜队长也叫我代他给你们恭喜。"廷忠的脸一下子全都羞红了。全昭不等他说什么，就直奔他的屋里去。

"亚昭，"苏嫂反而先叫了她，"你看多不好意思——"

"得了吧！我看了你两人一块出来的。杜队长叫我来给你们道个喜！"

"老杜也知道啦？妈妈怎样，问了没有？"苏嫂担心地问。

"我就为这来跟你商量呢，她一早就问了，我支吾两句，说是老杜叫她去岭尾查一件事情。她也没有说什么。"

"这事情多不好，伤了老人家的心就不好啦。"苏嫂懊悔地叹息着。

"这样吧，你暂在这里，让我回去慢慢开导开导她。我看她挺喜欢你的，不会怎样；以后两家合在一起过好了。要不，你就两边跑吧。"全昭说。

"你这个小姑娘可是挺会来呢！"苏嫂感激地注视着全昭的眼睛。

全昭回来吃饭时，拐弯抹角地讲了半天，然后，先不敢说苏嫂已经和廷忠怎么样的了，只是说她有这个意思，别个也赞成。她也认为都在一个村子里，两人又都是干部了，早晚在一起方便一些，两家合在一起过，如果廷忠不愿过来，苏嫂就两边跑。

"苏嫂的人品怎样，那么多年还摸不到吗，她不会丢掉你老人家不管的。"全昭最后说道。

伯娘听全昭这样一说，开始愣了半天，揩了揩眼泪，深深地叹了一口气，说："玉英对我和她的小孩是没有说的啰！本来是，塘里没水就养不了鱼。她守了那么多年已经难为她了！廷忠是个老实人，倒是好了。我就盼亚新回来，也找个人给他成个家，死也闭眼了。"

晚上，苏嫂回到家来，扑到伯娘怀里哭了，伯娘也泪痕满面的，尽抹着鼻涕。亚珍抱着福生在旁边也暗自掉泪。

"好了！我不会怪你！廷忠也挺好，你算没找错。"过了好一会，伯娘说，摸摸苏嫂的头发。

"妈，我不走，我还在这里陪着你过。"

苏嫂说完，用衣袖抹了抹眼泪，随即接过福生来，叫亚珍把灯点起来，端洗脸水给亚婆。

伯娘说："我洗过了，你吃了饭没有？今晚亚昭和亚珍煮了四季豆，还给你留着呢。"

三〇

工作队明天就要离开村子了。

现在，苏嫂领着一个穿军人服装的约莫二十二三岁的青年来到农会。她洋溢着快乐的眼睛对杜为人说道：

"我的儿子回来了，他就是队长老杜。"她给青年人介绍了之后，就站在旁边含笑地看这两个人。

"呵，你就是苏新，'最可爱的人'！"杜为人热情地紧握着对方的手摇了好久，"可是同他父亲的相片一个样，一点也不差呀！"

杜为人一边说，一边看苏嫂的眼睛。她快乐而矜夸地笑了笑。

"他说，解放过来以后身体才好了，在国民党腐败军队的时候，一身都长的疥疮，就跟癞蛤蟆一样。"

"现在可是个威武的人才呢，可别把姑娘的心都给搞乱了。哈哈！"杜为人诙谐地高声笑起来。

"老杜你这一下倒是会逗乐了。"苏嫂说。

"杜队长明天就走了吗？"苏新这才说了一句。

"是呀，要走了！别处的土改还没有铺开，我们赶紧去补充火力！"

"去，去！先别谈工作，老杜就是这点不好，一见面就是工作。"

"哪儿去呀？"

"呵，亚昭没同你讲呀？到我家去吃'菜包饭'。"

"不行呀！我得考虑一下，今晚同大家开个会，把工作交代好再走。"

"你不去，我可不高兴了。徐教授和老丁都去则丰的家吃鱼生去了，你还不给我赏个脸呀？亚新又刚巧回来，亚婆说，抬也要把你抬去！"

"杜队长去吧！"苏新对杜为人诚恳地说。

"我可是叫你娘俩俘虏啦。"杜为人笑着，把桌上的文件收起。

"什么'葫芦'，快走吧！吃完好开会。"

苏嫂屋里已经把桌子安好，饭菜都端上来了。

"菜包饭"是这地方老乡们的一种特别而又普遍的食法。

一般的是烧了几样菜肴，把白米饭给油和香椿或者别的香菜，一起回锅炒过，再把新鲜的生菜洗干净拿来上桌，饭前各人把手也洗干净，用左手掌托着摊开的生菜叶，先用勺子把饭铺在菜叶上，然后再把菜肴一样一样地搁在饭上，完了把菜叶卷成饭团吃起来。

现在，苏嫂给客人做了一盘豌豆肉丁，一盘酸菜炒牛肉糜，一盘鸡蛋炒韭菜，一碟花生和一碗凉拌茄子，两边放着两盘用托盘盛着的生菜叶和一大海碗的炒饭，把一张八仙桌摆得满满的。

杜为人跟着苏嫂来了，伯娘高兴地迎上去说：

"嗷，这才像一家人呢！来吧，都坐下来吧。"

大家都围上桌边去坐了。苏嫂发现没有亚珍。往里屋叫："亚珍你在里头做什么还不来？"

"我在这吃吧！"亚珍在里屋回答。

"都是在地主家受气惯了！"伯娘说。

"叫她出来一块坐着吃，翻身了还不好好吃一顿饭。"苏嫂说，马上要起身去叫，全昭把她拦住，自己去了。一会才把亚珍拉了出来。

"你在这里就是自己的家一样，别以为还在地主家似的，什么也不敢摸，不敢吃！吃吧，大家都吃。老杜是本地人会吃了，亚昭、亚眉不会呀？真笨！看！"伯娘包着饭给全昭和杨眉看。

银英喘着气跑了来找杨眉去吃饭，一进屋，见穿黄军服的青年，他们的眼光正好碰上，好像两块石头碰着，发出了火花，她情不自禁地，心头悸动了一下。大家七嘴八舌地嚷，要她坐下一块吃。她推让了一番。

"你还想把亚眉拉走呀？连你也不放回了。你快去洗了手来吃吧！"伯娘说。

银英好像是叫什么东西吸住了似的，果然到屋洗了手出来，坐在杨眉旁边，伸手去拿生菜叶，开始包起饭团来，情不自禁地注视着苏新。大家也特别留意他俩的表情。

银英包好饭团，伸着丰满的胳膊送过杜为人面前来说："敬杜队长一个！"

"谢谢你，我会。你倒是应该敬敬我们'最可爱的人'！"杜为人接过饭团，用眼光告诉银英。

"他是'最可爱的人'呀？"银英惊讶地笑了笑问。

苏新一下子脸红了。

"人家是志愿军就是最可爱的人嘛！"杨眉抢着说。

"呵！那，我来敬一下！"银英迅速地包了个饭团，正经地送到苏新面前说，"敬最可爱的人……"

苏新的脸更加红得厉害，把饭团接过来了。

"银英你可是个野姑娘！"苏嫂欢喜地责备了一句。

"呵，你可是好妈妈呀，就会护自己的孩子。你亚新把我打了个疤疤，"银英指指额角上的小疤，"他不是野小子，倒是我成了野姑娘了！"

大家给她这一说都失声笑了。

吃完了饭，杜为人说，晚上等廷忠到区上回来，就开个干部会，要银英告诉马仔去通知大家。

"马仔这鬼家伙，不爱跟他说话！"银英嘟哝着说。

"怎么回事，这是工作嘛，又不是叫你跟他——算了，不说了，快去吧！"杜为人说。

银英嘟着嘴，又瞟了苏新一眼走了。

"今晚还要开会呀？"杨眉不以为然地向杜为人问。

"怎么，想休息呀？工作还多着呢，我们是不断革命！时刻都记得走在时间前面，落后就要挨揍，懂吗？"杜为人又严正又轻松地望着杨眉的脸说。

"这是斯大林的话。"全昭轻轻地说。

"当然，我讲的都是党的话，群众的话，没有什么个人的。工作总是这样的，要离开一个地方，应该把这地方的工作安排好。没有走一天，工作还是干一天，要是明天走，那等到明天走就是了。"

杜为人这样一说，杨眉什么话也不敢说了，脉脉地打量着他，心想："这个人有时候这样坚定，干脆，严格；有时候也像流水一样活泼，真是奇妙！"

这时，苏新把从区委会转给他的党组织的介绍信交给杜为人。杜为人重新从上到下看了看他，高兴地握了握他的手说：

"这样吧，你等下也到农会开会。我们要把村里的互助组马上搞起来。眼前有部分中稻还没插下去，要抓紧，你这个介绍信等一下交给廷忠。他是党的小组长。"

杜为人和全昭、杨眉往农会来了。一边走，杜为人一边问全昭关于互助组的酝酿情况；同时问她要抽几个人出去支援别的地区土改，村里究竟有什么反映。全昭说，组织互助组的情况还顺利，都说大家互助好；就是要把廷忠抽出去的事情，大家有点意见，觉得他走了，村里工作怕做不好，他本人思想也不大通。

"怎么搞的？他是党员，不服从调动呀？"杜为人感到有点不顺气的样子，把话马上说出来了。

"他恐怕还不是不服从调动，可能是自己没出惯门，怕受拘束——"全昭说。

"他呀，我看准是为了苏嫂——"杨眉插上来说。

"他同苏嫂两人倒是怎样，过得好吗？"杜为人的气又平和下来了。

全昭说："有一回他跟丁牧说，从前亚桂对他是一副担子；现在苏嫂对他倒是添了一双翅膀，可以飞翔了。"

"那，应该轻快地往前飞嘛!"杜为人说。

"我就怕他的翅膀给苏嫂黏上了。"杨眉说。

"你只看到这一点，不完全对；全昭刚才分析得也不是没有道理。人的思想是复杂的，不能急。反正还得一个星期左右才走，等他再考虑两天吧。"

杜为人一边思索一边说，不觉已经回到农会来了。

土改团的总结工作进行了一个星期，今天上午结束了。明天，北京来的那一部分人就要回去了，省里来的有一部分人要转到另一个地区去开展第二期土改，郑少华回省里原来的机关去了。杜为人被委派做了团长；区振民和张文都当他的助手。工作队的同志都评了功、表扬奖励了功臣模范。全昭被评为一等功，杨眉被评为工作模范；钱江冷在展览会工作，表现不错，在展览会那边得到口头表扬；冯辛伯，大家一致赞成追认他为特等功。

每个人经历了一场活生生的阶级斗争，又参加了劳动锻炼，思想面貌都有很大的改变，觉得比在课堂和书本学到的实际多了，有人就说是拿金子也换不来的一次收获。有的人带了这南方特有的瓜果、花卉的种子回去，让它在北方生长；有的搜集到红豆、竹枝，跟老乡们换得的壮锦，当做宝贝似的，准备拿回去做纪念。总之，认为是一生中难忘的一次经历。

夕阳依依不舍地隐进耸入云霄的远山去了，河面上三三两两的渔船让东南风吹着白帆，慢慢驶回港湾。工作队的同志对着最后一次的麻子畲的黄昏特别流连。有的在河滩上徘徊，思索着明天的工作和旅程；有的在村头的榕树下注视着雀鸟的归巢；有的在绿草如茵的草坪观赏着大自然的美妙。

杜为人下午还开了个会，当他吃过饭来到河边洗脸的时候，人们都已经陆续地往回走了。上弦月已经同星星一起出现。

"你怎么这时候才来呀?"一个蹲在河边石头上的人回过头来问了他。

杜为人仔细看了看，认出是全昭。顺口说道：

"在这些事情上，我往往是个落后分子！你怎么是一个人了呢?"

"那些鬼东西，都急着回去打'信不信由你'，不等人家。我索性就在这多

279

待一会。这儿多凉快!"全昭把两只腿伸到水里,让轻柔的水静静地在她脚背流过。

"你晚上没有会了吧?"停了好一会,全昭才找到这句话来问。

"没有了,今晚我给自己放个假。你有什么事吧?"

"没有。"全昭不好意思地说。

杜为人很快就把脸和脚洗了,"走吧!"他向全昭邀请。

全昭觉得回去没有什么事,一时也睡不了,不大愿走。但是,她却站起来同杜为人并排着走。他们没有往村里来,而在河滩慢慢地走着。朦胧的月光把周围的山岭、河岸和树林,披上一层薄纱,微风把暑热的空气渐渐吹散。疲乏的大地仿佛透了口气,躺在那里休息。

"你到什么地方决定了吗?"全昭问。

"地区是决定了,具体地点还说不准。"

"那,人家要给你写信,寄到哪儿?"

"谁会给一个不知对方地址的人写信呀?要写信的人他自然会知道地址。"

"这就难得说了,世界上发生的事情就有许多你自己是预想不到的。"

"一般说是这样的。可是,我以为这应该是例外。"

"杜队长,你可是哲学味道太重了!"

"那有什么办法呢?生活本身就充满哲学嘛。"

"反正总是讲不过你。"全昭生气了,马上扭转头往回走。

杜为人这才觉得再开玩笑,弄到不欢而散就不好,一时不再说什么。两人沿着河滩走了好远,已经快到渔船停泊的河湾,前面有几点灯火,风吹着芦苇发出轻轻的私语,夜开始静下来。

"大家都带了一两样东西拿回去做纪念,你得了什么?"杜为人终于用心地想出这句话来问。

"我一样也没要,想要的又拿不到。"全昭把头低下来,好像是给自己说的一样。

两人的心都悸动着，嘴巴好像不是自己似的，总是口不应心地说不上话来。又继续走了一段，全昭才说："回吧！"马上转回身，顺便瞅着杜为人。月光朦胧，看不清他的脸色，只是眼睛却燃烧着深沉而热烈的火光。

"我给你一件东西吧，"杜为人好像费了好大的力气，嘴巴有点干燥，透了口气才接下去说，"我有两颗红豆，送给你。将来你一旦决定了终身选择的时候，你就给他一颗吧。"

全昭沉吟了一阵才说："这件礼物太珍贵了，我拿什么做报答呢？"说到这，想了一下，才以战栗的声音说，"你不会拒绝它又作为礼物送到你手上吗？"

她把脚步停下，回头来寻找那双燃烧着热情的目光。

"全昭——"杜为人情不自禁地握住了对方两只热乎乎的手。

"全——昭——"杨眉气急败坏地呼喊。

"啊，我在这里——"全昭高声地回答之后，才放低声音对杜为人说，"回去吧！"

两人快走到杨眉跟前的时候，杜为人余意未尽地说：

"记得有一个作家说过这样一句话：'友情同健康一样，失掉了以后才觉得它的可贵。'你是未来的大夫，记住这句话吧！"

全昭听了之后，想了想，才说："正因为我是懂得医药的，对健康一定会特别珍重！"

"哎呀，我以为你掉进江里去了呢，快，她们请客，杜队长，你也来吧。"杨眉拉着全昭就要跑。

全昭走了两步，又回头来热切地盯了杜为人一眼。

杜为人愣住，目送她走远了，才记得举起脚步来静静地往回走。忽然，天上闪过一道流星。

杜为人回到房里，不觉浮躁起来。晚间睡了一觉，醒过来再合不上眼皮了。

他想了想这几个月的工作，想了想刚才全昭同他讲的那番话，想了想自己的感情。觉得自己小资产阶级的病根还是没有除净，遇到相当的气候又要发作了。

"要不得。必须克制！"最后，他对自己说。

第二天下晌，五点来钟，杜为人同大家一起，把北京来的工作队送到火车站，看他们都给火车载走了才转回来。当他回到自己床铺，想躺一躺的时候，发现床头搁着一包书。急忙打开来看，原来是全昭借去的《马克思传》、《毛泽东选集》和《新华月报》等。她怕书被弄脏，还用报纸包了封皮。他顺手把书翻了翻，其中一本《我们这里已是早晨》并不是他的，"她怎么把它留下了呢？"杜为人自己问着自己。把书翻开，突然，看到了全昭的一张相片！

他反复地看了又看，最后，在相片背面发现留下了这样清秀的笔迹：

你把她留在美丽的南方吧！

全昭 1952.4.18

"这就是她的'文章的开头'吗？小资产阶级感情的恶魔正缠在她身上呢！但愿她在今后的实际斗争中摆脱它。"杜为人一边看照片一边想。

照片是一个苗条的亭亭玉立的少女，穿一件白底碎花的旗袍，凭依着临海的栏杆，眺望着前面浩瀚的海，海面上漂着张帆的渔船和飞掠而过的海鸥……

"老杜，我来了！"

忽然，门口进来一个人，叫了一声。杜为人立时坐起来，不觉失声欢呼：

"呵，老韦，你可来了，欢迎欢迎，把东西放下！"

是廷忠背个大铺盖来了！原来是杜为人他们走了以后，他同则丰他们几个人又商量了一番，觉得村里工作现在来了一个苏新，可以顶得上火，廷忠离开一个时期关系不大。廷忠本人也以为到外地搞个时候工作，脑子会开通一些，眼界也宽一些，所以他还是来了。

"玉英同志她赞成吧?"杜为人看着他的脸问。

"她哪有不赞成,铺盖还是她给收拾的呢。可是,老杜,我到外头可是半个哑巴一样呵,你得多指点才行。"

"没有问题。你同我们出去闹他三个月,把本事练好一些,回到村里来,更加好办事,对不对?"

"对,对,我就这个主意啰!"

立时,金秀进来,见到廷忠来了,十分高兴地拉他的手,说了好些亲热的话。然后问杜为人晚上开不开会。

"开。去通知决定到新区去的同志,七点半开会。你现在带廷忠同志去找个地方住下。老韦去吧,回头我们再谈。"杜为人热情地拍着廷忠肩膀说。

"文同志要回南宁一趟?"金秀望着杜为人说。意思是问:"行吗?"

"可以,后天赶得回来就行。你呢? 也想回吗?"

"不,回去干吗?"金秀摇摇头。"我们走吧!"接着对廷忠说。

杜为人看金秀和廷忠走出了院子的背影,脸上不觉泛着欣喜的微笑,自己对自己喃喃道:

"我都说老韦一定会跟上来的!"

1955 年 3 月 21 日开始写于南宁长春园

1959 年 5 月 31 日写完于桂林榕潮

后　记

　　这本书稿的写作过程很长，从开始酝酿时算起，已经是七年前的事了。

　　那时自己刚刚结束了农村的清匪反霸、土地改革工作回来，对于那场阶级斗争中出现的形形色色的人物和事迹，记忆犹新，很想用文字把它们记载下来。正好1952年冬，作协总会组织第二批作家分头下乡下厂和到志愿军中去深入体验生活。我也有幸参加那次活动，回到曾经在那里参加土改斗争的邕宁县华安乡，又同农民群众一起，搞了五个月的互助合作运动。1953年5月初才转到南宁郊区白沙，住在一个农民家里，一边继续深入生活，一边开始了这本小说的写作。

　　当时正是南方溽暑的季节，每天就在小小的纸窗下，对着发黄而多烟的煤油灯，顶着炎热和蚊蝇的烦扰，专心致志地和自己幻想中的人物打交道：分配他们工作，安排他们的命运，分给他们以悲喜。9月中旬，因出席全国第二次文代会，写作遂告中断。会后，工作岗位有了变动，创作假期就此告终，已经写了百分之九十左右的草稿，也只好搁置下来。

　　但，这些人物的影子却始终在脑子里活跃，不把他们描绘出来，总好像是欠了一笔债似的，精神上不免有个负担。

　　今年正是新中国成立十周年，自己给自己许了愿：要把这未完成的东西继续写出来，作为一份礼物献给十周年大庆。这一愿望得到了组织的支持，得到两个月的假期，来到秀丽而宁静的桂林，先后在雁山和榕湖两个地方，夜以继日地把几年来经常活跃在脑子里的人物，涂抹在一张张的稿纸上。两个月过去了，全书三十个章节，二十余万字的初稿，终于在昨天午夜时分全部结束。

稿子写了出来，对作者来说，有如母亲生下的婴儿，喜悦之情是不待言说的；但，它将带给读者一些什么呢？它能否给文艺的花园增添一点儿色彩？这就不能不使我踌躇起来。

当然，这些人物和故事所以缠着我那么多年，使我那样执拗地非得把它写出来不可，无非是为了想通过韦廷忠这个人物从奴隶变成主人的这一翻身故事，使读者不但看到世世代代受剥削和被迫害的农民如何在党的领导下，跟地主进行了尖锐而复杂的斗争，终至获得了胜利；同时也看到各级干部怎样通过斗争的实践，逐步树立为人民服务的思想。同时，通过这段故事，也想让读者看到，在这新旧交替的时代，一部分资产阶级知识分子，怎样通过与工农群众的同甘共苦，通过斗争和劳动的实践而得到了真理的启示，终于修正了原来的阶级偏见，精神上获得了新生；而少数腐朽以至反动的人物，终于成为时代的垃圾，被时代的潮流和革命的旋风所抛弃。

正如大家已从书上看到的，故事发生的年代，是在新中国开国之初。那些事情都曾为大家所熟知。几年来由于共产主义思想教育的深入，由于党的社会主义建设总路线的光辉照耀，由于党对社会主义建设人才的关心和培养，书中所描写的一部分人物今天已经有了很大的进步、发展和提高，大家的精神面貌已今非昔比了。当年在屋边种下的树苗，今天已高出屋顶；当年的婴儿，今天已成了小学生；当年的小学生，现在已经是青年，成为社会主义建设的生力军。我现在之所以还给大家讲述这样一些往事，无非是感到：故事虽然是过去了，但它也许还能使读者从中窥见这一时代的步伐和一部分知识分子所经历的思想改造的道路。

但是，文学作品的客观效果与作者的主观愿望往往是有所距离的，就是说，作家未必能够那样熟练地运用他的艺术技巧，完美地表达他的主观愿望。因而这部小书能否达到上述的心愿，只有待于读者的判断了。

陆　地

1959 年 6 月 3 日记于桂林榕湖

重版的话

　　这书的初版，原系作家出版社于 1960 年第一次印行。几年工夫，重印多次，数达 23 万多册。"文革"中，被指为毒草，遭受无理批判，倒反引起更大影响。"四人帮"垮台后，广西人民出版社为了满足读者要求，从作家出版社租来原版纸型，重印出版，要我写几句话。自想，书的好坏，还是让它本身说话吧。也应相信，公正而善意的读者终归予以明断，作者的自谦或自夸都是多余的。

　　书是反映 50 年代初期，社会改革运动的生活面貌的。其中，为数众多的贫下中农群众方从半封建的枷锁挣脱出手脚来，当家做主的自觉性仍在启蒙，昂扬的斗志才逐步抬头；知识分子的思想改造也只能随着斗争实践的锻炼而日见其进步；剥削阶级反动人物所披的伪善的外衣，是在反复较量中才一层又一层地被剥离的。如果拿今天的眼光回顾当年那些人和事，无疑是显得幼稚、简单甚至可笑的。正如翻阅童年照片，不免自觉赧然。然而，那是那段历史年代留下的印迹，即令未能概括一代的全貌，又何尝不可当做一鳞半爪，从中窥见——今天出现这样崭新的天地，是从昨天那样的废墟开创出来的；今天随处可见的英雄，岂非当年那样一些被侮辱与被损害者的蜕变。

　　"前事不忘，后事之师"。此书也许能使读它的人，不忘过去。至于其中为丑为妍，读者自能识别，这里就不需重新梳妆打扮以粉饰了。

陆　地

1978 年国庆于南宁